Bernhard Regenfelder

Das Genius Patent

Thriller

Bernhard Regenfelder, brach nach der Grundschule die AHS ab, schnüffelte ein Jahr lang in den Polizeidienst und studierte zwei Jahre am Schubert Konservatorium in Wien Schlagwerk, ehe er nach diversen Jobs schließlich bei einer Tageszeitung und dem Schreiben landete. Seitdem publizierte er in Zeitungen, Magazinen und arbeitete in der Werbebranche. Mit „Das Genius Patent" veröffentlichte er 2014 sein Thriller-Debüt.

Bernhard Regenfelder

Das Genius Patent

Thriller

federfrei

Marchtrenk, 2014
www.federfrei.at

Umschlagabbildung: © aetb - Fotolia.com
Lektorat: S. Bähr
Satz und Layout: Verlag Federfrei
Druck und Bindung: Finidr s.r.o.

ISBN 978-3-902784-49-0

Danke an meine Eltern für ihr unerschütterliches Vertrauen,
an meine Frau und unsere Kinder für ihre innige Liebe!

Prolog
1936. New York.

Er lag apathisch in seinem Bett und starrte an die Decke. Nur wenig Licht fiel in den Raum. Sein schmales Gesicht mit den kantigen Zügen war regungslos. Die dünnen Arme hatte er seitlich angelegt, und seine Handflächen berührten die Tagesdecke, die das Hotelpersonal jeden Tag penibel zurechtlegte. Er hatte sein ganzes langes Leben mit keiner Frau geschlafen. Auch mit sonst niemandem. Nun war es so weit.

Warum er gerade jetzt, im Alter von achtzig Jahren, schwach wurde, konnte er sich nicht erklären, obwohl man ihn wahrlich als Genie bezeichnen durfte.

Nicht umsonst war erst kürzlich ein Festband über ihn veröffentlicht worden. Sein unglaublicher Ideenreichtum und sein Quell der Inspiration, die in all den Jahren unerschöpflich waren, schienen – gerade jetzt – tot und versiegt zu sein. Gedanken zuckten wie Blitze in seinem Kopf, und ein lähmendes, doch wohliges Gefühl durchströmte seinen Körper. Er konnte sich nicht bewegen. Eine ihm fremde Kraft hielt ihn auf der mit Rosshaar gefüllten Matratze gefangen, und auch wenn sich ein Teil von ihm dagegen wehrte – er wollte es. Er wollte es spüren, es fühlen, es in sich aufsaugen, es erleben. Zwei Seiten seiner Seele schienen gegeneinander anzukämpfen.

Doch er wusste: Es gab kein Zurück!

So viele Dinge hatte er in seinem Leben entdeckt, und dennoch sollte ihm jenes Mysterium, das die Menschheit seit Jahrtausenden am meisten bewegte, verschlossen bleiben?

Die Dirne, die den Mann im 33. Stock, Zimmer 3327, des Hotels an der Ecke 34th Street und 8th Avenue gerade bestieg, hatte zuvor ihren Schmuck ablegen müssen, ehe sie das Zimmer betreten durfte. Sie hatte Stil und wunderte sich nicht mehr über die Eigenheiten und besonderen Wünsche ihrer Kunden. Sie ekelte sich auch nicht vor alten Männern.

Still lag der alte Mann unter ihr im Dunkeln, während sie ihr Gesäß gefühlvoll auf und nieder schwang, um dem Treiben ein schnelles Ende bereiten zu können.

Was auch gelang.

Gegenwart. Wien.

»Yesss«, hallte es ganz leise im Stiegenhaus des Altbauwohnhauses in der Lilienbrunngasse. Nico Rims' jugendliche Gesichtszüge verzogen sich zu einem Lächeln, als er den Briefumschlag aus dem Postfach nahm. Es war das Postfach der Wohnung, bei der er gemeldet war. Mehr nicht, denn sie diente ihm nur als »Bankinstitut«. Und als Lockmittel, sollte man ihm auf die Spur kommen.

Nico war zufrieden, dass die überaus ansehnliche Bezahlung seiner Dienste so klaglos funktionierte. Er steckte das prall gefüllte Kuvert in die vorderen Säcke seiner lässig fallenden Jeans und ging zu seiner Wohnung in den zweiten Stock.

Noch ehe er aufsperrte, nahm er sein iPhone und schaltete das Überwachungssystem ab, das er unauffällig im Eingangsbereich platziert hatte. Obwohl er sich nie in dieser Wohnung aufhielt, erfüllte sie ihren Zweck: ihn zu warnen! Er checkte kurz die Anlage, warf noch einen Blick in die zwei kleinen, leeren Räume und drückte nach Verlassen der Wohnung den Aktivierungsbutton auf seinem iPhone, ehe er wieder über den Hinterhof verschwand.

Zurück in seiner eigentlichen Bleibe nahe des Stadtparks, die er mithilfe der Daten eines ehemaligen Mitschülers angemietet hatte und die entgegen seiner anderen Behausung sehr gemütlich eingerichtet war und einen Hauch Luxus versprühte, schmiss er seine Jacke über den Bürostuhl. Es war eine Zwei-Zimmer-Ferienwohnung in einem Altbau mit gehobenem Standard, und solange man pünktlich die Miete bezahlte und keine Probleme bereitete, wurden keine Fragen gestellt. Die Wohnung hatte aus grauer Vorzeit sogar einen eigenen Dienstbotenaufgang, dessen Türe offiziell versperrt war und den man beim Umbau unbehelligt gelassen hatte.

Nico warf einen Blick auf seine Flatscreens, die rund um die Uhr in Betriebsbereitschaft waren. Auf einem der Monitore blinkte der Hinweis über eine neue Mitteilung.

»Ein neuer Job …?« Nico las die wenigen Stichworte und raunte zufrieden: »Wird erledigt … thanks guys!«

Sein Dank ging an die Black Hats – eine lose Gruppierung globaler

Hacker, die vor nichts Halt machten. Regierungen, CIA, FBI, NASA, Banken oder Atomkraftwerke – sie drangen als eine Art Cyber-Guerillatruppe in alle Computersysteme ein und nutzten die so gewonnenen Informationen für ihre Vorteile. Kompromisslos. Anarchisch. Profitorientiert. Echte Cracker eben.

Und obwohl Nico niemanden der Black Hats – die untereinander wiederum verschiedene Hackerringe organisierten – persönlich kannte oder jemals getroffen hatte, war er ein Teil von ihnen. Und lebte von ihren illegalen Aufträgen. Diese kamen anonym per Web und nach Erledigung – die fette Kohle ins Postfach!

Nico nutzte vor allem das Darknet, eine Art Schattennetzwerk zum offiziellen World Wide Web, in dem er anonym auf verschlungenen Wegen unterwegs sein konnte. Das Darknet funktionierte nicht über die üblichen Proxyserver, also die Knotenpunkte der Internetanbieter, über die man sich normalerweise einwählte. Es lief über die einzelnen PCs der angeschlossenen Benutzer, die ihr eigenes globales Netzwerk bildeten. Es gab auch keine .com- oder .net- oder .biz-Seiten. Im Darknet war .onion das Zauberwort für den Einlass.

Mit stets wechselnden Foren in diesem Darknet wurde es fast unmöglich, User ausfindig zu machen. Man fischte in einem zu großen Teich.

Perfekt für Nico. Und perfekt für die tiefsten Abgründe der Menschheit. Pädophile, Drogen-, Waffen- und Menschenhändler, Selbstmörder, Verstümmler oder Auftragskiller tummelten sich hier wie die Fliegen und frönten unbehelligt ihren Lüsten, Leidenschaften und Geschäften. Nico war es bis auf eine einzige Ausnahme egal. Er kümmerte sich nicht darum. So, wie sich niemand um ihn kümmerte. Er genoss seine Unabhängigkeit, seine einsame Freiheit.

Mit wenigen Klicks öffnete er eines der Foren im Darknet, dessen Name aus einer zufälligen Buchstaben- und Zahlenkombination zusammengewürfelt schien, und bestätigte die Annahme des Auftrags.

»Rulezzz!« tippte er ein.

»Dann muss meine kleine App wohl noch warten …«, dachte er, während er das Programmfenster, das unzählige Programmierzeilen enthielt, schloss. Das war sein Deckmäntelchen, sollte man ihn nach seiner Tätigkeit fragen: »Apps programmieren.«

Er hatte schon einige im Appstore veröffentlicht, doch die Einnahmen daraus waren nur Peanuts im Vergleich zu seiner eigentlichen Einnahmequelle. Er lebte unauffällig, leistete sich keinen Luxus und hatte sein Bargeld auf mehrere Stellen verteilt. Er war vorsichtig, und daher hatte er auch eine offizielle Bleibe. Sollte man ihm auf den Fersen sein, würde man dort zuerst auftauchen.

Keiner seiner Hacks war bisher aufgeflogen. Er war sauber, und so musste er die Frage nach seiner Tätigkeit auch noch nie beantworten, wenn er nicht wollte. Und bei Mädchen war die Antwort »Apps programmieren« ohnehin »rulez«, was im Hackerslang so viel wie »cool« zu bedeuten hatte. Je mehr »z« am Schluss angehängt wurden, umso cooler war es!

Nico blickte aus dem Fenster und sah den Strahlen der Sonne entgegen, die hinter dem Stephansdom unterging. Eine angenehme Wärme durchströmte seinen Körper. Er streifte seine Jeans ab, blickte zu den abgenutzten Laufschuhen, und nach wenigen Handgriffen joggte er auch schon im Erdgeschoss die Haustür hinaus auf die Straße.

Vergangenheit. Östlich von Lhota.

Die wulstigen Hände des Mannes schoben sich über die nackten Beine des kleinen Jungen immer weiter nach oben, und die Furchen seiner Haut wurden dabei immer tiefer. Er konnte nicht anders. Jetzt nicht mehr. Es war wie ein Sog, der ihn immer wieder in die Tiefe zog und zu diesen Handlungen zwang.

Die Angst des Knaben, der nicht wusste, wo er war, erregte ihn. Obwohl er selbst so etwas wie Furcht verspürte.

»Mein kleiner Liebling ...«, flüsterte er ihm leise ins Ohr, ehe seine Hand noch weiter nach oben wanderte. Seine Aufregung stieg, und auch seine innere Stimme, die ihn danach nächtelang nicht schlafen lassen und ihn bis zur Verzweiflung quälen würde, war jetzt verstummt.

Der Junge lag bäuchlings neben ihm im Bett und starrte ins Nichts, während der alte Körper ihn immer mehr unter sich begrub. Es war sein erstes Mal. Er war zwölf. Und er wusste nicht, wo er war.

Nachdem der alte Mann sein Verlangen gestillt hatte, trat er auf den ausladenden Flur des Anwesens. Einige Schritte entfernt stand einer seiner Gehilfen an eine der Säulen angelehnt und zog genüsslich an seiner Zigarette, während er eine Mitteilung auf seinem Handy schrieb.

»Bring ihn wieder nach unten!«, riss die Aufforderung des alten Mannes den Rauchenden aus seinen Gedanken. Seine aufrechte Haltung und sein bestimmender Ton unterstrichen die Rangordnung der beiden.

Und der alte Mann stand ganz oben. Hier. Und in der Gesellschaft.

Gegenwart. Wien.

Nico lief die Straße entlang in Richtung Stadtpark und blickte durch seine Sonnenbrille hindurch in die Gesichter der Menschen, die ihm entgegenkamen. Die Brille gab ihm ein Gefühl von Sicherheit. Eilig huschten die unterschiedlichsten Typen, von denen die meisten soeben in ihren ersehnten Feierabend verschwanden, an ihm vorbei.

Sein Blick schweifte nach links, und ruckartig erstarrte er. Auf der gegenüberliegenden Seite glaubte er, eine Frau zu erkennen, und automatisch zuckte sein Kopf nach unten. Seine Mutter – besser gesagt, seine zweite Pflegemutter – war auf der anderen Straßenseite. Er versteckte sich fluchtartig hinter einem parkenden Auto und verharrte steif in dieser Position.

Seit acht Jahren hatte er sie nicht mehr gesehen, geschweige denn mit ihr gesprochen. Seit dem letzten Zeugnistag, als er mit fünfzehn Jahren einfach seiner eigenen Wege ging. Schon damals hatte er ohne das Wissen seiner Pflegeeltern mit seinen Computerkenntnissen gutes Geld verdient. So viel jedenfalls, dass er für sich selbst sorgen konnte. Alles andere gab es bei ihnen ohnehin nicht.

Langsam wanderte sein Kopf wieder nach oben, und er blickte mit geöffnetem Mund in ihre Richtung. Plötzlich drehte sich die Frau um und sah ihm direkt in die Augen. Nico erstarrte. Sekundenbruchteile wurden zur Ewigkeit. Ohne jede Gefühlsregung wandte sie ihren Blick von Nico ab und setzte ihren Weg fort.

Noch immer ohnmächtig vor Schreck sah er der Frau hinterher, die im Getümmel der Menschen verschwand. Nico atmete tief durch.

»Puh ... das war sie nicht ...«, dachte er.

Nach ein paar Schritten der Erleichterung nahm er sein Lauftempo wieder auf und bog in die Seitenstraße ein, die den Blick auf den Stadtpark freigab, der noch immer von den letzten Sonnenstrahlen des Tages eingehüllt wurde. Zielstrebig lief er auf das üppige Grün zu, das sich vor ihm auftat.

Gegenwart. Wien.

»Hallo, ich bin Tina. Haben Sie etwas Geld für mich?«, lächelte sie die Dame im besten Alter an, deren Haltung sich schlagartig änderte, als sie an dem jungen Mädchen im Stadtpark vorbeikam. Die Sonne schien der Dame ins Gesicht und schuf eine leuchtende Aura um sie herum, als sie stehen blieb. Sie kramte in ihrer Handtasche und gab ihr einen Geldschein, den diese freudig entgegennahm.

»Fünf Euro?«, lächelte Tina fragend und bedankte sich bei der Dame, die ihrerseits freundlich zurücklächelte und wortlos den Parkweg weiterging.

Seit sie auf der Straße lebte, überraschten die Menschen sie immer wieder. Und zumeist jene, von denen sie es sich nie erwartet hätte. Die Straße war eine gute Schule, um Menschen nicht nach Schubladen zu kategorisieren. Das hatte Tina gelernt. Ihr freundliches und attraktives Wesen, das sie sich trotz der Umstände und der abgenutzten Klamotten bewahren konnte, machten es ihr irgendwie leicht, auf der Straße zu überleben. Sie nahm auch keine Drogen. Ihre Droge war die Freiheit. Jeder, der es erlebt hatte, wusste das. Keine Verpflichtungen. Keine Zwänge. Keine Abhängigkeiten. Keine Termine. Es gab nur das Heute. Das Jetzt.

Natürlich gab es auch auf der Straße diejenigen, denen das Heute, das Jetzt zu wenig war. Oder zu viel. Jedenfalls konnten sie nicht damit umgehen und ertränkten ihre Ängste und ihre Vergangenheit, aber auch ihre Freiheit mit den unterschiedlichsten Substanzen.

»Im Flex ist heute DIE Houseparty!«, kam ihr eine hagere Bekannte lautstark und schon etwas angeheitert entgegen. Sie lebte wie Tina auf der Straße, und in der Szene kannte man sich.

»Einen Schluck?«, bot sie Tina die Flasche mit ausgestreckter Hand an.

»Nein danke«, lächelte diese.

»Du solltest etwas essen.«

»Das bisschen, das ich esse, kann ich auch trinken«, grinste ihr Gegenüber mit einem Lächeln, das ihre kaputten Zähne zum Vorschein brachte. Tina griff in die Hosentasche ihrer Jeans und fischte den Geldschein mit den Fingerspitzen heraus.

»Da! Geh etwas essen!«

»Hey, cool!«, lallte die Bekannte, schnappte den Schein und verschwand wenige Augenblicke später ohne ein Wort des Dankes hinter den Bäumen.

Tina sah ihr nach.

»Wieder pleite«, dachte sie sich, während sie Ausschau nach potenziellen Spendern hielt. Die Abendsonne legte ein rötliches Licht über die Wipfel der Bäume, und Tina schlenderte ziellos die Wege des Parks entlang, wobei sie gewisse Ecken des Stadtparks mied. Sie hatte keine Lust auf die prostituierenden Schwulen, die Dealer und die Fixer, die hier ihre fixen Plätze hatten. Und sie brauchte wieder Geld.

Gedankenverloren spazierte sie über die verschlungenen Wege des Parks, die sich wie Adern durch die Grünflächen zogen. Das satte Grün seitlich des Weges ragte neben ihr gen Himmel, als dahinter ein Mann mit schnellem Schritt und einer Aktentasche in der Hand auftauchte.

»Haben Sie etwas Geld für mich?«, stellte Tina die obligate Frage und setzte dabei ihr übliches Lächeln auf, als der dürre Mann um die fünfzig, der wie ein Beamter aussah, auf ihrer Höhe war. Der Mann hielt inne und musterte sie.

»Äh … ja, natürlich!«, antwortete er mit einem Lächeln und hob die Aktentasche an die Brust, die er sogleich öffnete. Kurz darauf zog er einen 10-Euro-Schein hervor und hielt ihn Tina entgegen, die nach dem Zehner griff. Noch ehe sie diesen mit den Fingern zu fassen bekam, zog der Mann ihn blitzartig zurück.

»Wenn du mir einen bläst!«, grinste er Tina ins Gesicht und wedelte dabei mit dem Schein hin und her.

Tina schauderte es. Der Blick des Mannes hatte nun etwas Diabolisches, und sein Grinsen spiegelte seine Fantasien wider. Sofort zog sie ihre Hand zurück und wollte seitlich an dem Mann vorbei und der Situation entfliehen. Doch dieser baute sich blitzschnell mit gespreizten Armen vor ihr auf und versperrte ihr den Weg, während er seine geöffnete Aktentasche zu Boden fallen ließ. Einige Zettel und seine Brieftasche fielen heraus. Tina blickte sich Hilfe suchend um, doch niemand war in der Nähe.

»Verdien' dir das Geld«, forderte er sie lechzend auf.

»Du spinnst wohl!«, herrschte Tina ihn an und drängte sich jetzt noch stärker an dem Mann vorbei, dessen Arme sie jedoch plötzlich umklammerten, während eine Hand ihren Hintern umfasste und die andere sie an ihren langen braunen Haaren packte.

Panisch fing Tina an, um sich zu schlagen und sich nach Kräften zu wehren. Doch der Mann war stärker und drückte sie immer fester an sich, bis ihre Körper aneinandergepresst waren. Sein Mund näherte sich, und er leckte mit seiner Zunge ihren Hals entlang nach oben. Der stöhnende Atem des Mannes fegte in der Lautstärke eines Orkans durch ihr Ohr.

Tina musste sich fast übergeben, als sie das sabbernde Geräusch seiner Geilheit vernahm. Sie versuchte vergebens, die Umklammerung unter Aufbietung all ihrer Energie aufzubrechen, doch ihre Kräfte ließen immer mehr nach. Das Stöhnen wurde immer lauter, und Tina stand kurz davor, ohnmächtig zu werden. Mit letzter Kraft stieß sie einen lauten Schrei der Verzweiflung aus.

Im selben Moment schnellte der Kopf des Mannes zur Seite. Er taumelte einige Schritte nach hinten und fiel ohne Gegenwehr zu Boden. Wie ein nasser Sack. Einfach so. Der Schlag hatte ihn mit voller Wucht getroffen.

Tina wich intuitiv zurück und blickte ungläubig auf einen jungen Mann im Jogging-Outfit, der vor ihr stand und seine Hand schüttelte.

»Geht's dir gut?«, erkundigte dieser sich bei Tina, die noch immer fassungslos und geschockt war.

»Ja …«, antwortete sie knapp. »Ja …«

»Mein Name ist Nico.« Der junge Mann lächelte ihr atemlos entgegen. Er schüttelte noch einmal seine Hand, ehe er sich wieder seitlich drehte und nach vorne beugte.

»Was soll das, du Arschloch?!«, schrie er den am Boden liegenden Mann an, der langsam wieder sein Bewusstsein zu erlangen schien, jedoch noch nicht in der Lage war zu antworten.

Die Lustgefühle des Triebtäters waren in weiter Ferne, doch seine Lebensgeister kehrten langsam wieder zurück, als er sich schmerzverzerrt und stöhnend zu wälzen begann. Er blickte von unten zu ihnen auf und fing plötzlich an zu schreien:

»Polizei!« »Hilfe!« »Polizei!«

Nico und Tina starrten sich an und waren völlig überrascht. Keiner der beiden wollte etwas mit den Bullen zu tun haben.

»Lass uns abhauen!«, forderte er Tina hastig auf. Er nahm sie an der Hand und zog sie von dem Mann fort.

Ihre Schritte wurden immer schneller, und als sie aus dem Schutz der Büsche auftauchten, standen plötzlich zwei uniformierte Beamte nur wenige Meter entfernt vor ihnen, die dem Geschrei entgegengelaufen waren. Sie waren chancenlos.

»Die beiden haben mich überfallen«, erklärte der noch immer am Boden liegende Mann röchelnd. Seine Aussage wurde von den umherliegenden Gegenständen unterstrichen.

»Du Schwein!«, fauchte Tina ihn an, die von einem der Gesetzeshüter bestimmend zurückgehalten wurde.

»Er lügt!«, kam Nico ihr zu Hilfe. »Er hat sie sexuell belästigt!«, setzte er nach.

»Und er hat mir Geld geboten!«, erklärte Tina, ohne zu erwähnen, dass sie ihn zuvor danach gefragt hatte.

Die Beamten forderten einen weiteren Streifenwagen und die Rettung an, die nur kurz darauf eintrafen. Der verletzte Mann wurde mit dem Notarzt zur Erstversorgung und Untersuchung ins Krankenhaus gebracht, wobei ihn einer der Beamten begleitete, um seine Aussage aufzunehmen. Nico und Tina, deren Kleidung nicht unbedingt ihre Seriosität unterstrichen, wurden abgeführt.

Nach wenigen Minuten bogen sie in den Innenhof der Polizeistation ein, in dem verschiedene Einsatzwagen parkten und der vom Licht der besetzten Büros erhellt wurde. Das alte Gemäuer mit den riesigen Fenstern hatte seine besten Jahre schon hinter sich.

Sie wurden in den oberen Stock gebracht, wo sie auf dem Gang stehen gelassen wurden.

»Wartet hier!«

Die Beamten verschwanden in einem der Büros. Tina biss sich auf die Lippen, ehe sie Nico ansah.

»Mein Name ist Tina Smutná, ich bin aus der Ukraine, und ich bin bei dir zu Besuch. Ist das OK? Ich habe auch einen Pass.«

Nicos Überraschung hielt sich in Grenzen. Tinas Kleidung sprach für sich, und ihr ganz, ganz leichter Akzent hatte ihn schon auf der Fahrt mit dem Streifenwagen beschäftigt.

»Ukraine also …«, dachte er sich.

»Ist OK«, antwortete er und setzte nach einer kurzen Pause schnell und bestimmt nach:

»Wir haben uns vor einem Jahr in Bratislava kennengelernt, und jetzt bist du bei mir zu Besuch. Lilienbrunngasse 20. Du warst bummeln, und wir wollten uns im Stadtpark treffen. Hast du das?«

Tina stand der Mund offen. Sie hatte nicht mit einer solchen Reaktion gerechnet.

»Lilienbrunngasse 20«, stammelte sie, und bevor sie noch etwas sagen konnte, öffnete sich die Tür, und einer der Beamten trat auf den Gang. Er sah Nico in die Augen und forderte ihn mit einer Kopfbewegung auf mitzukommen. Tina wurde vom anderen Beamten in sein Büro zitiert.

Eine ganze Stunde dauerte die Einvernahme, und außer den wenigen Eckdaten, die er mit Tina vereinbart hatte, war nichts gelogen, was er erzählte. Warum auch? Er hatte zum Glück seinen Fahrausweis bei sich, den er auch beim Joggen stets dabeihatte, falls er zu faul sein würde, den Rückweg ebenfalls zu laufen. So konnte seine Identität festgestellt werden.

Nach einer weiteren halben Stunde kam noch ein Beamter in den Raum. Er trug Zivilkleidung und wies Nico an, an einem Wattestäbchen zu lutschen.

»Schöne Scheiße!«, dachte er.

»Ich verweigere!«, kam sogleich seine knappe Antwort auf die Aufforderung.

»Raub ist eine Straftat von erheblicher Bedeutung, und daher dürfen wir eine DNS-Probe machen«, erklärte der Beamte in Zivil mit einer administrativen Sprachmelodie.

»Wir haben niemanden beraubt!«, protestierte Nico. Unbeirrt streckte ihm der Mann das Wattestäbchen noch immer entgegen. Nico wusste, dass es zwecklos war.

Widerwillig vollzog er die nochmaligen Anweisungen des Beamten. Dabei führte er das Wattestäbchen unter seine Zunge und drehte es einige Male im Speichel hin und her. Der Zivilbeamte ließ keinen Augenblick von dem Vorgang ab.

»Genau so ...«, kommentierte er zufrieden. Nico nahm das Stäbchen aus dem Mund und hielt es ihm vor die Nase.

»Danke!« Der Mann schnappte das Stäbchen, packte es in einen kleinen Plastikbeutel und verschwand hastig mit den Worten: »Schon im Labor ...«

Währenddessen hatte der andere Beamte bereits den Scanner für die Fingerabdrücke und den Fotoapparat vorbereitet.

»Lesen Sie das Protokoll durch und unterschreiben Sie«, forderte der Beamte Nico auf, als er sich danach wieder gesetzt hatte. Aufmerksam ging er Zeile für Zeile durch, konnte jedoch keine Abweichung zu seinen Aussagen feststellen. Abgesehen von den Rechtschreibfehlern. Mit dem unterschriebenen Protokoll in der Hand verschwand der uniformierte Gesetzeshüter ohne eine weitere Erklärung.

Es dauerte eine weitere Ewigkeit, ehe er wiederkam.

»Wie's aussieht, liegt nichts gegen euch vor, und der Mann, den ihr angeblich überfallen habt, verzichtet auf eine Anzeige, wenn ihr eure ebenfalls fallen lasst … also, was ist?«

Nico staunte, als er die Worte des Mannes vernommen hatte.

»Was sagt Tina dazu?«, wollte er wissen.

»Sie ist einverstanden. Auch gegen sie liegt nichts vor. Wir haben ihren Pass überprüft«, erklärte der Beamte, dem die freudige Aussicht auf den Entfall nervtötender Protokollschreiberei, die ohnehin von der Staatsanwaltschaft ignoriert werden würde, anzusehen war.

»Dann bin ich auch einverstanden.«

Nico erhob sich und trat auf den Gang, wo Tina bereits auf ihn wartete. Er konnte nicht ganz glauben, dass die Sache so einfach erledigt war, doch die Beamten schienen kein weiteres Interesse an ihnen zu haben. Gemeinsam verließen sie das Polizeikommissariat, wie sie es betreten hatten. Ihre Schritte waren schnell, aber nicht zu schnell, als sie über den Innenhof gingen und dann durch die große Ausfahrt in die Straße einbogen. Niemand war zu sehen. Mittlerweile war es 23 Uhr.

Erst einige Straßen weiter blieben sie das erste Mal stehen, ohne dass es ihnen aufgefallen wäre und sie ein Wort verloren hatten. Beide hatten die Ereignisse in Gedanken noch einmal durchgespielt.

»Irre Geschichte, was …«, beendete Nico das Schweigen, als sie an der Kreuzung standen.

»Danke nochmal für alles«, sagte Tina, während sie Nico in die Augen sah. »Das war echt cool von dir.«

Nico lächelte leicht verlegen.

»Wollen wir was essen? Ich verhungere«, lenkte er auf ein anderes Thema.

»Ich kann meinem Retter wohl schlecht eine Abfuhr erteilen«, erklärte Tina, während sie ihre langen Haare zu einem Zopf zusammenband, sodass ihr Gesicht noch mehr zu sehen war. Sie gefiel Nico. Sie gefiel ihm sogar sehr.

»Ich müsste allerdings erst unter die Dusche und vor allem Geld holen. Kommst du mit?«

Tina hatte keinen Grund, ihm zu misstrauen. Gerade ihm nicht.

»Na klar«, antwortete sie. »Ich bin ja bei dir zu Besuch.« Sie lachten und starteten in Richtung Taxistand, der mit seiner leuchtenden Beschriftung schon von Weitem zu sehen war.

»Grünangergasse 23«, erklärte Nico dem Taxifahrer das Fahrziel, als sie auf der Rückbank Platz genommen hatten. Im selben Moment wandte er sich zu Tina, der die falsche Adresse sofort aufgefallen war und die ihn erstaunt ansah.

»Mein Appartement wird saniert, und daher wohne ich mit meinem Zeug schon länger in der Wohnung eines Freundes, die leer stand«, bediente er sich schnell einer Notlüge.

Nach wenigen Minuten waren sie angekommen, und Nico lief in die Wohnung im dritten Stock, während Tina im Taxi wartete. Mit einem 50-Euro-Schein kehrte er zurück, bezahlte den Taxifahrer, und schon waren sie oben in dem Zwei-Zimmer-Appartement.

»Fühl dich wie zu Hause …«, bemühte Nico seine selten zum Einsatz kommenden Gastgeberqualitäten.

»Ich spring nur schnell unter die Dusche.«

Tina musterte die Monitore, deren Inhalte ihr völlig fremd waren. Unzählige Icons mit den verschiedensten Motiven, Farben und Namen waren auf diesen zu sehen. Von allen kannte sie nur das Symbol des Explorers. Der Inhaber eines Internetcafés spendierte ihr ab und an den Zugang zum World Wide Web, wenn sie vorbeikam, und ihre Kenntnisse, die sie sich mit dessen Hilfe beigebracht hatte, waren ausreichend für ihre Zwecke.

Sie ließ sich auf die gemütliche Couch fallen und betrachtete die Wohnung. Die hohen Räume waren hell und freundlich, und die wenigen Farben in dem großen Raum waren für ihren Geschmack perfekt gewählt. Die Wände waren auch nicht reinweiß, sondern hatten einen erdfarbenen Teint, soweit es Tina in dem leicht gedämpften Licht erkennen konnte.

Neben dem Schreibtisch, der vor den großen Fenstern platziert war, gab es nur die Couch, den LED-Fernseher und den kleinen Tisch vor ihr, der leer war. Seitlich vom Schreibtisch war eine weiß lackierte Eisentür, auf der ein Filmposter klebte. Per Anhalter durch die Galaxis.

Alles war sehr ordentlich.

»Untypisch für einen Computerfreak …«, dachte Tina. Doch angesichts der drei Monitore schien die Sache klar.

»Bist du Programmierer?«, stellte sie unüberhörbar die Frage in Richtung Badezimmer, als das Geräusch fallenden Wassers verklungen war. Es dauerte etwas, bis Nico die Tür öffnete und die Antwort kam: »Ich programmiere Apps.«

Vergangenheit. Östlich von Lhota.

»Und Sie können mir absolute Anonymität garantieren?«, stellte er seinem Gegenüber die für ihn alles entscheidende Frage.

»Allein die Tatsache, dass Sie nun dieses Anwesen hier kennen, garantiert Ihnen absolute Anonymität«, entgegnete dieser nach einer kurzen Pause, während er mit seinen wulstigen Händen das Whiskeyglas kreisen ließ. Die Bibliothek des Anwesens war der Ort, um die Geschäfte zum Abschluss zu bringen, und niemand außerhalb der Organisation kannte das Anwesen. Und die Machenschaften, die im Inneren geschahen.

»Unsere Organisation besteht aus Mitgliedern der höchsten Kreise, und daher ist Anonymität selbstverständlich oberstes Gebot.« Der Mann, der vor dem Schreibtisch stand, lächelte zufrieden.

»Sie haben alles vorbereitet?«

»Selbstverständlich.«

»Dann lassen Sie uns das Geschäft abschließen.«

Kaum hatte er den Satz beendet, stellte er die Aktentasche, die er in den Händen hielt, auf den Schreibtisch.

»Hier ist die vereinbarte Summe in bar.« Der alte Herr ging zum bestimmenden Mobiliar der Bibliothek, schnappte die Aktentasche und lächelte zufrieden, nachdem er einen kurzen Blick auf den Inhalt geworfen hatte.

»Erster Stock. Das dritte Zimmer auf der rechten Seite«, erklärte er kurz, ohne den Mann anzusehen.

Der Kunde verließ das Zimmer und folgte den erhaltenen Anweisungen. Sein Kopf leuchtete leicht rot vor Erregung, und er hatte kein Auge für die aufwendigen Deckenverzierungen, die den Flur säumten. Er zählte in Gedanken, bis er angekommen war und nach einem verstohlenen Blick in beide Richtungen die Tür des dritten Zimmers öffnete. Babygeschrei hallte durch den Flur, als er die Tür wieder schloss. Das Sperrgeräusch erklang.

»Anonymität …«, wiederholte der alte Mann in der Bibliothek indes leise vor sich hin, während er die Aktentasche in den Tresor gab. Seine Mundwinkel schoben sich ein wenig nach oben. Dann notierte er wie immer den Namen des Kunden, das Datum, die Summe und das Alter des Kindes.

Gegenwart. Wien.

»Das Essen war herrlich«, stöhnte Tina, die schon lange nicht mehr so fein gegessen hatte. Nach dem Besuch des gemütlichen dalmatinischen Fischlokals spazierten sie durch die Straßen und plauderten über ihr gemeinsames Erlebnis. Es war eine laue Nacht, und die Betonmassen der Stadt hatten sich tagsüber durch die Kraft der Sonne erwärmt.

»Wenn du willst, kannst du bedenkenlos bei mir übernachten«, schlug er Tina an einer Kreuzung vor.

»Wir trinken noch ein Glas Rotwein, und du kannst natürlich mein Schlafzimmer haben.« Schnell fügte er noch hinzu: »Ich penn' sowieso meistens auf der Couch …«

Tina nahm seine Einladung dankend an.

Erst weit nach vier Uhr früh und doch ein paar Gläser Rotwein mehr als gedacht, gingen sie schlafen. Tina genoss noch für einen kurzen Moment die ungewohnte Bequemlichkeit, ehe sie einnickte. Sie hatte sich lange nicht so wohlgefühlt.

Nico lag in seiner gewohnten Stellung auf dem Bauch und schnarchte leise vor sich hin, als er einige Zeit später aus dem Schlaf gerissen wurde. Verwirrt blickte er im Raum umher, der vom Licht der eingeschalteten Monitore erhellt wurde. Nichts rührte sich. Er drehte sich um, setzte sich auf und lauschte in die Dunkelheit. Nichts. Ohne eine Erklärung zu suchen, ließ er sich wieder nach hinten auf seinen Polster fallen, und nur wenige Augenblicke später atmete er rhythmisch vor sich hin.

Die Sonne hatte ihren Zenit schon überschritten, als er erwachte. Der Rotwein, den er nur gelegentlich trank, hatte seine Wirkung nicht verfehlt. Sein Schädel brummte. Er blickte zur Schlafzimmertür, die noch geschlossen war und fuhr sich durchs Haar. »Kaffee!« war seine erste Eingebung. Ohne das lebenserquickende Elixier würde er heute nicht auf Touren kommen. In seinen Shorts machte er sich auf in die Küche, startete die Kaffeemaschine, um dann sekundenlang in sein Wohnzimmer zu starren. Ein Flackern riss ihn aus diesem tranceähnlichen Zustand.

Auf einem der Monitore blinkte der Hinweis auf eine neue Nachricht. Nico setzte sich auf den Bürostuhl ohne Lehne und las die Facts für seinen neuen Auftrag, die über einen IRC-Kanal – ein textbasierendes Chatsystem – gesendet wurden. Die Angaben waren kurz und bündig. So liebte er es. Besonders an Tagen wie diesem.

»U-I°02/V-U532« stand in der Nachricht. Was als Leetspeak, eine eigene Sprache der Szene, nur schwer zu entziffern war, entpuppte sich für Eingeweihte klar und deutlich: »U-PORN-USER«.

Deren Daten wollte jemand.

»… jede Menge Cash!«, brachte er es für sich auf den Punkt. Und sollte er dabei auch noch einige pädophile Säcke erwischen, würde er sie wie üblich ans Messer liefern.

Gedanklich ging er bereits die Möglichkeiten zur Erledigung des Auftrags durch. Nico wusste, dass viele Betreiber von Pornoseiten die Daten ihrer User richtig professionell verarbeiteten. Ähnlich wie Google es machte: IP-Identifizierung, besuchte Seiten, geladene Inhalte, gekaufte Produkte, Mailverkehr, Kreditkartennummern – der ganze Rattenschwanz an Daten jedes einzelnen Besuchers wurde in einem Datenbank-Profil archiviert. Und diese Datenbanken waren anfällig. Man musste nur die Eingangstür finden.

Der Nachteil bestand in diesem Fall in der Art des Betreibers. Versicherungen, Banken oder Unternehmen waren vergleichsweise einfach zu hacken, da man dort vor allem im IT-Bereich an den falschen Stellen sparte. Die Betreiber von Porno-Portalen hingegen suchten sich keine Leute von den Unis oder sogenannten Sicherheitsfirmen. Sie fanden ihr Personal im Darknet. Und hier schrieb man keine Bewerbungen. Nico startete einen Vulnerability-Scanner, um die Schwachstellen des Portals abzuchecken.

Der Duft des frisch gebrühten Kaffees legte sich über den Raum. Er blickte über den Monitor aus dem Fenster und ließ die gestrigen Ereignisse Revue passieren.

»Schräger Abend …«, dachte er, und ein Lächeln huschte über sein Gesicht. Er löschte gerade die Nachricht, als sich ein Flügel der großen Tür öffnete und Tina verschlafen auf leicht wackeligen Beinen aus dem Schlafzimmer kam. Sie trug nur ihren Slip und ein enges Shirt, und Nico konnte nicht anders, als die Konturen ihrer Figur mit den Augen entlangzugleiten. Sie rieb sich die Augen, ehe sie genüsslich die Nasenspitze hob.

»Hmm … es duftet.«

»Kaffee ist schon fertig.« Nico stand von seinem Hocker auf. »Was willst du essen? Brot, Marmelade?«, bot er seine einzig vorhandenen Lebensmittel galant an.

»Perfekt!«, antwortete Tina, die sich umdrehte, ihre Jeans holte und etwas wankte, als sie ins Bad ging. »Puh, das war wohl ein Glas Rotwein zu viel«, stöhnte sie. »Ich trinke nur selten.«

Sie genossen das gemeinsame Frühstück.

»Hast du heute schon was vor?«, gab er sich nach einer kurzen inneren Bedenkphase einen Ruck. Tinas Lächeln sagte alles.

»Wir könnten durch den Tierpark spazieren«, fuhr er fort, ohne eine Antwort abzuwarten.

»Coole Idee. Aber ich hab kein …«

»Geld wird nicht das Problem sein!«, kam Nico ihr zuvor.

»Dann gerne!«

Eine halbe Stunde später fuhren sie mit der Straßenbahn nach Schönbrunn.

Der Tiergarten war gut besucht, doch die Menschenmenge zerstreute sich auf dem weitläufigen Gelände. Sie spazierten an den Gehegen vorbei und amüsierten sich über die Eigenwilligkeiten der verschiedenen Tierarten.

»Woher kommst du eigentlich aus der Ukraine?«

Nico nippte an dem Cappuccino, den sie im Schatten der späten Nachmittagssonne vor einem kleinen Café im Tierpark tranken. Tina zögerte ein wenig mit der Antwort, und ihr Blick schweifte ins Leere.

»Ein kleines Dorf nahe Stryi ... im Westen der Ukraine«, sagte sie leise. »Du bist aus Wien?«, lenkte sie gekonnt ab.

»Ich bin hier aufgewachsen, aber geboren bin ich in New York.«

Nico verdrehte bei den letzten Worten leicht den Kopf.

»New York?«, wiederholte sie überrascht.

»Mit vier Jahren bin ich mit meinen ersten Pflegeeltern von New York nach Wien gekommen. Und hier bin ich dann bei meinen zweiten Pflegeeltern aufgewachsen.«

Er war selbst ein wenig erstaunt über seine Offenheit, als er den Satz beendet hatte. Beide schwiegen für einen Moment.

»Und du?«, ließ er nicht locker.

Tina drehte ihr Gesicht in Richtung Sonne und schloss die Augen.

»Wenn man freiwillig in Wien auf der Straße lebt, war's vorher wohl nicht das Paradies ...«

Nico wusste, wovon sie sprach. Er sah, wie ihre Stimmung sich trübte.

»Bei mir ums Eck gibt es einen gemütlichen Italiener, und mein Schlafzimmer steht dir natürlich auch weiterhin zur Verfügung. Also?« Er zog die Augenbrauen leicht nach oben und grinste sie an.

Sie öffnete die Augen und sah lange in das Blau seiner Iris, ohne eine Gefühlsregung zu zeigen.

»Du bist ein feiner Kerl.« Ihr Lächeln kehrte zurück, als sie sagte: »Ich bin dabei!«

Gegenwart. Wien.

Der Angestellte des DNS Zentral-Labors der Wiener Gerichtsmedizin hob die Probe vorsichtig in die Zentrifuge. Schon in der Nacht zuvor hatte er bis weit nach Mitternacht alles vorbereitet und war an diesem Morgen noch früher zur Arbeit gekommen, um mit einer Fragmentlängenanalyse zum Ergebnis zu kommen.

Zwölf DNS-Abschnitte mussten heutzutage ausgewertet werden, um den europäischen Standards zu entsprechen. Aus 100 Milliarden Menschen konnte man dann eine einzige Person identifizieren, und mit dem Einsatz automatisierter Techniken – wie Sequencer oder Pipettierroboter und der Möglichkeit der gleichzeitigen Untersuchung mehrerer DNS-Abschnitte – reichten vierundzwanzig Stunden bis zu einem gerichtsverwertbaren Ergebnis.

Durch das Neonlicht im Labor hatte der studierte Molekularbiologe den Einbruch der Nacht vollkommen verpasst. Mit höchster Konzentration vollzog er die notwendigen Arbeitsschritte. Er war angespannt, und die Arbeitsüberlastung war ihm anzusehen. Mit der geringstmöglichen Ausstattung und viel zu wenig Personal musste seine Abteilung immer schneller Ergebnisse liefern. Niemand fragte nach dem Wie. Es barg eine gewisse Ironie in sich, dass seine fiktiven Kollegen aus den erfolgreichen Fernsehserien in computerisierten High-Tech-Labors hantierten, während er sich in der realen Welt noch mit Dreifachsteckern abquälen musste.

Es war 22 Uhr. Die Analyse lief. Nun musste er nur noch auf die Ergebnisse warten und diese in die Datenbank einspielen. Alles Weitere war dann nicht mehr seine Angelegenheit.

Knapp vier Stunden später war der Prozess abgeschlossen, und die Ergebnisse lagen vor. Das DNS-Profil war fertig. Mit leicht verschlafenem Blick setzte er sich vor den Monitor und erledigte die Authentifizierung und die Formalitäten für den Eintrag des DNS-Profils in die zentrale Datenbank. Alles musste seine Richtigkeit haben – auch angesichts der späten Stunde.

Er tippte und klickte sich durch die vorgegebenen Anwendungsschritte, lud die Daten des Profils auf den Server, und nach einem kurzen Kontrollblick über die abschließende Zusammenfassung drückte er »Enter«.

Es war vollbracht.

Gegenwart. Washington D.C.

Ellen presste ihre Zunge leicht an die Oberlippe, während sie die Akten durchlas, die auf ihrem Schreibtisch lagen. Sie saß im vierten Stock des 1975 von Präsident Gerald Ford eingeweihten J. Edgar Hoover Buildings in der Pennsylvania Avenue. Seit sieben Jahren war sie jetzt Wissenschaftlerin der Laboratory Services des FBI. Sie arbeitete aus Leidenschaft, und nicht einmal die Tatsache, dass ihre Ehe dabei in die Brüche gegangen war, konnte sie einbremsen.

»Noch immer hier?«, erkundigte sich ihr Vorgesetzter, der gerade aus einem Meeting gekommen und auf dem Weg zu seinem Büro war. Ellen blickte über die Monitore hin zur Tür.

»Ja, ich muss noch einige Datensätze und die Aktualisierungen synchronisieren. Aber es ist ja erst kurz nach acht, und das dauert nicht mehr lange.«

Ihr Vorgesetzter nickte zufrieden und ging den Gang hinunter in sein Büro.

Ellen wandte sich wieder ihren Akten zu, die sie sorgfältig vor sich ausgebreitet hatte. Der ganze Schreibkram ödete sie an, aber ihre eiserne Disziplin half ihr dabei.

Als Forensikerin hatte sie einen spannenden Berufsalltag, obwohl ein Großteil der Arbeit aus dem Verfassen von Protokollen oder Gutachten bestand. Und für die DNA-Profildaten vor ihr gab es ganz spezielle Vorgaben zur Archivierung. Seit man mit den EU-Staaten ein transatlantisches Abkommen zum Austausch von DNA-Daten unterzeichnet hatte, war alles noch aufwendiger geworden. Und das fiel ausgerechnet in ihren Bereich. Dabei erfolgten der Informationsaustausch und der Abgleich der Daten angesichts der Mengen in atemberaubender Zeit.

Die nächsten zwei Stunden verschwand alles um sie herum, und es gab nur noch die Tastatur, die Akten, den Monitor und das Geräusch des Tippens.

Völlig eingetaucht in ihre Datenwelt, nahm sie nichts um sie herum wahr, und es dauerte eine Weile, bis das piepsende Geräusch sie aus ihrer Gedankenwelt riss.

Sie sah sich um. Auf einem der Monitore des zentralen DNA-Datenbankrechners blinkte ein Signal.

»Ein Treffer?«, dachte sie zögernd und stand langsam hinter ihrem Schreibtisch auf. Ihr Blick wich nicht vom Monitor, während sie darauf zuging.

»Tatsächlich … eine Übereinstimmung!« Das war es, was sie an ihrem Job so liebte. Unerwartet kam etwas Spannendes.

Sie gab ihr Passwort ein und klickte auf den angezeigten Link. Ihre Aufregung stieg. Wen würden sie geschnappt haben? Einen Mörder? Einen Betrüger? Einen Serienräuber? Von ihrem kleinen Kämmerlein aus ging Ellen auf Verbrecherjagd, und bei ihr tauchten nur die wirklich schweren Fälle auf, die man mittels automatisierten DNA-Abgleichs der internationalen Datenbanken erwischte.

Das Fenster mit den entsprechenden Informationen öffnete sich. Ellen las die wenigen Zeilen, und ihre Verwunderung war ihr anzusehen.

»Was, zur Hölle …?«, runzelte sie die Stirn.

Ihr Sicherheitslevel reichte nicht aus, um die Informationen abrufen zu können. In den sieben Jahren beim FBI war ihr das noch nie passiert. Wenige Sekunden später klopfte sie an die Tür ihres Vorgesetzten, der sie hereinbat.

»Sir. Wir haben anscheinend einen ganz besonderen Treffer. Das müssen Sie sich ansehen.«

Der Mann erhob sich und folgte ihr zum Monitor, wo er die Zugangsverweigerung ablas. Er runzelte die Stirn und drückte den Button zur neuerlichen Authentifizierung. Ein kleiner Blick zur Seite genügte, und Ellen verstand, dass er nun seine Zugangsdaten eingeben wollte. Vertraulich. Sie sah nach oben, und sogleich erklang das Klappern der Tasten.

»Das gibt's doch nicht!«, hörte sie kurz darauf ihren Chef leise fluchen und blickte über seine Schulter. Seine Authentifizierung war ebenfalls fehlgeschlagen. Auch ihr Boss hatte offensichtlich nicht den entsprechenden Sicherheitslevel! Wortlos nahm er sein iPhone, drückte die Kurzwahltaste und wartete.

»Sir! Thomas Galwick, Forensische Abteilung. Wir haben da …« Er verstummte mitten im Satz.

»Ja …, ja …, ja …«, wiederholte er einige Male mit kurzen Pausen dazwischen und legte schließlich ohne weitere Worte wieder auf. Ellen blickte ihn verwundert an, als er sich zu ihr drehte.

»Der Direktor wusste schon Bescheid. Man hat ihn bereits verständigt«, klärte er sie mit erstaunter Miene auf. Ellen war noch mehr von der Tatsache überrascht, dass sie nicht die Ersten waren, die Zugang zu diesen Informationen hatten.

»Wir können das abhaken. Er kümmert sich persönlich um alles Weitere«, erklärte Ellens Vorgesetzter ebenso verwundert.

»Der Direktor?«

Gegenwart. Prag.

Die Morgensonne legte sich über die Goldene Stadt, und die Kuppeln der Gebäude glänzten in deren Licht. Die einfach ausgestatteten Räume des Kriminalisticky ústav Praha wurden mit einem Mal freundlicher, obwohl die Architektur des gelben Gebäudes in der Bartolomejská 12 sich ganz seiner Aufgabe angepasst hatte. Schlicht, einfach.

Der junge vrchní referent zupfte sich gerade die letzten Fussel von seinem blauen Uniformhemd, während er auf das Starten des Druckers wartete. Er war nervös. Sein Kommandant war berüchtigt für seine unvorhersehbaren Stimmungsschwankungen, und jeder wusste, dass dies nicht nur auf die desolaten Verhältnisse bei der tschechischen Polizei, sondern vor allem auf seinen geliebten Slivovice zurückzuführen war. Seine korrupten Machenschaften waren ohnehin kein

Geheimnis. Wie auch allgemein bekannt war, dass die meisten tschechischen Polizeibeamten ihr karges Gehalt aufbessern mussten und dies auch taten.

Das Blatt Papier schob sich langsam in den Auswurfschacht des Druckers. Seine Hände waren feucht, und so schnappte er es sich vorsichtig mit zwei Fingern. Es waren gute Neuigkeiten, das beruhigte ihn ein wenig. Geschickt öffnete er die Dokumentenmappe mit dem Daumen und verstaute das ausgedruckte Blatt Papier zwischen den Flügeln, um kurz darauf mit der Mappe unter dem Arm auf den Gang des vierstöckigen Gebäudes zu treten, dessen Fenster mit rotbraunen Farben eingerahmt waren.

Ohne anzuklopfen, öffnete er nach einigen Schritten die Tür zum Vorzimmer des Oberst. Kurz und prägnant formulierte er sein Anliegen der Sekretärin, die sofort zum Hörer griff und ihn anmeldete. Geschlagene fünfzehn Minuten wartete der junge Referent mit schweißnassen Händen vor der Tür, ehe der Rückruf des Obersts ihm Einlass gewährte. Sein Körper glich einer gespannten Feder, als er vor den Oberst trat und ihm den Zettel aus der Mappe übergeben wollte. Die breiten Schultern des Offiziers, die durch die Uniform noch stärker betont wurden, blieben regungslos.

»Was soll das sein?«, knurrte er hinter dem Schreibtisch seinen Untergebenen an, dessen Haltung sich noch mehr versteifte.

»Ihr spezieller Auftrag, Herr Oberst. Wir haben Neuigkeiten. Die Zielperson ist in Wien«, erklärte er mit fester Stimme.

Der Oberst überlegte kurz, ehe sich ein leichtes Grinsen über seinem Gesicht breitmachte. Er nahm den Zettel und las ihn mit höchstmöglicher Aufmerksamkeit, bis er dies mit den Worten »Sehr gut …« beendete und den jungen Mann mit einem Kopfnicken wegschickte.

Persönlich wählte er die Nummer des Útvar speciálních činností SKPV, die Abteilung für Spezialaufgaben. Ein Freund aus Jugendtagen war der Leiter.

»Leoš, wie geht es dir?«, erkundigte er sich, nachdem dieser abgehoben hatte. Einige Sätze lang tauschten sie Belanglosigkeiten aus, ehe der Oberst auf sein eigentliches Anliegen kam und ihn zu einem Treffen orderte. »In fünfzehn Minuten. Střelecký ostrov.«

Das Restaurant auf der kleinen Insel der Moldau mitten im Zentrum Prags war um halb neun Uhr morgens noch geschlossen. Sie saßen unter den künstlichen Palmen auf einem der Rattansofas, und als der Kellner die Getränke auf den Tisch gestellt hatte und gegangen war, wurde der Oberst präzise. Sein Auftrag war klar und deutlich, und Leoš verstand. Er verstand auch, dass es sich für ihn auszahlen würde, und er setzte sofort seine Topleute darauf an.

»Lass uns auf den Erfolg trinken!«, ermunterte der Oberst ihn.

Gegenwart. Wien.

Seine Füße ragten über die Seitenlehnen der Couch, und Nico schlief so tief und fest, dass er das taube Gefühl in den Beinen nicht bemerkte. Um drei Uhr morgens waren sie in sein Appartement gekommen, hatten noch ein wenig Tiramisu verspeist, das sie vom Italiener mitgenommen hatten und waren dann schlafen gegangen. Getrennt, wie am Vortag.

Nichts rührte sich in dem großen Wohnzimmer, und nur das leise Surren der iMacs war zu hören. Nicht einmal der Lärm der Straße, die vom hektischen Treiben des Vormittags bestimmt war, drang zu ihnen.

Im selben Moment, als die Display-Beleuchtung von Nicos iPhone anging, brach ein kreischender Ton die sanfte Stille. Mit ansteigender Lautstärke schrillte es durch den Raum, und Nico saß nur einen Augenaufschlag später aufrecht da. Von einer Sekunde auf die andere war er hellwach, und das Adrenalin schoss durch seinen Körper. Er wusste sofort, was los war. Es war der Alarm aus seiner offiziellen Wohnung.

Das kleine Gerät kreischte und vibrierte auf dem Couchtisch, bis es, am Rand angekommen, auf den Parkettboden fiel.

»Scheiße«, dachte er, während er mit der Hand den Boden abtastete. Dann hatte er es in den Fingern und sah mit Entsetzen aufs Display.

Zwei schwarz gekleidete Männer hatten die Wohnungstür aufgebrochen und standen im Vorzimmer. Die Gesichter der Männer, die direkt unter dem Rauchmelder standen, in dem die Webcam eingebaut war, konnte er nicht erkennen. Einer checkte die Räume, während der andere stehen blieb. Sie schienen ihr Handwerk zu verstehen. Zumindest hatte es so den Anschein.

»Was wollen die denn …?«, rang Nico, noch leicht betäubt, in Gedanken nach einer Erklärung.

»Sind das die Bullen?« Er wusste nicht, was da gerade abging und suchte fieberhaft nach einer Möglichkeit.

»Bleib ruhig, Junge«, trichterte er sich selbst ein. »Denk nach!«

Seine Blicke hafteten auf dem Display, und die elektrischen Impulse schossen mit Höchstgeschwindigkeit durch seine Gehirnströme. Es gab zwei Möglichkeiten.

»Die kommen wegen meiner Hacks oder wegen der Geschichte mit Tina.« Für Ersteres sprachen die Zivilkleidung der Eindringlinge und deren aggressives Vorgehen.

Gerade als einer der Männer im Begriff war, sich umzudrehen, erschien eine Hand vor der Kamera, und es wurde plötzlich dunkel. Kurz flackerte noch ein heller Bereich auf dem Display auf, doch nur wenig später war es schwarz. Sie hatten die Kamera entdeckt! Nico sprang von der Couch auf und ging nervös auf und ab.

»Shit!«, fluchte er.

»Was ist denn los?« Tina stand in der geöffneten Tür des Schlafzimmers und hielt dabei die Hand auf der Stirn. Sie spürte seine Aufregung.

»Keine Ahnung …«, blockte er vorerst ab. In seinen Shorts setzte er sich an einen seiner Monitore und tippte hektisch auf der Tastatur.

»Ich muss erst etwas abchecken …«, versuchte er, Tina zu beruhigen.

Im Nu hatte er einen der IRC-Kanäle geöffnet, über die er ansonsten kommunizierte.

»Problemzzz!!!???«, gab er ein.

Fünf Minuten wartete er, bis eine Antwort kam. Die längsten fünf Minuten seiner bisherigen bald vierundzwanzig Jahre.

Tina war inzwischen ins Bad gegangen, und Nico wusste nicht so recht, was er ihr sagen sollte.

»I/I0!«, erschien ebenso knapp die digitale Antwort im Forum: „No!“

Nicos Erleichterung war nur von kurzer Dauer, denn er wollte nichts riskieren. Sensible Daten hatte er keine auf seinen Rechnern. Er war kein Idiot. Einige Spezialprogramme hatte er mit einer fremden Apple-ID auf iCloud, einer externen Datenbank von Apple, gespeichert, zu der es keinerlei Verbindung zu ihm gab. Und nach jedem Job räumte er ordentlich auf. Dennoch startete er die eigens angefertigte Formatierungssoftware, die alle Rechner gleichzeitig löschen und garantiert keine Spuren hinterlassen würde. Das war sicher. Alles andere nicht.

Die einzige Erklärung, so schien es ihm, war der Vorfall im Stadtpark.

»Die Anzeige wurde doch fallen gelassen.«

Grübelnd stand er auf, streifte die Jeans über, die auf dem Boden lagen und stellte einen Kaffee auf. So sehr er auch nachdachte – es war die einzig logische Erklärung.

»Die Bullen sind hinter uns her«, eröffnete er Tina, die mit nassen Haaren aus dem Badezimmer trat. Nico nippte an seinem Kaffee und sah sie über den Tassenrand an. Ihr Miene versteinerte. Sie wankte leicht, und Nico machte einen schnellen Schritt nach vorne, um sie abzufangen und auf die Couch zu geleiten. Leichenblässe überzog ihr hübsches Gesicht.

»A…aber, wieso?«, stotterte sie, und Nico war von ihrer Reaktion verblüfft.

»Keine Ahnung.« Tina hatte Angst.

»Und was machen wir jetzt?«

»Wir machen erst mal gar nichts. Ich muss in Ruhe überlegen, und hier findet uns niemand. Hier sind wir sicher.«

Nico trat zum Fenster und sah hinunter auf die belebte Straße. Die Menschen drängten sich auf den Gehsteigen in die Innenstadt, und noch bevor er seinen Blick wieder auf Tina richten konnte, blieb eine dunkle Limousine mit quietschenden Reifen vor dem Haus stehen. Zwei Männer sprangen aus dem Wagen und sahen die Häuserfront entlang noch oben. Sie waren schwarz gekleidet, und Nico wusste in dem Moment sofort, dass es ihn betraf. Das Adrenalin peitschte durch seine Venen.

»Scheiße!«, schrie er. »Scheiße!«

Sein Mund war vollkommen ausgetrocknet, und das blanke Entsetzen stand ihm ins Gesicht geschrieben.

»Wir müssen weg! Schnell!«

Tina verstand nicht, was er meinte.

»Die Bullen kommen! Los! Wir müssen weg!«, rief er und schlüpfte hastig in seine Sneakers.

Tinas Verwirrung hielt noch einen kurzen Moment lang an, ehe sie wie auf Kommando aufsprang und ihre Sachen zusammenraffte. Mit den Schuhen in der Hand eilte sie in Richtung Eingangstür.

»Nicht da!«, stoppte Nico sie, der seine Laptoptasche umgehängt hatte und mit einer Art Dietrich die Eisentür neben dem Schreibtisch öffnete.

Tina folgte ihm barfuß in den alten, engen Lieferantenaufgang, und Nico versperrte die Tür hinter ihr. Leise schlichen sie den stockfinsteren Abgang hinunter.

»Wie haben die uns gefunden?«, flüsterte Tina, deren Füße sich auf der drehenden Treppe vorsichtig nach unten tasteten.

»Ich weiß es nicht«, gab Nico leise zurück. Er griff in seine Hosentasche und holte sein iPhone heraus, um die Taschenlampen-App zu starten. Die Eingebung traf ihn wie ein Blitz.

»Fuck! Die haben mich über das Signal der Webcam geortet!«, war ihm plötzlich alles klar. Er startete eine seiner Apps, stellte das Smartphone auf eine Stufe, und dessen Licht beleuchtete die nach unten führende Treppe. Durch die Eisentüre war das Klingeln der Türglocke zu hören.

»Los! Wir müssen uns beeilen!«

Unten angekommen, sperrte er die wuchtige Tür ebenfalls mit dem selbst gebastelten Dietrich auf und spähte nach draußen. Der Hinterhof war leer, und schnell verschwanden sie unauffällig in einem der gegenüberliegenden Stiegenhäuser.

Gegenwart. Washington.

»Meine Herren! Sie haben die neuen Informationen erhalten, und ich denke, wir sollten die Sache ernst nehmen.«

Thomas Bennett, der Direktor des FBI, saß vier Männern an einem runden Tisch gegenüber, die allesamt umgehend zu dem Treffen geeilt waren. Keiner von ihnen war unter sechzig, und zwei davon glänzten in ihren Uniformen. Der Raum war absolut abhörsicher, und außer den Büromöbeln gab es nur ein Telefon.

»Ich bin ganz Ihrer Meinung«, bestätigte einer der Anwesenden, dessen Air-Force-Uniform mit zahlreichen Orden und Auszeichnungen übersät war und dessen Worte offenbar Gewicht hatten, nachdem die zwei weiteren Teilnehmer des Meetings nur still nickten.

»Das Projekt darf auf keinen Fall in Gefahr gebracht werden, und welche Auswirkungen diese neue Situation haben könnte, können wir derzeit nicht abschätzen. Ich bin ebenfalls dafür, kein Risiko einzugehen. Angesichts der Investitionen, die wir bereits getätigt haben.« Der Mann im sündteuren Maßanzug schlug ein Bein über das andere und blickte bestimmt in die Runde.

»Geld spielt in diesem Fall wohl eine untergeordnete Rolle«, warf der zweite Uniformierte ein. Fünf Sterne prangten, im Kreis angeordnet, von seinem blauen Uniformkragen und bezeugten somit seinen Rang als Fleet Admiral der US Navy.

»Aber Sie haben recht. Wir dürfen kein Risiko eingehen.«

»Vielleicht haben wir dadurch die Chance, dem Projekt zum Durchbruch zu verhelfen.«

Der Blick Bennetts haftete bei seinen Worten auf dem verantwortlichen Leiter des Projekts, der bisher geschwiegen hatte.

»In den letzten Monaten haben wir keine signifikanten Fortschritte gemacht«, erläuterte dieser mit einem Anflug von Resignation. »Alles, was wir kriegen können, hilft uns weiter. Wir treten zurzeit auf der Stelle.«

»Dann werden ich alles Weitere veranlassen«, beendete Bennett das Treffen.

Vergangenheit. Östlich von Lhota.

»Mein kleiner Liebling ...« Die Worte brannten sich in das Ohr des Kindes. Jedes Mal, wenn sie erklangen, wusste es, was jetzt kommen würde. Der aufgeblähte behaarte Bauch des alten Mannes schob sich seitlich an den schmächtigen Körper heran. Das Kind spürte die Berührung nicht. Keine. Niemals. Der Körper war taub während der höllischen Prozedur, und die Praktiken waren dem Kind schon alle bekannt. Es war nur eine Zeit des Wartens, bis es vorbei war.

Er betrachtete die zarte Haut und nahm ganz langsam die Hand des Kindes, die er auf seinen erregten Penis legte und ihn damit umklammerte. Speichel rann ihm seitlich über die geöffneten Mundwinkel hinunter, und eine Mixtur aus absoluter Geilheit und willenlosem Wollen implodierte in seinem Kopf.

Der eigentliche Akt dauerte nicht lange, doch es begann schon lange vorher. Ebenfalls in seinem Kopf. Er wusste nicht, was es auslöste. Er bemerkte es meist erst selbst, wenn er nicht mehr zurück konnte. Und dann kamen sie. Die bösen Geister.

Doch auch sie konnten ihn dann nicht mehr bändigen. Er war wie ein Tier, und der Rausch des Verlangens war mächtiger als alles andere. Er konnte nicht entkommen.

Seit einem Jahr war dieses Kind nun sein Lieblingsspielzeug, und es würde nicht mehr lange dauern, bis es aus und vorbei wäre. Denn mit dreizehn Jahren war man für das Geschäft, das er betrieb, schon zu alt.

Aber diese Drecksarbeit erledigten seine Schergen, und er würde sein Leben weiterleben. Und die Fassade würde immer schön glänzen. Und er würde noch immer alle Fäden in der Hand haben. Denn er war der Einzige, der alle Mitglieder der Organisation kannte.

Und seine Notizen sorgten dafür, dass er niemanden vergessen würde ...

Gegenwart. Autobahn.

»Wollt ihr auf ein Fest in Graz?«

Der aufgedrehte junge Fahrer mit den Dreadlocks lenkte seinen Audi A3 gerade auf die Autobahn. Nico verneinte, und an seiner ernsten Mimik war abzulesen, dass er keine Lust auf Konversation verspürte. Tina saß am Rücksitz und starrte aus dem Seitenfenster. Vier Stunden zuvor waren sie aus Nicos Wohnung geflüchtet, und sie wusste nicht, wohin die Reise gehen würde. Sie hatte Angst.

»Sorry, ich muss nur kurz ...« Nico nahm sein MacBook Pro aus der Tasche und wählte sich über den Prepaid-Stick ins Internet ein.

»Hey, cooles Teil«, begeisterte der junge Fahrer sich über das stylische Notebook.

Nico reagierte nicht darauf und las sich durch verschiedene Szene-Foren, in denen es vielleicht Neuigkeiten gab. Er fand keinen Hinweis, dass es irgendwelche Probleme gab. Alles war ruhig im Darknet. Er klappte das Notebook zu und lehnte seinen Kopf mit geschlossenen Augen an die Seitenscheibe.

»Ost oder West?«

Wie aus weiter Ferne hörte er die Worte und konnte nicht einordnen, aus welcher Richtung sie kamen.

»Hey! Ost oder West?« Das Rütteln an seinem Ärmel weckte ihn. Der Fahrer sah ihn an. Nico brauchte einen kurzen Moment, um die Situation zu erfassen.

»Ost«, antwortete er. »Lass uns beim Stadion raus.«

Mit der Straßenbahn fuhren sie in die Innenstadt. Die Geschäfte waren kurz davor zu schließen, und Nico ging zielstrebig in den erstbesten Shop eines Mobilfunkanbieters in der Nähe des Hauptplatzes. Tina wartete und schlenderte vorbei am Rathaus über den großen offenen Platz. Hinter den alten Herrenhäusern war die Silhouette einer Bergspitze zu sehen.

»Das neue iPhone mit einer Prepaid-Karte«, orderte er grußlos beim Verkäufer.

»Das ist aber eine sehr teure Variante. Wir hätten da ...« Nico unterbrach den ambitionierten Angestellten.

»Nein danke!« Er holte das Kuvert aus den vorderen Taschen seiner Jeans, das er erst zwei Tage zuvor aus dem Postfach der nun aufgebrochenen Wohnung geholt hatte. Der Verkäufer übte sich vergeblich in Diskretion, als er das prall gefüllte Kuvert mit den 500-Euro-Scheinen sah.

»Und ich brauch noch Ladebons.«

In einem Delikatessladen in der Sackstraße deckten sie sich mit den notwendigsten Lebensmitteln ein. Die historischen Altstadtgebäude, die zum UNESCO-Weltkulturerbe gehören, ragten rechts und links in die Höhe und wurden nur durch die engen Gassen unterbrochen.

»Wo wollen wir eigentlich hin?«, erkundigte Tina sich im Gehen.

»Ich hab hier eine kleine Unterkunft. Eine winzige Bleibe vorne beim Schlossberg. Wir sind gleich da.«

»Und hier sind wir sicher?«, blieb Tina skeptisch.

»Niemand weiß davon.«

Kurz vor dem Hotel am Fuße des Schlossbergs blieb Nico bei einer engen Einfahrt stehen, die nach rund dreißig Metern mit dem Treppenaufgang zum Vereinslokal einer Studentenverbindung endete. Das rechte Haus war durch eine drei Meter hohe und nur zwei Meter breite Wand mit dem Nebenhaus verbunden. Eine Tür führte direkt auf den Gehsteig. Nico öffnete diese ganz selbstverständlich. Dahinter wurden mehrere Mülltonnen sichtbar. Er nahm einen losen Stein aus dem untersten Teil der Mauer und fischte mit den Fingern einen Schlüsselbund aus dem Loch.

Im linken Haus der Einfahrt, nur wenige Meter entfernt, waren die passenden Türen dazu. Drei an der Zahl. Unten die Haustüre. Dann die Eisentür mit Gitterstäben im Stiegenhaus, die zu den Wohnungen führte. Und schließlich die Wohnungstür selbst. Die Vermieter waren äußerst vorsichtig – angesichts der nächtlichen Besuche volltrunkener Burschenschaftler.

Der Mief der winzigen Bude war selbst für Tina gewöhnungsbedürftig. Nach dem kleinen, engen Vorraum gab es nur ein verwinkeltes Zimmer mit hoher Decke und ein kleines Bad mit WC, das zumindest Platz für eine Person bot. Alles wirkte trist.

Nico öffnete zuallererst das Fenster und gab so den Blick auf die ge-

genüberliegende Hauswand frei, die nur wenige Armlängen entfernt war. Zwei kleine Sofas, ein Tischlein und ein Hochbett waren neben der Mini-Küche, die aus einer Kaffeemaschine und einem Kühlschrank bestand, die einzigen Einrichtungsgegenstände des Raums. Ins Bad führte ein Falttür aus Plastik.

Sie ließen sich erschöpft auf die Sofas fallen.

»Und? Was jetzt?« Tina unterbrach das Schweigen, das vom ratternden Geräusch der Straßenbahn begleitet wurde. Mit überkreuzten Beinen saß sie ihm gegenüber und sah ihn an.

»Wir müssen rausfinden, wer hinter uns her ist«, schnaufte Nico.

»Wer? Die Polizei natürlich.« Tinas Überzeugung schwang in der Melodie ihrer Worte mit. Nico verdrehte leicht den Kopf.

»Ich bin nicht sicher. Die Jungs haben sich nicht unbedingt wie Wiener Kiberer angestellt.«

Die Wirkung seiner Worte ließ sich an ihrem Gesicht ablesen.

»Hast du irgendwas ausgefressen?«, hakte er nach. Die Frage schien sie aus weiter Ferne zurückzuholen.

»Nein«, schüttelte sie den Kopf.

»Dann kann ich mir das alles nicht erklären. Die Geschichte im Stadtpark passt einfach nicht. Es gab keine Anzeige, und diese Typen, die meine Wohnungstüre aufgebrochen haben …« Die Sache hakte an allen Ecken. Tina legte das Gesicht in ihre Hände.

»Leg dich hin. Ich schau mal, ob ich was rausfinden kann.« Sein Lächeln war das erste seit der Flucht aus der Wohnung.

Die folgenden Stunden verbrachte er mit unzähligen Seiten im Web und Kaffee. Tageszeitungen, Gratisblätter, Presseagenturen, Fernsehsender – er stöberte sich durch einen Berg von Inhalten, und die Schlagzeilen der letzten Tage rauschten an ihm vorbei. Er fand keinen einzigen Bericht zu dem Vorfall im Stadtpark. Es gab nicht mal eine Kurzmeldung unter den Presseaussendungen der Wiener Bundespolizei, die auf deren Webseiten als Ticker angezeigt wurden. Gleichzeitig lud er seine selbst geschriebenen Programme aus der iCloud auf sein neues iPhone.

Nico stand auf, lehnte sich aus dem Fenster und sah seitlich die Einfahrt hinaus zur Straße. In unregelmäßigen Abständen kamen Passanten vorbei, die dem Nachtleben frönten. Keinen Schritt weiterzukommen, nagte an ihm. Er war in der Defensive, und das hasste er. Tina schlief bereits.

Der Wind blies an ihm vorbei, und mit geschlossenen Augen saugte er die frische Luft auf. Langsam atmete er aus und setzte sich wieder an den Bildschirm, wo kurz darauf die Eingabezeile einer Suchmaschine erschien.

»Tina Smutná« gab er ein.

Gegenwart. Prag.

»Leoš. Warum, glaubst du, habe ich dich beauftragt?«, sprach der Oberst mit ruhiger Stimme in den Hörer. Vom obersten Stockwerk aus blickte er mit stoischer Miene in den Nachthimmel, und je ruhiger er wurde, desto gefährlicher war die Situation für sein Gegenüber.

»Die Angelegenheit ist von höchster Dringlichkeit, und ich kann in dieser Sache keine Fehler erlauben! Man sitzt mir im Nacken! Verstehst du?«

Der Leiter der Abteilung für Spezialaufgaben schwieg einen Moment. Er hatte verstanden.

»Wir werten gerade die Telefonnummern aus. Ich melde mich in einer Stunde.« Um weiteren Vorhaltungen zu entgehen, legte er auf.

Fünf Minuten später war sein Einsatzteam versammelt. Zigarettenrauch stieg auf und umhüllte die von der Decke hängende Neonlampe des Besprechungsraums. Ein Tisch und einige Stühle, ansonsten gab es nichts. Schon nach den ersten Worten des Leiters war allen klar, dass jetzt Ergebnisse auf den Tisch mussten.

»Wo stehen wir?«

»Wir eruieren die Adressen der gewählten Rufnummern und die der Anrufer. Wir mussten allerdings erst die Datenformatierung reparieren und hatten Glück, dass der Prozess noch nicht abgeschlossen war, als wir das Mobiltelefon gefunden haben. Deswegen laufen die Auswertungen noch.« Im Stakkato hatte der junge Zivilbeamte, dessen Pistolenhalfter viel zu eng um die Schultern geschnallt war, Bericht erstattet.

Ein weiterer ergänzte: »Zwei Mannschaften sind vor Ort in Bereitschaft. Sobald wir die Ergebnisse haben, können sie starten.«

Leoš sah mit starrem Gesichtsausdruck in die Augen der Männer, und das grelle Neonlicht betonte seine faltigen Züge. Seine raue, langsame Stimme drang auf Anhieb ins Bewusstsein seiner Mitarbeiter.

»Das Ganze kommt von höchster Stelle und steht unter höchster Geheimhaltung. Nicht einmal der Innenminister ist davon in Kenntnis.«

Mit einer kurzen Pause gab er diesen Worten noch mehr Gewicht.

»Wir dürfen keine Fehler machen, und sie wissen jetzt, dass wir ihnen auf den Fersen sind.«

Es klopfte an der Tür zum Besprechungsraum.

»Kapitán. Die Auswertungen sind fertig!«

Der erschöpft dreinblickende Mann mit den aufgestülpten Hemdsärmeln legte die Papiere auf den Tisch und verschwand ebenso schnell wieder, wie er gekommen war.

»Lasst uns also die Suche beginnen«, feuerte Leoš seine Leute an.

Gegenwart. Graz.

Das Surren der Kaffeemaschine war das Erste, das er hörte. Es war nicht das übliche Krächzen seiner Filterkaffeemaschine, die in Wien stand, sondern der monotone Klang dieser neuartigen, mit Pads zu füllenden Highspeed-Teile. Allein daran erkannte er, dass er in Graz war, als er die Augen aufschlug.

Tina sah zu ihm. »Kaffee?«

Nico war auf einem der Sofas unter dem Hochbett eingeschlafen. Sein erster Blick fiel auf den Bildschirm des Notebooks. Es war ausgeschaltet.

»Oh ja!« Er setzte sich auf und schielte auf die Hauswand gegenüber.

»Hast du etwas gefunden?«, erkundigte sie sich, als sie ihm den Kaffee reichte.

»Keine Spur … nirgends war was zu finden. Es gibt keinerlei Hinweise auf den Vorfall im Stadtpark.« Nico verschwieg, wonach er noch gesucht hatte.

Im Stiegenhaus hörte man, wie sich eine Tür öffnete. Tina zuckte zusammen.

»Keine Angst. Das sind nur die Vermieter. Die wohnen nebenan«, beruhigte Nico sie.

Er erzählte ihr von dem älteren Geschwisterpaar, das er vor drei Jahren bei einer Reise nach Amsterdam kennengelernt hatte. Früher waren beide Architekten gewesen, und heute lebten sie von ihrer Pension und den Mieteinkünften des Hauses.

»Wirklich nette Leute. Ich sag nur schnell Hallo.«

Nico sprang auf, ging zur Wohnung nebenan und drehte an der alten eisernen Türglocke. Es dauerte ein wenig, bis jemand hinter der Tür zu hören war.

»Ich komme ja schon«, beschwichtigte die alte Dame, und die Freude war ihr anzusehen, als sie ihn nach dem Öffnen erkannte.

»Nico. Auch mal wieder da? Komm rein.«

Sie setzten sich ins geräumige Wohnzimmer, dessen dunkle Antiquitäten dem ohnehin finsteren Raum die passende Note verliehen.

»Mein Bruder ist gerade in der Stadt, aber er kommt bald wieder. Er wird sich freuen, dich zu sehen. Erst vorige Woche hat er versucht, dich zu erreichen.«

Nico wusste, was sie meinte, doch er hatte keine Lust gehabt abzuheben. Zehn Minuten lang stand er der reizenden alten Dame Rede und Antwort.

»Wie lange wirst du in Graz sein?«

»Das weiß ich noch nicht. Ich habe einiges zu erledigen und kann noch nicht sagen, wie lange das dauern wird.«

Sie nickte lächelnd und bot ihm einen Kaffee an, den er jedoch ablehnte.

»Danke, aber ich muss jetzt. Wir sehen uns ja noch.«

Die ältere Dame blieb sitzen, als Nico die Wohnung verließ.

»Komm, wir drehen eine Runde in der Stadt. Ich muss raus.«

Tina saß gerade auf der Fensterbank und beobachtete die an der Einfahrt vorbeigehenden Leute. Die Aufforderung kam ihr gerade recht. Im Nu war sie fertig, und nachdem sie die drei Türen wieder auf- und zugesperrt hatten, traten sie auf das Kopfsteinpflaster der Einfahrt.

Sie spazierten den Kai entlang, und als Tina die künstliche Insel auf der Mur entdeckt hatte, wollte sie unbedingt dorthin. Im kleinen Café der Insel, die der New Yorker Künstler Vito Acconci geschaffen hatte, bestellten sie sich ein kleines Frühstück und genossen das sonnige Ambiente am Wasser.

Zu ihrer Linken ragte der Berg empor, den Tina schon am Vorabend entdeckt hatte und nun genauer in Augenschein nehmen konnte. Das Haus mit Nicos Wohnung lag direkt am Fuße dieses Berges. Rechts des Flusses war eine überdimensionale blaue Blase zu sehen, die sich laut Nicos Erklärung als Grazer Kunsthaus entpuppte.

Nach dem Frühstück schlenderten sie die schmalen Gassen der Altstadt entlang, und als sie an einem der unzähligen Modeshops vorbeikamen, zog Nico sie mit den Worten »Jetzt kleiden wir dich ein …« in den Laden. Tina war es anfangs etwas peinlich, doch Nicos gewinnender und lockerer Art war nichts entgegenzusetzen. Sie stimmte ein. Mit neuen Jeans, neuem T-Shirt und einer Jacke kam sie aus dem Store.

»Steht dir!« Nicos Kompliment kam an, denn Tina lächelte. Sie fühlte sich wohl in den neuen Klamotten, so, wie sie sich auch in Nicos Gegenwart sehr wohlfühlte. Ein Zustand, den sie noch nie erlebt hatte.

Nach wenigen Metern entdeckten sie in einem Innenhof aus der Renaissancezeit eine kleine Vinothek mit einem schattigen Gastgarten. Bei einem Glas Merlot, so dachte Nico, könnte er vielleicht etwas mehr über Tina erfahren.

»Wann bist du eigentlich nach Wien gekommen?«, stellte er ganz unverbindlich die einleitende Frage, nachdem sie angestoßen hatten.

»Vor sechs Jahren.«

»Abgehauen?«

»So kann man sagen.«

Ihr verlegenes Lächeln ließ ihn vorsichtiger werden.

»Und was hast du eigentlich geplant? Generell?«

»Ich mache keine Pläne … Das Leben hat mich gelehrt, dass die schönsten Pläne von einer Sekunde auf die andere wie Seifenblasen zerplatzen. Ich lebe und genieße den Moment. Für mich gibt es nur das Heute … und vor allem kein Gestern.« Der nachdenkliche Ton passte zu ihren letzten Worten. »Und du?«

Nico hatte nicht mit der Gegenfrage gerechnet, mit der Tina die Aufmerksamkeit von sich lenkte.

»Ich? Ich bin ein einsamer Wolf, der durchs Leben streift, seine Macken hat und dabei ganz glücklich ist.« Sein breites Grinsen lockerte die Stimmung wieder etwas.

»Welche Macken?«, bohrte Tina nach.

Er hob sein Glas, leerte es in einem Zug und sagte lachend: »Im Kopf teile ich immer alles durch drei. Ein echt blöder Tick.«

Tina zuckte kurz mit den Schultern und erwiderte ebenfalls lachend: »Wenn das alles ist …!«

»Vielleicht sollten wir einfach ein paar Tage hierbleiben und warten, bis Gras über die Sache gewachsen ist«, meinte er. »Vielleicht war ja alles nur ein Irrtum.«

Ihre Bedenken waren ihr anzusehen, und dennoch gab sie sich einen Ruck und willigte ein.

Obwohl Nico selbst nicht so recht daran glaubte, schob er seine Sorgen beiseite und bestellte ganz entgegen seiner eigentlichen Trinkgewohnheiten ein weiteres Glas, noch ehe es Mittag war. Ein Zeichen von Nervosität, das wusste er.

Eine Gruppe Touristen kam in den Innenhof, und eine Reiseführerin erklärte ihnen die Architektur, deren Entstehungszeit und die Namen der ehemaligen adeligen Bauherren sowie der folgenden Besitzer, die sich über die Jahrhunderte in der Geschichte des Innenhofs verewigt hatten.

Nico bezahlte, und sie flanierten durch die Altstadtpassage hinaus auf die große Straße, die den Hauptplatz querte. Am Zeughaus vorbei gingen sie geradewegs in Richtung Nicos bescheidener Bleibe und drängten sich zwischen den Menschenmassen, die den Hauptplatz säumten. Es waren nur wenige Minuten bis zu ihrem Haus.

»Wo hab ich den …« Nico kramte in seiner Hosentasche und zog den Schlüsselbund hervor. Die drei Schlüssel waren durch gefeilte Ecken und farbliche Tupfer gekennzeichnet. Jener für die Haustüre hatte einen grünen Punkt.

»Wir schmeißen nur die Einkaufstaschen rauf. OK?«

Er steckte den Schlüssel ins Schloss und wunderte sich, dass die Drehung wirkungslos blieb. Es war offen.

»Hm?« Er runzelte die Stirn.

»Da hat wohl einer vergessen … eigentlich ist es oberste Pflicht, alle drei Türen abzusperren«, begründete Nico in gespieltem Befehlston und mit verdrehten Augen die Eigenwilligkeit der beiden betagten Vermieter.

Sie traten in den Aufgang zum Stiegenhaus und gingen zur Treppe.

»Sperrst du nicht zu?«, war Tina verblüfft.

»Wir sind gleich wieder weg.«

Alte Holzstiegen führten nach oben und wurden von der Hauswand und einem massiven Geländer aus Stein gesäumt. Rechts davon war ein kleiner, finsterer Gang, der zum Keller führte. Die Eisentür mit den bedrohlich wirkenden Gitterstäben kam mit jeder Stufe näher.

Auf halber Höhe der Treppe sahen sie das längliche Stiegenhaus des ersten Stocks mit seinem Gewölbe, an dessen Ende eine weitere Treppe hinauf in den Garten führte, der terrassenförmig am Fuße des Schlossbergs angelegt war. Auf der rechten Seite waren die Eingänge zu den Wohnungen, und die linke Seite war bestimmt von meterhohen Fenstern, die Einsicht in einen kleinen grünen Innenhof des benachbarten Hotels gewährten.

»Klick!« Das Sperrgeräusch hallte in dem monströsen Gemäuer aus alter Zeit, und die Scharniere der Eisentüre reagierten mit einem leisen Quietschen auf das Öffnen. Nico schob die Eisentüre nach hinten, und Tina folgte ihm zu seiner Wohnungstür. Er suchte den Schlüssel mit dem roten Punkt.

Das nächste Sperrgeräusch erklang, und als er die nach außen aufgehende Wohnungstür einen Spaltbreit aufgemacht hatte, öffnete sich nebenan blitzartig die Wohnungstüre seiner Vermieter. Ein mit dunklen Jeans und schwarzer Lederjacke gekleideter Mann schnellte hervor und sein ausgestreckter Arm zeigte auf Nicos Kopf. Mit Handschuhen hielt er eine halbautomatische Glock 39, Kaliber 45.

Nico war wie erstarrt, als der Mann wortlos auf ihn zukam und die Pistole unverändert auf seinen Kopf gerichtet hatte. Tina stand wie versteinert hinter ihm und presste sich an die Mauer. Die eiskalten Augen des Mannes, der nur zwei Schritte von ihm entfernt war, ließen nicht von ihm ab, und als Nico die leichte Bewegung des Fingers am Abzugshahn sah, ahnte er sein Ende.

Ein Knacksen der Holzstiege riss den Mann mit der Pistole aus seiner Konzentration, und für einen Sekundenbruchteil drehte er seinen Blick nach hinten. Ohne nachzudenken, griff Nico die schwere Wohnungstür aus Holz und riss sie mit aller Kraft nach hinten. Mit vollem Schwung erwischte sie den Mann, und sein ganzer Körper wurde von der Wucht des Aufpralls nach hinten katapultiert. Mit dem Kopf schlug er an die Mauerkante der Fensternische, und sein Handy fiel aus der Jackentasche, als er benommen zu Boden ging.

»Lauf in den Garten!«, herrschte Nico Tina an, die noch immer regungslos an die Mauer gepresst war. Nico blickte panisch hin und her. Der Mann rührte sich nicht.

»Lauf!«, schrie er nochmals und packte Tina an der Hand.

In Todesangst rannten sie die Stufen hinauf. An der offenen Türe zum Garten angekommen, blickte er zurück und sah, wie der Mann sich unten regte. Sie stürzten ins Freie, und Nico zog Tina die Steinstiegen zur höher gelegenen Terrasse hinauf.

Das nur wenige Meter breite Plateau war überdacht von mächtigen alten Bäumen, zwischen denen riesige Büsche hervorragten. Ein Paradies inmitten der Stadt und an den Hängen des Berges gelegen, tat sich vor ihnen auf, als sie um die Ecke des steinernen Aufgangs bogen. Nico sah die zwei Meter hohe Mauer, die die Grenze zum Hotel bildete und zerrte noch fester an Tina, die ihm hinterherhechelte.

Nur noch vier Stufen hatte sie vor sich, dann passierte es. Sie rutschte über eine der glatten Steinstufen ab und prallte ohne Gegenwehr mit dem linken Knie gegen eine der scharfen Kanten. Der kurze Schmerz ließ sie beinahe ohnmächtig werden, und sogleich tränkte Blut ihre neuen Jeans. Nico war wie von Sinnen und versuchte, sie hochzuziehen, doch ihr Körper blieb träge. Er stieg drei Stufen zurück, griff mit beiden Armen unter ihre Achseln und zog sie mit aller Kraft nach oben, bis sie auf dem gesunden rechten Bein zum Stehen kam. Mit beiden Händen hatte er sie nun auf Bauchhöhe umarmt.

»Stop!«

Der Akzent war trotz der Kürze der Ansage unüberhörbar und Richtung Osten einzuordnen. Er war hinter ihnen. Auf den letzten Stufen stehend, drehten sie sich halblinks um, und Nico stellte sich vor Tina. Eine Wunde klaffte am Kopf des Killers, und Blut rann ihm über die Wange.

Nico starrte auf die runde schwarze Öffnung der Glock. Wie im Zeitraffer erschien ihm die Situation, und einen Moment lang glaubte er umzukippen. Die Lippen des Mannes bewegten sich, doch Nico verstand die Worte nicht, die wie aus weiter Ferne klangen.

»Das Buch!«, schrie der Mann sie an. Er war kurz davor abzudrücken. Nico spürte es, und die Ausweglosigkeit erfüllte ihn mit panischer Angst.

»Das Buch?«, wiederholte er fassungslos. »Wir haben kein Buch …«, fügte er monoton hinzu.

Mit einer Armbewegung unterstrich der Mann sein Vorhaben abzudrücken. Nico spürte, wie Tina am ganzen Leib zitterte. Ganz langsam wanderte die Glock wenige Zentimeter nach oben, und die Linie zwischen Kimme und Korn bildete eine Gerade zu Nicos Stirn hin. Es war vorbei, und auch wenn er es nie von sich geglaubt hätte, reagierte er wie alle anderen in dieser Situation. Er schloss die Augen.

Ein dumpfes Geräusch folgte zwei Mal hintereinander, und beide Körper, die dicht aneinandergedrängt waren, zuckten zusammen.

Die Welt stand still, und Nico wartete. Kein Ton war in dieser Tausendstelsekunde zu hören, und auch kein helles Licht erschien. Alles hatte aufgehört zu existieren.

Doch auf diese Weise wollte Nico nicht sterben.

Entschlossen riss er die Augen auf. Wie aus Trotz wollte er diesen letzten Sekunden auf Erden entgegenblicken und dem Mann, der dafür verantwortlich war, dabei ins Gesicht sehen.

Schmerzverzerrt sah dieser zu den beiden hoch und hielt die linke

Hand auf sein Herz gepresst. Blut quoll zwischen den Fingern hervor, und der Hauch des Lebens rann dabei mit zu Boden. Seine kalten Augen weiteten sich, als er nach vorne sackte und auf den Steinstufen aufschlug. Er war tot.

Drei, vier Sekunden lang war es totenstill, dann hörte man plötzlich das Klackern von Absätzen auf den Steinen. Ganz langsam. Die Schritte waren gemächlich, und mit jedem weiteren stieg die Todesangst der Mordzeugen, die wie angewurzelt auf den Stufen standen und nach unten starrten. Sie konnten sich nicht bewegen und dem unförmigen Schatten entfliehen, der sich gemächlich über die Stufen schob.

Ein dunkelbrauner Sonnenhut ragte langsam hinter der steinernen Mauer hervor. Ein etwa sechzigjähriger Mann mit grauem Haar verbarg sich darunter, dessen langer beigefarbener Trenchcoat ihm einen edlen Touch verlieh. Sein zerfurchtes und sonnengegerbtes Gesicht blieb regungslos, während er den auf der Treppe liegenden Mann musterte.

Ohne die beiden anzusehen, kniete er sich hin, hob ganz langsam die Glock 39 auf und steckte sie in seine linke Manteltasche. In der Rechten hielt er eine Beretta 92FS mit aufgeschraubtem Schalldämpfer, den er dazu benutzte, die Jacke des Mannes leicht anzuheben. Er durchsuchte die Innentaschen und zog einen Ausweis heraus, den er beim Aufstehen einsteckte, ohne ihn anzusehen.

Von oben konnte man ihn nicht genau erkennen, und er hob den Kopf nur so weit, dass man seine Lippen unterhalb der Krempe sah.

Seine tiefe Stimme gab seinen langsam gesprochenen Worten den finsteren Klang.

»Wenn Sie mehr wissen wollen, dann fahren Sie nach Serbien! In der Krunska 51 in Belgrad finden Sie die ersten Antworten!«

Ohne eine Reaktion abzuwarten, machte der Mann kehrt und verschwand langsam die Stufen hinab. Nico und Tina wagten es nicht, sich von der Stelle zu rühren. Einige schwere Atemzüge lang standen sie nur da und blickten auf den toten Mann, der zu ihren Füßen lag und dessen Blut immer mehr die einst mühsam behauenen Steine bedeckte.

»Die Vermieter!«

Nico sprach den Gedanken impulsartig aus, und selbst Tina schien der Gedanke an sie wachzurütteln. Vorsichtig schlichen sie an dem Toten vorbei, und Nico stützte seine verletzte Gefährtin, die den Schmerz jedoch nicht wahrnahm.

Nicos Türe war noch sperrangelweit geöffnet und ragte ins Stiegenhaus, als sie unten ankamen. Die Tür dahinter ebenso.

Nach wenigen Schritten löste er sich von Tina mit den Worten: »Warte hier.«

Vorsichtig näherte er sich der Wohnung der Vermieter, aus der kein Ton drang. Die Todesangst, die ihn umschlungen hatte, ließ noch immer nicht los und schnürte seine Kehle zu. Er schluckte. Zwei Meter vor der offenen Wohnungstür blieb er stehen. Er schloss kurz die Augen und atmete tief durch, bevor er den nächsten Schritt wagte.

Die Beine der alten Dame sah er zuerst. Sie lag am Boden. Nur wenige Meter entfernt von ihrem Bruder, dessen Kehle ebenso durchtrennt war wie die ihre. Nico drehte sich schlagartig um und schloss mit der Linken die Wohnungstüre, ohne sich noch einmal umzudrehen. An die Tür angelehnt, rutschte er mit dem Rücken nach unten, bis er saß. Dann legte er sein Gesicht in die Hände. Er suchte keine Erklärungen oder Zusammenhänge, sondern spürte nur die zerreißende Leere, die der Tod hinterließ. Tina stand noch immer im Gang und wirkte wie eine Statue. Steinern wie blasser Marmor.

»Wir müssen hier weg!«, brach Nico in resigniertem Ton die Sekunden der Stille.

Betäubt von den Ereignissen, wankte er beim Aufstehen und stützte sich kurz an der Mauer ab. Er würde hinterher nicht mehr beschreiben können, wie er dann zusammengepackt, die Wohnung versperrt und Tina plus die Tasche nach draußen geschleppt hatte, wo sie einige Straßen weiter in ein Taxi gestiegen waren und sich aufs Land fahren ließen. Richtung Maribor.

Vergangenheit. Östlich von Lhota.

Seine wulstigen Finger drückten die kleinen, gebundenen Seiten auf den Schreibtisch, damit er die Eintragung sauber erledigen konnte. Sein Schnaufen, das ihm selber gar nicht mehr auffiel, war wie eine rhythmische Begleitung seines Schreibens.

Die Begehrlichkeiten waren in einer Organisation wie seiner unaufhörlich. Gerade, was das Personal betraf, sofern man es so nennen konnte. Sie waren Handlanger. Die Handlanger des Todes, des Teufels und der inneren Despoten, die die Menschen beherrschten.

Doch er wusste, dass man diese Handlanger nicht nur mit der Peitsche oder der entsprechenden Bezahlung zum Gehorsam zwingen konnte. Die Kinder, die in den Kellern des Anwesens auf ihr Schicksal harrten, waren ihr Zuckerbrot.

Und sie waren gierig danach.

Auch er musste dann mit dieser Meute gieriger Hunde teilen, und nichts war ihm mehr zuwider als das. Die Aufrechterhaltung der Organisation forderte ihren Tribut, den es zu bezahlen galt. Und wer heute sein Lieblingsspielzeug als Bezahlung nahm, wollte er nicht wissen.

Gegenwart. Washington.

»Sir! Die letzten Meldungen.«

Thomas Bennett nahm die Papiere und überflog die wenigen Zeilen darauf. Wenn er etwas hasste, waren es Meldungen wie diese.

»Tausende Leute, Milliarden Dollar an Budget und dann nichts?«, schrie er. »Welche Idioten haben wir da eigentlich vor Ort?«

Die Mitarbeiter im weitläufigen SIOC des J.-Edgar-Hoover-Gebäudes zuckten zusammen. Der sandfarbene Betonklotz mit seinen unzähligen quadratischen Fenstern schien zu wackeln, und alle Anwesenden des Strategic Information and Operation Center wussten, was zu tun war. Jetzt war es Zeit, in Deckung zu gehen.

Auf 40.000 Square Feet, ca. 3.700 Quadratmetern, war das globale FBI-Beobachtungs- und Kommunikationscenter im Hauptquartier ausgebreitet. Hier liefen alle Fäden des Netzwerks zusammen. Hier hatte die Spinne ihre Behausung. Und von hier aus schlug sie zu.

»Wir setzen sofort alle verfügbaren Leute darauf an!«

Die Anordnungen des Direktors waren unmissverständlich.

»Wir nehmen alle Personen, alle Adressen und alle möglichen Verbindungen ins Visier. Jede Rufnummer und jede Webadresse, jeden Einkauf und jeden Kontakt. Der Fall hat oberste Priorität!«

Die letzten Worte taten ihre Wirkung, denn plötzlich machte sich Hektik unter den Anwesenden breit.

Der Direktor verschwand in Richtung seines Büros, das im obersten Stockwerk lag. Eine quadratische Betonscheibe, die aussah, als hätte man sie im Nachhinein oben draufgelegt, und die den vierseitigen Gebäudekomplex, der unterhalb lag, zur Hälfte überragte.

»Geben Sie mir General Lewis«, raunte er beim Betreten des Vorzimmers zu seinem Büro in Richtung Sekretärin.

»Sofort, Sir.«

Ansatzlos stellte die grauhaarige Dame im reiferen Alter ihre bisherige Tätigkeit ein und griff zum Hörer.

Gegenwart. Pecs.

Seit über fünf Stunden saßen Nico und Tina in dem Taxi, das sie in Graz bestiegen hatten und in dessen Seitenfenster sich die Strahlen der untergehenden Sonne spiegelten. Kurz vor Maribor hatte Nico sich intuitiv für Pecs entschieden, und die Bedenken des Taxifahrers waren mit der Bezahlung des ausgemachten Fuhrlohns schnell beseitigt. Von der ungarischen Stadt am Fuße des Mecsek-Gebirges hatte er irgendwann mal gehört, und als der Name auf der Autobahn aufgetaucht war, hatte er entschieden. Die fehlende Grenzkontrolle war ein weiteres Argument. Nico hatte zwar einen Pass, doch nicht unbedingt das Bedürfnis, ihn vorzuzeigen.

Sie fuhren die Zsolnay Vilmus utca in Richtung Zentrum entlang, und die zahlreichen Baudenkmäler versprühten die nostalgische Pracht des einstigen Kommunismus.

»Was meinte der Mann mit Belgrad?«, stellte sie die Frage, die sie schon die ganze Fahrt über beschäftigt hatte.

»Ich hab keine Ahnung …« Nico schüttelte den Kopf. »Ich hab, ehrlich gesagt, nicht die geringste Ahnung, was das alles soll!«

Er kickte einen kleinen Stein, der auf dem Gehweg lag, weit von sich. Die Verzweiflung war ihm anzusehen, diese Situation war neu für ihn. Normalerweise hatte er die Dinge unter Kontrolle. Normalerweise.

Er schloss die Augen und atmete tief durch. Seine Entscheidung stand jetzt fest.

»Ich muss zu dieser Adresse. Wenn du wieder nach Wien willst, gebe ich dir natürlich das Geld dafür.«

Tina sah ihn emotionslos an.

»Was soll ich in Wien … alleine?«

Die letzten Tage hatten sie auf eine eigenwillige Art zusammengeführt und ihre Vertrautheit unaufhörlich wachsen lassen. Enttäuschung überkam sie, doch ehe sie davon befallen werden konnte, antwortete Nico: »Dann schaffen wir das gemeinsam!«

Sie kam auf ihn zu und umarmte ihn. Ihr Körper presste sich an ihn, und er ließ die Tasche fallen, um seine Arme um sie zu legen. So standen sie einige Augenblicke da.

Der Portier des kleinen Ebrahám Kishotel in der Munkácsy Mihály utca, einer kleinen Seitenstraße unweit der Altstadt, stellte keine Fragen, nachdem Nico den grünen Euro-Geldschein ins Gästebuch gelegt hatte. »Number nine«, hielt er ihm den Schlüssel mit einem vermeintlich wissenden Lächeln hin.

»Wie geht's jetzt weiter?« Tina hatte den Kopf auf ihren Arm gelegt und sich bei der Frage seitlich zu ihm gedreht. Ihre Augen waren geschlossen.

»Wir müssen irgendwie nach Belgrad kommen, und das am besten, ohne unsere Pässe zeigen zu müssen«, grübelte er halblaut vor sich hin.

Die Fenster waren geöffnet, und die laue Abendluft strömte über sie hinweg. Er murmelte noch ein paar Gedanken, und mittendrin merkte er, dass seine Sinne schwanden. Dann war er eingeschlafen.

Tina bemerkte seine langen Atemzüge erst nach einigen Minuten. Mit einem kurzen Blick überzeugte sie sich, dass er tatsächlich schlief.

Sie legte ihren Arm über ihn und rückte noch ein kleines Stück näher an ihn heran. Dann schlief auch sie ein. Entgegen ihrer Gewohnheit würde sie diese Nacht durchschlafen.

Gegenwart. Prag.

»Antonin hat sich noch nicht gemeldet. Wir haben unsere Leute auf verschiedene Adressen aufgeteilt, und er ist der Einzige, der sich noch nicht gemeldet hat. Er ist auch nicht erreichbar. Bei den anderen gab es keine Treffer. Von der Zielperson fehlt also noch jede Spur.«

Der Gestank von abgestandenem Rauch beherrschte den Besprechungsraum, dessen Wände zur unteren Hälfte grau und darüber in Weiß gestrichen waren.

Leoš ballte die Faust. Seine Abteilung arbeitete effektiv, und die Wahl der Mittel war seinen Leuten überlassen. Sie waren Profis. Er duldete auch die Alleingänge seiner Leute – sofern sie ihn ans Ziel brachten.

»Wo ist Antonin hin?«

»Eine Adresse in Graz … Sackstraße. Ein älterer Herr, der vorige Woche eine Nachricht auf der Mailbox hinterlassen hat.«

»Schickt ein Team dorthin!«

Leoš wollte auf Nummer sicher gehen. Es waren seit seinem letzten Telefonat mit dem Oberst schon fast vierundzwanzig Stunden vergangen. Und dieser forderte Ergebnisse.

Gegenwart. Belgrad.

»Wird er auftauchen?« Die Frage des Mannes am anderen Ende der Leitung klang besorgt.

»Es könnte alles verändern, wie Sie wissen …«

Die Hoffnung des Mannes war berechtigt, das wusste er. Sonst wäre er jetzt nicht hier.

»Wir werden sehen. Auch wenn er kommt, ist das keine Garantie. Und sie sind ihm schon auf den Fersen …«, antwortete er und drückte den roten Knopf seines Mobiltelefons.

Das kleine Café in der Nähe des Parks war gut besucht. Er legte seinen dunkelbraunen Sonnenhut auf den Tisch, als der Kellner seine Bestellung aufnahm. Seinen beigefarbenen dünnen Mantel hatte er schon zuvor über die Lehne des Stuhls geworfen. Langsam legte er den Kopf in den Nacken, bis ein knackendes Geräusch in seine Ohren schoss.

Seit seiner frühzeitigen Pensionierung vor fünf Jahren war er nun schon Teil dieser Gemeinschaft, die sich ehrenwerte Ziele auf die Fahnen geheftet hatte. Die Wege, auf denen man diesen Zielen näherkommen wollte, waren hingegen nur selten ehrenwert.

Doch man musste den Gegner mit seinen eigenen Waffen schlagen. Das hatte er in all den Jahren bei der CIA gelernt. Der Zweck heiligte die Mittel, und angesichts der unfassbaren Lügen, Verleumdungen und Vertuschungen hatte diese Ernüchterung schlussendlich obsiegt.

Und er war nicht allein.

Die Dekadenz derjenigen, die die Lügen der Menschheitsgeschichte mit herablassender Ignoranz verbreiteten, hatte weitere Ernüchterte geboren, die sich der Offenlegung der Wahrheiten verschrieben hatten. Koste es, was es wolle.

Und die Ernüchterten gab es in allen Reihen.

Gegenwart. Pecs.

Tina erwachte an diesem strahlenden Morgen ganz langsam aus dem Schlaf. Ein unruhiges Gefühl begleitete ihre ersten Gedanken, und leicht streckend drehte sie sich auf die andere Seite zu Nico hin, und ihre Augenlider gingen langsam auseinander. Sie erschrak.

Er war nicht da. Hektisch hob sie den Kopf, saß auf und musterte das Zimmer. Die Tür zum Badezimmer war offen. Keine Spur von Nico. Die Tasche mit ihren alten Klamotten stand neben der Kommode, doch seine Laptoptasche fehlte.

»Nico …?« Der Sinnlosigkeit bewusst, stellte sie dennoch die Frage in den Raum.

Sie konnte nicht glauben, dass er einfach abgehauen war. Langsam stieg sie aus dem Bett und ging zum Fenster, das auf die kleine Seitenstraße hinausging, in der niemand zu sehen war. Nur einige alte Autos parkten seitlich und verengten die ohnehin schmale Straße zusätzlich. Die gähnende Leere übertrug sich auf Tina, deren Kehle ausgetrocknet war. Das Schlucken tat fast weh. Sie war wieder allein. Das Gefühl der Einsamkeit war ihr bekannt. Bestens bekannt. Doch diesmal war es anders. Sie hatte die andere Seite kennengelernt.

Ihr Magen zog sich zusammen, und der Schmerz wurde von dem Geräusch der Peristaltik begleitet. Sie hatte Hunger, doch allein der Gedanke daran verursachte ihr Übelkeit. Er war weg. Einfach so. Ohne Abschied, ohne ein paar Zeilen zu hinterlassen, ohne alles. Und sie hatte keinen Cent.

»Das Zimmer ist wenigstens bezahlt«, sprach sie ihrem Spiegelbild im Badezimmer leise Mut zu, während sie sich frisch machte. Sie streifte ihre neuen Jeans ab und seifte den Blutfleck am Knie ein. Das rötlich gefärbte Nass lief über die billige Keramik des Waschbeckens. Ihre unendliche Enttäuschung wich verzweifelter Wut und Beklemmung.

Sie war es gewohnt, sich durchzuschlagen. Doch die Voraussetzungen hatten sich in den letzten drei Tagen grundlegend verändert. Ihre Anonymität, die sie sich in den letzten Jahren Stück für Stück aufgebaut hatte, war ins Wanken geraten, das war ihr klar. Nicht einmal der falsche Pass war ihr mehr eine Hilfe, nachdem man nun ihre Fingerabdrücke genommen hatte.

Sie legte die Jeans über den Rand der Badewanne zum Trocknen. »Wo kann ich untertauchen …?«, stellte sie in Gedanken die Frage an ihr Spiegelbild.

Nachdenklich ging sie barfuß über den Teppich zu ihrer Tasche und bückte sich. Im Augenwinkel sah sie, wie sich der Türgriff langsam abwärts in Bewegung setzte, und die Angst pulsierte blitzartig in ihren Schläfen. Behutsam wurde der Griff nach unten gedrückt, und ebenso vorsichtig öffnete sich die Zimmertür. Tina richtete sich auf und sah sich nach irgendeinem Gegenstand um, den sie zur Verteidigung verwenden könnte. Noch ehe sie reagieren konnte, schob sich im Zeitlupentempo ein Kopf herein, und Nico starrte sie an.

»Du bist schon wach?«, war er überrascht. Mit Schwung öffnete er nun die Zimmertür und trat ein, ohne ihre Angst, ihre Verwunderung und ihre Erleichterung wahrzunehmen.

»Ich hab' jemanden, der uns nach Belgrad bringt!«

Vergangenheit. Östlich von Lhota.

Das Anwesen strahlte von außen eine beschauliche Ruhe aus, wie es so da lag. Die Bibliothek war in leise Klänge von Vivaldi gehüllt, doch diese Heiterkeit in den Kompositionen passte nicht zum Geschehen in den anderen Räumen.

Der Winter hatte die Gegend voll im Griff, und das Weiß auf den Feldern glitzerte in der Sonne. Zu dieser Zeit sah man von der Bibliothek aus die Mauer, die das Anwesen umgab und die im Sommer vom saftigen Grün der Büsche verdeckt war. Das Feuer im Kamin knisterte und loderte.

Seine Gedanken kreisten um seine aktuellen politischen Machenschaften und wie er sein Wissen um gewisse Dinge dafür ins Spiel bringen konnte. Sein Leben glich einem Schachspiel, und um die entscheidenden Züge machen zu können, musste man immer ein Ass im

Ärmel haben. Das hatte er.

In der Einfahrt erschien der Lieferwagen der Wäscherei, die schon seit drei Jahren wöchentlich vorbeikam. Die Lieferanten kamen jedoch nur ein Stück über die Einfahrt, die sich nach wenigen Metern gabelte. Diese Abzweigung führte zu einem eigenen Eingang. Im sieben Kilometer entfernten Ort ging man davon aus, das Anwesen sei ein Seminarhotel für betuchte Manager, die das erlesene Ambiente des denkmalgeschützten Jagdschlosses in Anspruch nahmen.

Heute war es ruhig wie immer. Es gab zwei Besucher, und er musste sich für den Rest des Nachmittags damit beschäftigen, wie er sein Anliegen in seinem Sinne lösen könnte. Seine Leute würden für den reibungslosen Ablauf und die Zufriedenheit der beiden Gäste sorgen, die gemeinsam ein besonderes Paket gebucht hatten und die Nacht über blieben.

Die runden, aufgequollenen Finger griffen zum Hörer und wählten eine Nummer, die er zuvor in seinen Notizen nachgeschlagen hatte.

»Hallo.« Sein schwerer Atem verlangte nach einer kurzen Pause.

»Ich habe Ihnen bei unserem letzten Treffen versprochen, dass ich mich um Ihr besonderes Anliegen kümmern werde.«

Er schwieg einen Moment, im Bewusstsein, das Interesse seines Gesprächspartners weiter anzufeuern.

»Und ...?«, kam nach einigen Sekunden die Frage, und mit einem Lächeln quittierte er den Erfolg seiner Strategie.

»Wenn es Ihnen recht ist, werde ich alles vorbereiten, und Sie nennen mir den Termin.«

Sekunden des Zögerns folgten, ehe der Mann antwortete: »In Ordnung. Ich melde mich bei Ihnen.«

»Gerne, Herr Minister!«

Gegenwart. Wien.

Im Legal Office des FBI, das in der Botschaft der Vereinigten Staaten im 9. Bezirk untergebracht war, herrschte rege Betriebsamkeit. Zwei

Männer und zwei Frauen saßen tippend und klickend am großen runden Tisch des Büros vor ihren Notebooks. Einer telefonierte.

»Die Wohnung ist leer, und die Anrufanalyse hat drei Nummern ausgegeben, die als Abweichungen identifiziert wurden und infrage kommen. Alles Prepaid-Nummern. Zwei davon sind tot, die dritte haben wir in Graz lokalisiert. Ein Team ist unterwegs.«

»Was ist mit den Pflegeeltern?«

»Sie haben schon seit einigen Jahren keinen Kontakt. Wir haben das überprüft.«

Ohne aufzusehen, arbeiteten die drei anderen an ihren Computern und verglichen mit einer speziellen Software die gewählten Rufnummern der nächstgelegenen Mobilfunksender der Wohnung in der Lilienbrunngasse.

Die Daten der österreichischen Mobilfunkanbieter wurden direkt angezapft und nach speziellen Parametern ausgewertet. Die Nummern wurden Adressen zugeordnet und die dazugehörigen Personen überprüft. Wo keine Adress- oder Personendaten zugeordnet werden konnten, wurden die Anrufe automatisch so weit zurückverfolgt, bis es eine gemeinsame Schnittmenge gab, die eine Zuordnung der Nummer zu einer Person ermöglichte.

Das FBI-Programm war ein mächtiges Tool und mit Software wie InfoZoom, die vom Deutschen Bundeskriminalamt verwendet wurde, nicht zu vergleichen. Signalanalysen ermöglichten die Identifizierung der verwendeten Geräte, und durch den automatischen Abgleich mit den Herstellerdatenbanken und den Mobilfunkanbietern konnte jedes dieser Geräte geozentriert dargestellt werden. Über Softwarefilter wurde die Auswahl immer weiter eingegrenzt, bis schließlich nur mehr jene Geräte übrig blieben, die vom Programm ausgesiebt wurden. Eine Errungenschaft, die man 9/11 zu verdanken hatte.

Als Teil der Intelligence Community, in der alle US-Geheimdienste zusammengefasst sind, hatte auch das FBI Zugang zu jenen Daten, die von der NSA weltweit gesammelt wurden. Von der Satellitenkommunikation über Telefonleitungen bis hin zum Internet mit E-Mails, Kontoaktivitäten, Google-Anfragen, Parkschein-Rechnungen oder Online-Einkäufen.

Allein zwei Millionen E-Mails wurden täglich von der NSA mit dem Echelon-Netzwerk abgefangen. Ein geheimes Netzwerk, das die USA mit den anglophonen Mächten Großbritannien, Kanada, Australien und Neuseeland bildeten. Und um diese gewaltigen Datenmengen verarbeiten zu können, hatte die NSA sich in Bluffdale, Utah, ein 92.000 Quadratmeter großes Rechenzentrum für zwei Milliarden Dollar gebaut. Dessen Superrechner hatten eine Leistung von zwei Petaflop, also zwei Billiarden Operationen pro Sekunde. Irgendwo würde eine Spur auftauchen. Mit Sicherheit …

Gegenwart. Prag.

»Antonin ist tot!«, stammelte der Mann, der den Anruf entgegengenommen hatte. »Unser Team in Graz hat ihn gerade gefunden. Er wurde erschossen …«

Seine Worte ließen die Tätigkeiten der Männer im Raum einfrieren.

»Und es gab noch zwei Leichen, die Besitzer des Hauses. Unsere Leute haben alle Spuren beseitigt.«

Leoš traute seinen Ohren nicht, als der Mann geendet hatte. Was war da los? Der Auftrag hatte ganz einfach geklungen, und nun geriet alles immer mehr aus den Fugen.

Hatte der Oberst nicht alle Fakten auf den Tisch gelegt? Gab es Mitspieler, von denen er nichts wissen sollte?

Dem Oberst mit Misstrauen zu begegnen, war zu gefährlich, also konnte er ihn auch nicht direkt darauf ansprechen. Ihre Freundschaft hatte Grenzen. Vor allem, wenn es um den Kopf des Obersts ging. Und das war hier der Fall.

Er nahm eine Zigarette aus der Packung und steckte sie sich an. Langsam blies er den Rauch aus, während er nachdachte. Seine Mitarbeiter saßen regungslos im Besprechungsraum und warteten auf weitere Anweisungen. Der Tod des Kollegen hatte sie geschockt. Niemand hatte das erwartet.

»Gibt es irgendwelche Hinweise?«

»Nein, wir haben nichts gefunden, was uns weiterbringen könnte. Die Zielperson ist wie vom Erdboden verschwunden.«

Er zog nochmals an seiner Zigarette und starrte geradeaus.

»Wir haben noch die Computer aus der Wohnung des Jungen. Unsere Leute sollen alle Daten durchforsten, die wir wiederherstellen können. Vielleicht finden wir da eine Spur.«

Gegenwart. Belgrad.

Nico und Tina standen auf der Piata Slavija und sahen sich um. Ihr ungarischer Fahrer hatte sie dort abgeladen, nachdem er freudestrahlend dreihundert Euro genommen hatte und sofort wieder davongebraust war.

Die Dämmerung legte sich über die Hauptstadt der Republik, die Pforte des Balkans, wo Donau und Save zusammenfließen.

McCafé prangte in roten Lettern auf einer der Hausmauern. Der ganze Platz war überzogen mit den verschiedensten Leitungen, die von unzähligen Masten in die Höhe gehalten wurden, und in seiner Mitte prangte ein Denkmal mit einer Büste, das von einer runden Grünfläche umgeben war und die als Abgrenzung zum Kreisverkehr diente.

Nur eine Gasse von der Piata entfernt, gegenüber eines modernen Glaspalastes, entdeckten sie eine Unterkunft, die passend war. Das Happy Hostel war eine günstige Absteige, die jedoch sauber zu sein schien. Nico ging an die Rezeption und sprach mit dem jüngeren Mann, der am Empfang stand. Der grüne Euroschein, den Nico kurz darauf unauffällig unter seiner Hand hervorblitzen ließ, tat seine Wirkung, und er gab Nico die Schlüssel, um den Tausch zu vollziehen.

»Was hast du ihm gesagt?« Tina wartete mit ihrer Frage, bis sie im Zimmer waren.

»Dass man unsere Pässe gestohlen hat und wir jetzt nicht auch noch Ärger mit der Polizei wollen.«

Zwei getrennte schlichte Betten, ein Tisch an der Wand, dazu zwei Stühle und ein Kasten gehörten zur Ausstattung im Happy Hostel. Nico packte sein MacBook und das iPhone aus der Tasche, entwirrte die Ladekabel der beiden Geräte und schloss sie ans Stromnetz. Er checkte kurz die Ladekontrolllampen und sah zu Tina, die auf dem Bett saß.

»Wie hast du dir das jetzt vorgestellt?«, wollte sie wissen. »Willst du da einfach hingehen und warten, was passiert?«

»Wir haben keine andere Wahl.« Nico war auf die Frage vorbereitet gewesen, denn er hatte sie sich schon selbst gestellt. »Aber wenn der Mann uns töten wollte, hätte er das bereits in Graz erledigt.«

Er setzte sich neben sie ans Bett.

»Wir brauchen Antworten. Wir können sonst nur zur Polizei gehen, doch ich bezweifle, dass man uns die Geschichte abkaufen wird … speziell nach den Vorfällen in Graz.« Er verschwieg, dass es noch einige weitere Gründe für ihn gab, nicht zur Polizei zu gehen.

»Willst du da heute noch hin?« Tina war allein der Gedanke daran unheimlich.

»Morgen«, antwortete Nico, und Tinas Erleichterung entkrampfte ihre steife Anspannung.

»Bei Tag ist es sicherer«, fügte er hinzu.

Um halb sechs Uhr morgens waren beide wach, nachdem sie sich unaufhörlich im Schlaf gewälzt und sich trotz getrennter Betten abwechselnd gegenseitig aufgeweckt hatten. Der Verkehr auf der Piata Slavija hatte seinen Anteil, doch es war die Anspannung, die sie nicht zur Ruhe kommen ließ.

Nico war noch nie mit einer solchen Situation konfrontiert gewesen, und der Anblick des toten Mannes, wie er so auf den Steinstufen gelegen hatte und das Blut an diesen hinabgelaufen war, ließ ihn nicht los. Er selbst hatte keine Angst vor dem Tod. Er beschäftigte sich auch nicht damit. Er liebte das Leben. Sein Leben. Und das wollte er wieder zurück. Die Antworten waren nur wenige Schritte entfernt.

Im McCafé um die Ecke erwachten seine Lebensgeister.

»Wenigstens der Kaffee ist wie überall …«, resümierte er nach dem ersten vorsichtigen Schluck im Stehen.

Tina bestellte sich ein Frühstück, das von einem Mitarbeiter an den Tisch gebracht wurde. Nico hatte sein MacBook ausgepackt und startete Google Earth.

»Mal sehen, wo das überhaupt ist«, kommentierte er unbewusst seine Handlungen. Sein Fuß wippte unaufhörlich, während er den Startvorgang regungslos beobachtete.

»Krunska 51 oder 53?«

»Ich glaube, es war 53 ...«, überlegte Tina, die sich nicht mehr genau erinnern konnte, was angesichts der Geschehnisse nicht verwunderlich war.

»51!«, korrigierte Nico sie zweifelnd.

Der Zoom ließ den Planeten immer näher kommen, und in einer flüssigen Bewegung landeten sie via Monitor in der Belgrader Krunska.

»Die genauen Hausnummern sind nicht verzeichnet ... aber es ist nicht weit von hier.«

Tina warf einen Blick auf den Monitor. »Wo sind wir jetzt?« Nico zeigte auf den großen runden Platz, der, von oben betrachtet, punktgenau im Zentrum der Stadt lag.

»Und hier müssen wir hin ...«, erklärte er ihr.

Über die Piata Slavija marschierten sie geradeaus in die Beogradska, die auf beiden Seiten mit Bäumen bepflanzt war. Sie gingen rechter Hand, wo sich ein Wohnhaus ans nächste reihte und das Grün der Bäume im tristen Grau der Betonblöcke verschwand. Die zweite Querstraße war die gesuchte Straße. Sie blieben stehen, als sie an der Kreuzung angekommen waren und die Straßenbahn stadtauswärts auf der Beogradska an ihnen vorbeirauschte.

Unsicher sahen sie die Krunska hinunter, die sich in zwei Fahrbahnen aufteilte, die wiederum von einem Grünstreifen getrennt waren. Autos parkten entlang beider Fahrbahnen, und nur wenige Menschen waren an diesem Morgen zu sehen. Ihre Blicke wanderten über die Häuserfassaden. Das Haus an der Kreuzung hatte die Nummer 48.

Zögerlich gingen sie einige Schritte den Gehsteig entlang und sahen am braunen Appartementhaus gegenüber die Nummer 49. Sofort fiel ihr Blick auf das nächste Haus.

Eine hellbraune, zweistöckige Villa, der ein wenig viktorianische Architektur anmutete, war das nächste Gebäude. Eng umzäunt von einer kleinen Mauer mit geschmiedeten Eisengittern, wirkte der quadratische Bau wie ein Fremdkörper zwischen den ebenso braunen Wohnanlagen mit deren einheitlichen Fenstern und Balkonen. Ähnlich den anderen Bauten hatte es ein Flachdach, das allerdings von einer steinernen Brüstung umgeben war und den Wohlstand der einstigen Bauherren bezeugte. Aufwendige Verzierungen schlossen den Bau nach oben hin ab.

Die große schwarze Eisentüre, hinter der man über einen herrschaftlichen, zweiseitigen Aufgang mit geschwungenem Marmorgeländer nach oben gelangte, war geschlossen. Riesige Steinsäulen, die rechts und links der doppelflügeligen Eingangstür aus Holz emporragten, waren die dominierenden Elemente der Fassade. Am rechten Fenster im ersten Stock war die serbische Nationalflagge angebracht. Nico entdeckte die Hausnummer neben einem der Fenster im Erdgeschoss.

»51«, grübelte er laut vor sich hin. An den Steinsäulen neben der schmiedeeisernen Türe waren verschiedene Tafeln in serbischer Schrift angebracht, die er zu enträtseln versuchte.

Sie waren am Gehsteig gegenüber auf gleicher Höhe angelangt und blieben stehen.

»Also doch 53 … das ist ein Museum!«, erklärte Tina, die schneller beim Enträtseln war.

»Du hast recht.«

Im selben Moment öffnete sich der linke Flügel der hölzernen Eingangstür, und der braune Sonnenhut war das Erste, das sie wiedererkannten. Langsam trat der Mann auf die steinerne Brüstung des Aufgangs und blickte zu ihnen herab. Seinen Mantel hatte er über seinen rechten Arm gelegt. Er stand einfach da und sah die beiden an. Nico konnte das Zittern seiner Hände nicht verbergen. Der Mann war eiskalt. Sein drahtiger Körper und sein sonnengegerbtes Gesicht konnten sein reiferes Alter nicht verbergen. Sekundenlang starrte er sie an und regte sich nicht.

Die Sonne hatte die Morgenluft bereits angewärmt, und dennoch lief ihnen ein Schauer über den Rücken. Dann drehte der Mann sich plötzlich nach links und schritt gemächlich die Stufen hinab. Nico fasste Tinas Hand, und gemeinsam gingen sie langsam über die Straße und blieben stehen, als der Mann aus dem Eisentor hervortrat. Sein Gesicht war ausdruckslos.

»Also – was soll das alles?!«, herrschte Nico ihn an, nachdem er allen Mut zusammengenommen hatte.

Tina war zwei Schritte hinter ihm.

»Was ist nun mit den Antworten?« Nicos Hände zitterten noch immer.

»Und warum haben Sie den Mann getötet?«

»Ich habe Sie gerettet«, erwiderte der Mann in einem Tonfall absoluter Gewissheit, der keine Zweifel offen ließ.

»Gerettet?« Nico lachte lauthals auf. »Vor wem oder was gerettet?«

»Sie wollen Antworten?« Der Frage folgte eine Pause, in der er seine Worte wohl zu überlegen schien, ehe er fortsetzte: »Die entscheidenden Antworten kannte nur ihr Großvater!«

Nico traf die Aussage wie ein Blitzschlag, und er glaubte, sich verhört zu haben.

»Mein … mein Großvater?«

Der Boden unter seinen Füßen gab nach. Niemand hatte etwas über seine Eltern oder seine Familie gewusst, nachdem er in einem Waisenhaus in New York abgegeben worden war. Es gab keinerlei Anhaltspunkte, und so konnte nicht einmal er selbst die Suche nach ihnen aufnehmen.

Trotz seiner Möglichkeiten im World Wide Web.

Der Mann hatte sich noch keinen Zentimeter bewegt, und dennoch schien alles sich zu drehen.

»Was soll das Ganze?«, stammelte Nico, der sich dem Schwindel nicht entziehen konnte.

»Ihr Großvater war ein Genie, und wenn Sie nur halb so genial sind wie er, können Sie das Geheimnis vielleicht entschlüsseln!«

Nicos Verwirrung drohte ihn zu übermannen. Die Worte hallten in seinem Kopf wider, und nur mit äußerster Anstrengung schaffte er es, deren Sinn zu erfassen.

Sein Gegenüber schien sich der mystischen Wirkung seiner Aussagen bewusst, denn seine Mundwinkel verzogen sich ganz sanft.

Nico hatte Mühe zu atmen.

»Welches Geheimnis?«, keuchte er.

Die Mundwinkel des Mannes verzogen sich noch ein klein wenig mehr, ehe er bedeutungsvoll antwortete: »Jenes, das die Welt verändert.«

Nichts regte sich nach diesen Worten. Dann schüttelte Nico verächtlich schnaubend den Kopf: »Sie sind verrückt!«

Nicos Feststellung schien den Mann nicht zu berühren, der nur amüsiert erwiderte: »Das hat man von Ihrem Großvater auch behauptet.«

Die wirren Andeutungen raubten Nico den letzten Nerv.

»Und wo soll mein angeblicher Großvater sein?«, brüllte er in seiner Verzweiflung.

»Sie stehen vor seiner letzten Ruhestätte!«

Mit stoischer Ruhe hatte der Mann diesen letzten Satz von sich gegeben, drehte sich nun gelassen um und ging die Straße hinab.

»Er ist da …«, informierte er seinen Mitstreiter am Telefon, als er um die Ecke bog und seinen Sonnenhut ein Stück nach unten zog.

Nico sah ihm einige Augenblicke nach und drehte sich dann hilfesuchend zu Tina, ehe sein Blick auf die Blechtafeln neben dem Eisentor wanderte.

Die obere Zeile war in serbischer Sprache verfasst: Музеј Николе Тесле.

Und darunter stand: Nikola Tesla Museum.

Gegenwart. Washington.

»Wir sind offensichtlich nicht die Einzigen, die hinter ihm her sind!«

Bennett hatte wieder die kleine Runde Eingeweihter versammelt, die die Neuigkeiten mit einem Schrecken vernommen hatten.

»Unsere Leute haben alle möglichen Verbindungen überprüft, alle Adressen abgeklappert, und wir checken gerade alle infrage kommenden Datenströme.« Die Runde wartete auf weitere Ergebnisse, doch sie kamen nicht. Das war alles, was der Direktor zu berichten hatte.

»Der Junge ist wie ein Geist. Keine Familie, keine Bekannten, keine Freunde. Er taucht auch in keiner Akte auf. Kein Parkzettel, kein Strafmandat, nichts! Und in seiner Wohnung, die wir aufgebrochen vorgefunden haben, war kein einziges Möbelstück«, geriet er ein wenig in Erklärungsnotstand angesichts der mangelnden Fortschritte.

»Wovon lebt er eigentlich?«

Der altgediente General hatte bisher mit Verwunderung den Stand der Dinge vernommen.

»Auch darüber haben wir bisher keine Informationen. Es ist wirklich erstaunlich.«

»Wie wollen wir weiter vorgehen?« Der Mann streichelte bei der Frage seinen peinlichst gepflegten Schnauzbart mit den Fingern entlang, und seine sündteuren Hemdknöpfe blitzten unter dem Ärmel seines ebenso teuren Anzuges hervor. »Wir müssen ihn vor allen anderen kriegen.«

»Wer ist hinter ihm her?« Der Fleet Admiral brachte den nächsten unangenehmen Punkt für den Direktor auf's Tapet.

»Das werden wir bald herausgefunden haben«, wich er dem erneuten Eingeständnis des Versagens geschickt aus.

»Unsere besten Leute sind darauf angesetzt, und es ist nur eine Frage der Zeit, bis wir ihn kriegen. Er wird einen Fehler machen und aus der Versenkung auftauchen.«

»Hoffentlich sind wir dann zur Stelle«, zweifelte der General angesichts der soeben vernommenen Tiefschläge. Sein mürrischer Ton machte auch Bennett klar, dass man sich keine Niederlage mehr leisten konnte.

»Wir kriegen ihn. Das garantiere ich Ihnen!«

Gegenwart. Belgrad.

»Hätte er den Mann in Graz nicht erschossen, würde ich das Ganze für einen schlechten Scherz halten …« Eine halbe Stunde hatte Nico auf der kleinen Steinmauer neben dem Eingangstor gesessen und ins Nichts gestarrt, denn seine Welt drohte zu zerplatzen wie eine Seifenblase. Seine angebliche Herkunft, seine Biografie – alles glich einem Traum, einer Geschichte, die man sich ausgedacht hatte. Er fühlte sich wie ausradiert.

Stimmte überhaupt etwas von dem, was man ihm bisher erzählt hatte? War sein Leben eine einzige Lüge gewesen? Konnte er diesem Mann überhaupt Glauben schenken? Warum jetzt? Eine Frage jagte die nächste, und auf keine hatte er eine Antwort. Es war einfach alles bizarr und irreal.

Die letzten Tage hatten sein Dasein komplett auf den Kopf gestellt, und nachdem er von der Polizei verhaftet, vor irgendwelchen Häschern geflüchtet, von ihnen bedroht und dann auch noch zum Mordzeugen geworden war, saß er jetzt vor dem Museum seines angeblichen Großvaters, weil ein Killer ihm Antworten versprochen hatte. Allein der Gedanke daran war grotesk.

Tina hatte die ganze Zeit ihren Arm um ihn gelegt und geschwiegen. Sie war trotz allem erleichtert, dass sich die ganze Geschichte eigentlich auf Nico fokussierte. Seit ihrer Flucht aus Wien war sie von der unbändigen Angst begleitet gewesen, dass man sie entdeckt hatte. Sie ließ sich nur gegenüber Nico nichts anmerken. Nun sah die Sache allerdings anders aus. Für sie zumindest.

»Glaubst du, was der Mann gesagt hat?«

Ruhig und mit klarer Stimme stellte sie Nico die Frage, dessen Blick unverändert auf zwei Zentimeter Gehsteig gerichtet war.

»Ich weiß es nicht …«, antwortete er resigniert und nachdenklich zugleich. »Die Frage ist: Was wollen die von mir …?«

Tina hatte keine Antwort. Nico stand auf und ging ein paar Schritte.

»Es werden Menschen getötet … das ist kein Spiel!« Während er vor ihr auf und ab ging, suchte er fieberhaft nach Erklärungen.

»Er sagte, er hätte uns gerettet … aber vor wem?« Er drehte den Kopf leicht nach links, als er ihr die Frage stellte. Keiner der beiden hatte einen blassen Schimmer. Es ergab einfach keinen Sinn.

»Fakt ist, dass noch jemand hinter dieser Lösung her ist«, schlussfolgerte er. »Und auch diese Leute gehen über Leichen – so viel wissen wir bereits.« Der Gedanke an die toten Vermieter schoss in ihm hoch.

»Das Buch!«, fiel ihm mit einem Mal der Tote in Graz ein. »Der Mann wollte doch irgendein Buch …«

Tina nickte leicht, ohne etwas zu sagen. Nico spielte in Gedanken die Möglichkeiten durch und sprach mehr mit sich selbst, als er sagte: »Aber warum hat der andere nicht danach gefragt?«

»Kennst du diesen Tesla eigentlich?«, unterbrach sie seine Gedankengänge und holte ihn augenblicklich aus seinen verworrenen Konstruktionen wieder zurück.

Er sah ihr zuerst in die Augen und dann auf das Eisenschild beim Eingang.

»Nikola Tesla …«, wiederholte er ganz langsam und leise.

»Das ist ein Test!«, rief er plötzlich, zu Tina gewandt. Sie konnte seinen Gedanken nicht folgen und sah ihn mit großen Augen an.

»Man will testen, ob ich das überhaupt auf die Reihe kriege!«

Sie wusste noch immer nicht, wovon er sprach.

»Wenn ich herausfinde, worum es hier geht, kann ich vielleicht auch die Lösung des Rätsels finden!«

Gegenwart. Prag.

»Wir haben einen Teil der Festplatte wiederherstellen können und arbeiten uns gerade durch«, resümierte der IT-Techniker bei der ersten Besprechung des Tages.

»Aber die Sichtung dieser ersten paar Daten hat noch keine brauchbare Spur geliefert. Wir benötigen einfach noch Zeit.«

Leoš hasste es, wenn der Tag so begann.

Seine Wangenmuskeln wölbten sich, während er jedem Einzelnen nacheinander in die Augen sah, und jeder im Team wusste, dass dies kein gutes Zeichen für sie alle war. Aber wo sollten sie ansetzen?

»Das Team in Graz klappert gerade alle möglichen Verbindungen ab. Busse, Bahnhöfe, Flughafen – nirgendwo gibt es einen Anhaltspunkt. Wir haben die aktuellen Fotos vom BKA Wien an unser Team übermittelt … die werden sich dann auch um alle Taxifahrer kümmern.«

Leoš schüttelte nur den Kopf, als er die Ausführungen gehört hatte.

»Das ist doch alles Scheiße!«, brüllte er in die Runde. »Sollen wir auf einen Zufallstreffer hoffen?« Reflexartig zuckten die Teammitglieder zusammen, und jeder wusste, dass er recht hatte.

»Wir verstärken das IT-Team, um die reparierten Daten zu durchforsten. Das ist zurzeit unsere einzige brauchbare Möglichkeit. Alle, die hier sind! Und das sofort!«

Hektisch stürmten die Mitglieder der Einheit aus dem Besprechungsraum, und nach wenigen Sekunden war es dort totenstill. Nur das leise Surren der Neonlampen konnte man vernehmen. Leoš zündete sich eine Zigarette an und nahm noch einen Schluck Kaffee, ehe er den Hörer nahm und die Nummer des Obersts wählte.

»Hallo … Leoš am Apparat. Wir haben eine Spur, und unsere Leute sind bereits auf dem Weg«, log er den Oberst ohne Umschweife an. Nicht die kleinste Unsicherheit war in seiner Stimme zu hören.

Und mit der einstweiligen Zufriedenheit des Obersts hatte er sich wieder Zeit verschafft.

Vergangenheit. Östlich von Lhota.

»Wir haben alles vorbereitet?«

Der Rauch seiner Zigarre stieg hinter dem Schreibtisch der Bibliothek empor und hüllte ihn vollends ein. Sein Lakai nickte, und die Hastigkeit seiner Bewegungen betonte seine gefällige Untertänigkeit.

»Dann kannst du gehen.«

Der Kopf des dürren Mannes, dessen ausgezehrte Gestalt unter seiner viel zu großen Kleidung verborgen war, wippte wiederum in hektischem Tempo von oben nach unten, bis er sich umdrehte und den ausladenden Raum wortlos verließ.

Mit behäbiger Anmut hievte er seinen massigen Körper auf und ging zum Fenster der Bibliothek. Er sah die Auffahrt hinab, auf der sein Lakai gerade mit dem Lada entlangfuhr. Die Bremslichter leuchteten auf, als er zum Tor kam, dessen seitliche Steinsäulen mit Schnee bedeckt waren. Heute war ein besonderer Tag angesichts des hohen Besuches, den er erwartete. Höchste Diskretion war gefragt, und daher war er natürlich auch der Einzige, der den Gast auf dem Anwesen in Empfang nahm. Außer den Kindern war heute niemand hier. Alles lief nach Plan.

Die Durchführung des heutigen Geschäfts würde ihn seinem Ziel einen gewaltigen Schritt näherbringen. Sein entscheidender Zug auf dem Schachbrett stand unmittelbar bevor. Viele Jahre seines Lebens hatte er auf Empfängen, Partys und den unterschiedlichsten Treffen verbracht, um das Vertrauen jener Leute zu gewinnen, die für ihn entscheidend waren. Politiker, Unternehmer, Richter, Sportler oder Geistliche – aus allen Bereichen der Gesellschaft stammten die Hungrigen, die nach dem jungen Fleisch lechzten. Egal, ob Frau oder Mann, Jung oder Alt. Und mit jedem Bissen wurden sie noch mehr von ihm abhängig – bis sie ihm schließlich nur mehr aus der Hand fressen konnten.

Pünktlich bog das Taxi in die Auffahrt ein und rollte langsam dem Anwesen entgegen. Er lächelte zufrieden, bevor er sich umdrehte und in Richtung Eingang aufmachte. Als es klingelte, wartete er einige Sekunden vor der Türe, ehe er aufmachte. Es war ein Teil seines Machtspiels, das soeben begonnen hatte. Und wer der Verlierer war, stand jetzt schon fest.

»Herr Minister! Herzlich willkommen!«, begrüßte er den Besucher beinahe überschäumend. Eiligst trat der Mann ein, dessen Hut weit ins Gesicht gezogen war, das seitlich vom aufstehenden Kragen des Wintermantels verborgen wurde. Die Unsicherheit war ihm dennoch anzusehen.

»Lassen wir doch die Formalitäten!«, erwiderte der Minister.

»Typisch Politiker ...«, dachte er sich, während er die Tür ins Schloss fallen ließ.

»Sie haben das Geld?« Die Frage überraschte seinen Besucher, denn angesichts seiner Position hatte dieser mit weiteren Forderungen für die Erfüllung seiner Wünsche gerechnet. Ohne Worte kramte er ein dickes Kuvert aus seiner Manteltasche und überreichte es.

»Es ist alles erledigt, und wir haben uns erlaubt, Ihnen auch noch ein kleines Überraschungsgeschenk vorzubereiten.«

Die Erwartungshaltung seines Gastes stieg ins Unermessliche, und er würde keinesfalls enttäuscht werden.

Dafür war heute gesorgt.

Morgen war dann alles anders!

Gegenwart. Belgrad.

»Was machst du da?« Tina beugte sich zu Nico und sah aufs Display des MacBooks. Sie versuchte, die Zeilen zu entziffern, doch die Logik hinter der Buchstaben- und Zahlenkombination blieb für sie im Verborgenen.

»Wir müssen mehr über Tesla wissen. Ich kenne, ehrlich gesagt, nur den Namen.« Unaufhörlich hämmerte Nico auf der Tastatur.

Der Gastgarten des Costa Coffee gleich neben dem Manjez Park im Herzen Belgrads war wie immer gut besucht, und die Menschen genossen die Sonne, die den kleinen Platz vor dem Lokal erwärmte.

»Vor allem brauchen wir eine sichere Unterkunft. Vielleicht kann uns ein Bekannter weiterhelfen.« Nico bat gerade die einzige Anlaufstelle, die mit der ganzen Sache nichts am Hut hatte, um Hilfe. Seinen Kontakt bei den Black Hats.

»Was bedeuten diese Codes?« Interessiert und erstaunt sah Tina noch immer auf die wirren Zeilen, die Nico eingab, und mühte sich, einen Sinn zu erkennen.

»Ist das eine Art Geheimsprache ...?«

»Leetspeak … Buchstaben werden dabei durch ähnlich aussehende Ziffern und Zeichen ersetzt …«, murmelte Nico vor sich hin, während er die Nummer seines neuen Handys eingab.

Tina sah ihn an: »Hä?«

»Nicht so wichtig«, vertröstete er sie und biss sich leicht auf die Lippen, als er aufsah. Mit ernster Miene fixierte er ihre Augen.

»Das ist kein Spiel, Tina! Wenn du aus der Sache rauswillst, dann ist jetzt der richtige Zeitpunkt dafür. Ich kann dich nicht beschützen … ich kann mich ja nicht mal selbst beschützen, wenn ich ehrlich bin.«

»Ich dachte, wir haben das geklärt!«, hakte sie ein, bevor er mit seinen fürsorglichen Ausführungen fortfahren konnte.

»Und so, wie ich das sehe, will man, dass du dieses Geheimnis löst. Und dafür brauchen sie dich lebendig.« Bei diesem letzten Satz hob sie keck ihre Augenbrauen.

Ihre unkomplizierte Logik faszinierte Nico ebenso wie die einzigartige Schönheit ihrer Augen, in die er gerade blickte.

»Und warum willst du bleiben?«

Sie sah ihn mit ihrem schönsten Lächeln an, und nach einigen zauberhaften Momenten, in denen alles um sie herum verschwand, antwortete Tina geschickt ausweichend: »Wenn du die Welt veränderst, will ich dabei sein!«

Er spürte den Mut, der in ihren Worten lag. Es war wie ein Aufbruch, ein Aufbäumen, eine Entfesselung und eine Befreiung seiner Seele, die man in den letzten Tagen immer mehr zugeschnürt hatte. Er wollte seine Zuneigung zu ihr in Worte fassen, doch exakt in dem Moment, in dem er dazu ansetzte, erklang der Hinweiston seines iPhones, das vor ihnen am Tisch lag.

»Kralja Milana 48. Students Cultural Center. Velimir Abramović«, stand auf seinem Display.

»Kannst du ihm trauen?«, war Tina misstrauisch, nachdem sie die SMS gelesen hatte.

»Ich kenne ihn oder sie nicht. Wir sind uns noch nie begegnet und haben noch nie miteinander gesprochen. Aber wir vertrauen einander …«

Tina staunte angesichts von Nicos Antwort, der kühl denkend fortsetzte: »... und außerdem haben wir nicht viele Möglichkeiten, wie mir scheint.«

Der Kellner des Costa Coffee bahnte sich gerade seinen Weg zwischen den Tischen, als Nico ihn abstoppte und sich nach der angegebenen Adresse erkundigte.

„Das ist gleich ums Eck", erklärte der Kellner lapidar und war sogleich wieder verschwunden.

Tina konnte nicht ganz an einen Zufall glauben.

»Aber mein Bekannter ist gut ...«, lächelte Nico geheimnisvoll.

Einen Wimpernschlag später ertönte erneut das Hinweissignal auf Nicos iPhone. Er las die Meldung, dass eine Ortungsanfrage für seine Nummer erfolgt war – eine kleine App, die er selbst geschrieben hatte.

»Wir gehen jetzt dahin«, entschied Nico und zog Tina hoch.

Nur wenige Augenblicke später standen sie vor dem großen alten Steingebäude an der Straßenecke, dessen Fenster oben abgerundet waren und in dessen Mitte ein runder Turm ragte, in dem der Eingangsbereich war. Plakate von verschiedenen Events säumten die linke Seite des Gebäudes. Die rechte Seite verlief die Seitengasse entlang.

»Sieht nicht unbedingt aus wie ein Veranstaltungszentrum.« Nico musterte den historischen Bau, dessen gelber Stein im Sonnenlicht glänzte.

Der Verkehr auf der vierspurigen Straße war um diese Zeit wie in allen großen Städten: laut und hektisch. Langsam stiegen sie die Stufen zur Eingangstür aus Holz und Glas hinauf. Nico holte sein iPhone aus der Tasche und las nochmals die SMS.

»Velimir Abramović«, las er laut vor.

Das Entree des Gebäudes präsentierte sich mit seinen hohen, weiß gestrichenen Räumen überaus freundlich. Sie traten ein. Offenbar hatte die Vernissage einer Belgrader Künstlerin am Vorabend einige Spuren hinterlassen, mit deren Beseitigung gerade zwei Damen beschäftigt waren.

Nico ging auf eine der beiden zu.

»Velimir Abramović?«

Die Antwort der Reinigungsdame erfolgte auf Serbisch, und nachdem sie geendet hatte, grinsten beide Damen sich einander schelmisch an.

»Sorry, but I didn't understand anything«, grinste Nico ebenfalls.

»Ah …«, raunte eine der Frauen in wissendem Ton und holte ihr Handy aus der Tasche.

Drei Minuten später kam ein zerzauster und von den Ereignissen der Nacht gezeichneter junger Mann mit langen, leicht gelockten, schwarzen Haaren die Steintreppe herunter. Unter seinem offenen Hemd trug er ein T-Shirt mit serbischer Aufschrift, das er wie seine Jeans anscheinend gerade einem Härtetest unterzog.

»Ihr braucht also eine Unterkunft«, stellte Velimir in perfektem Deutsch und mit dem ebenso perfekten Akzent trocken fest. Er nickte seitlich mit dem Kopf, drehte sich um und ging die steinerne Treppe hinauf.

Nico und Tina folgten ihm.

Die Pracht seiner einstigen Tage war in dem Gemäuer allgegenwärtig, und die Kombination aus architektonischer Geschichte und moderner Kunst konnte man als überaus gelungen bezeichnen.

Im rechten Flügel des Centers führte er sie in eine kleine Personalwohnung, die zwar einfach eingerichtet war, aber über ein Doppelbett und ein kleines Badezimmer verfügte.

»Heute Abend ist eine Party. Es wird also etwas lauter werden … oder ihr kommt einfach!« Ohne eine Antwort abzuwarten, drehte sich Velimir um und verschwand noch immer leicht angeschlagen durch die Eingangstür.

»Ein interessanter gemeinsamer Freund!«, stellte Tina trocken fest.

Nico wusste ebenfalls nicht so recht, was er von Velimir halten sollte.

»Egal!«, wischte er seine Bedenken lautstark beiseite und stellte seine Umhängetasche neben das Bett.

»Ich werde jetzt nochmal zum Tesla Museum gehen.« Es folgte eine kleine Pause, in der er sie nicht ansah, bis er hinzufügte: »Allein!«

Tina spürte, dass es zwecklos war, ihn umstimmen zu wollen.

»Bei deinem ersten Treffen mit deinem Großvater sollte niemand dabei sein«, gab sie ihm recht, obwohl ihr der Gedanke des Alleinseins

in diesen Gemäuern nicht unbedingt behagte.
»In drei Stunden bin ich wieder zurück.«
Er legte sein Kuvert mit den Geldscheinen aufs Bett, und als er sich schon zum Gehen abgewendet hatte, schnappte sie seinen Arm und stoppte ihn mit einer drehenden Bewegung, bis sie sich unmittelbar gegenüberstanden.
Ganz langsam näherte sie sich mit ihren Lippen und küsste ihn zärtlich, aber nur kurz auf den Mund.
Verwirrt und freudig überrascht zugleich sah er ihr in die Augen.
»Ich verspreche es.«

Gegenwart. Wien.

Die Beamten im Legal Office des FBI waren an diesem frühen Nachmittag wie immer in hektischer Aufregung. Die Vorgaben aus Washington waren klar. Man wollte Neuigkeiten. Sofort.
Alle bisherigen Versuche hatten noch immer keine verwertbaren Ergebnisse gebracht, und nachdem man sich die Wohnung in der Lilienbrunngasse noch einmal genauer angesehen hatte, war man auch dort auf keine Hinweise gestoßen. Auch die Nachbarn hatten nichts gesehen. Und die Spur in Graz hatte sich ebenfalls im Sand verlaufen. Was sollte man also melden?
»Wir überprüfen mit der Gesichtserkennungssoftware gerade die Videoaufzeichnungen von allen Bahnhöfen und Flughäfen. Wir haben aber noch keine Übereinstimmung«, gab einer der Anwesenden geknickt seinen Report an den FBI-Direktor, der via Videokonferenz zugeschaltet war.
»Wir werden doch imstande sein, einen Jungen zu finden! Seit vier Tagen tappen wir im Dunkeln!«
Trotz der rein digitalen Anwesenheit Bennetts war seine Wut spürbar.
»Ein Team ist zu Ihnen unterwegs, und in der Zwischenzeit will ich von Ihnen alle infrage kommenden Schlupflöcher, alle möglichen Auf-

enthaltsorte und jedes erdenkliche Detail zu seiner Biografie wissen. Ist das klar?«

Kollektives Nicken im Büro war die Folge.

»Bis morgen früh sind die Berichte bei mir!«

Der Leiter der Wiener Agency, Nolan Edwards, hielt sich nicht mit einer Verabschiedung des Direktors auf und teilte unverzüglich die Arbeit unter seinen Mitarbeitern auf.

»Heute Abend ist alles erledigt, oder unser Job hier ist Geschichte!«, unterstrich er zum Abschluss die Bedeutung für alle Beteiligten.

Gegenwart. Belgrad.

Die Krunska war menschenleer, als Nico wieder von der Beogradska in die Straße einbog. Seine Schritte zum Tesla Museum waren von Angst begleitet, und die einschüchternde Aura des Gebäudes, dessen kommunistischer Glanz die Jahre überdauert hatte, schürte diese zusätzlich.

Es war sein ganz persönlicher Weg. Jeder Schritt hatte für Nico eine besondere Bedeutung, als er dem Gemäuer näher kam. Die Eisentür stand offen, rundherum waren nur einige Passanten zu sehen. Langsam trat er hindurch und wählte unbewusst den linken Aufgang zum Eingang des Museums. Die Steintreppen erinnerten ihn sofort wieder an die Szenerie in Graz, während er vorsichtig hinaufstapfte. Ein Flügel der mächtigen Holztür war geöffnet, und geradeaus saß eine Dame mittleren Alters an der Kasse, die ihn freudestrahlend in Empfang nahm.

Er legte wortlos fünf Euro auf die steinerne Schale, die vor ihr stand, und wartete auf ihre Reaktion. Ohne Worte verschwand das Geld in ihrer Kasse, und sie bezeugte mit einem Lächeln und dem Verweis auf den Museumseingang, dass ihrerseits alles in Ordnung war.

»Danke …«, raunte Nico mit einem Lächeln und ging nach rechts.

Der erste Raum des Museums, dessen weitere Räume auf derselben Ebene des Gebäudes wie ein Rundgang angeordnet waren, stellte den

Menschen Nikola Tesla in den Mittelpunkt. Ein großformatiges Porträtfoto in Schwarz-Weiß, auf dem Tesla so an die zwanzig Jahre alt zu sein schien, stach Nico sofort ins Auge, als er den Raum betrat.

Er entdeckte keine Ähnlichkeiten zu dem Mann, der auf dem Foto etwa gleich alt war wie er heute. Tesla hatte ein schmales, langes Gesicht, eine ebenfalls lange Nase und ein spitzes Kinn. Seine Frisur war streng nach hinten gekämmt und wölbte sich oben wie ein kleiner Turban. Nico sah lange in seine Augen. Er fühlte nichts. Die Leere seiner Gedanken glich der Leere seiner Gefühle. Minutenlang stand er einfach so da und verharrte bei der Fotografie. Die Stille im Museum passte perfekt zum Bild, bis ein Husten der Kassiererin ihn kurz darauf aus seiner Gedankenleere riss.

Sein Blick schweifte auf drei Dokumente, die unterhalb der Fotografie angebracht waren. Es waren Teslas Geburtsurkunde, sein Abiturientenzeugnis und der Reisepass, mit dem er laut Beschreibung 1894 nach New York gereist war. Nico las das Geburtsdatum und rechnete.

»10. Juli 1856 … er müsste meinen Vater erst mit 70, 80 Jahren gezeugt haben, damit sich das ausgeht. Und der hätte mich dann auch erst im Alter von frühestens 55 Jahren auf die Reise geschickt …«

Für Nico hörte sich das nicht gerade plausibel an. Er hob den Kopf und sah auf die Infotafel neben dem großformatigen Schwarz-Weiß-Foto. Kurz durchzuckte es ihn. Das Foto zeigte den jungen Tesla während seiner Studienzeit.

»In Graz!«, wiederholte Nico leicht überrascht, dem sein letzter Aufenthalt in der steirischen Landeshauptstadt noch in allerbester Erinnerung war.

»Lustiger Zufall.«

Er drehte sich um und sah auf die Glasvitrine, in der einige weitere persönliche Gegenstände Teslas aufgereiht waren. In der Mitte thronte auf einem Sockel eine kleine Fotografie, rechts davon waren sein Zylinder und seine Handschuhe, und auf dem Boden der Vitrine lagen einige Briefe. Nico trat näher und las die in Englisch verfassten Briefe. Er staunte nicht schlecht, als er die Absender entzifferte, die allesamt eine vertraute Beziehung zu Nikola Tesla hatten. Es waren die größten Wissenschaftler seiner Zeit: Einstein, Kelvin, Röntgen, Crookes, Lee de Forest, Kennelly oder Armstrong.

Nico warf einen kurzen Blick auf ein noch älteres Foto daneben, das ein kleines Haus mit einer kleinen Kirche nebenan zeigte. Es war Teslas Geburtshaus in Smiljan, das zur damaligen Zeit in der militärischen Grenzzone des österreichisch-ungarischen Kaiserreichs lag. Heute Kroatien.

»May I help you?«, hallte die Stimme der Kassiererin plötzlich durch den Raum, und Nico drehte sich erschrocken um.

»No … thanks«, wiegelte er leicht aufgeregt ab. Sogleich machte die Dame wieder auf dem Absatz kehrt. Nico sah ihr nach und erblickte die große Tafel neben dem Eingang, die er zuvor übersehen hatte.

Es war eine Chronik über Teslas Leben und Wirken, und Nicos Staunen wurde angesichts der Errungenschaften dieses Mannes immer größer. Ja, der Name war ihm natürlich ein Begriff gewesen. Aber die unzähligen Erfindungen, die auf Teslas Konto gingen, hätte er niemals mit ihm in Verbindung gebracht. Nico las die Auflistung seiner wichtigsten Lebensstationen aufmerksam durch.

»1856 geboren in Smiljan … 1873 Abschluss des Realgymnasiums Karlovac … 1875 Studium in Graz … 1880 Studium in Prag … 1881 arbeitete er in Budapest und machte mit dem Stimmenverstärker für Telefonempfänger seine erste Erfindung … 1882 entdeckt er das rotierende Magnetfeld und arbeitete bei der Edison Company in Paris … 1883 baute er das erste Modell eines Induktionsmotors … 1884 ging er zu Edison nach New York …«

Nico blieb die Luft weg, nachdem er bei einem Drittel der Chronologie angekommen war.

»Irre!«, dachte er.

Sein Staunen verwandelte sich in echte Bewunderung, als er weiterlas. Tesla war ein Genie und zweifellos einer der bedeutendsten Erfinder aller Zeiten gewesen. Er erfand Technologien, ohne die unser heutiges Leben unvorstellbar wäre. Das Wechselstromsystem, das Radio, Fernsehen, die Fernbedienung und die Funktechnik, die Neonröhre, drahtlose Informationsübertragung. Der Mann hatte vor über hundert Jahren Dinge entwickelt, die damals unvorstellbar waren.

»Ist mir nie wirklich aufgefallen, was da alles auf seinem Mist gewachsen ist«, dachte er im Stillen über die verwunderliche Anonymität eines so eindrucksvollen Mannes nach, bis er wieder bei einem Punkt der Chronologie hängen blieb.

»1888 kaufte George Westinghouse Teslas Patente, und die beiden setzten sich im sogenannten Stromkrieg mit ihrem Wechselstromsystem gegen Edison durch, der sein Gleichstromsystem etablieren wollte.«

Nicos Erstaunen wuchs immer mehr. Thomas Alva Edison kannte man – natürlich. Aber Tesla, dessen Wechselstromsystem gewonnen hatte und bis heute weltweit im Einsatz ist, war ihm nur vage ein Begriff.

»Eigenartig …«, wunderte er sich vor allem über sich selbst. Eigentlich konnte sich seine Allgemeinbildung durchaus sehen lassen, und im Bereich Computertechnik war er einer der Besten.

»Elektrotechnik war eben nie so mein Ding«, resümierte er trocken, ehe er weiterlas.

»Die Weltausstellung 1893 in Chicago und der Bau des Niagara-Kraftwerkes im Jahre 1895 verhalfen zum endgültigen Durchbruch der Wechselstromtechnik auf der Basis der Patente von Tesla« stand da.

Neugierig wanderte sein Blick nach unten auf die weiteren Stationen im Leben seines angeblichen Großvaters.

Dessen Erfindergeist schien bis zu seinem Tod nicht abzureißen, und Nico wurde beinahe erschlagen von dessen Projekten und Erfindungen, die aufgelistet waren: Tesla-Spule, Hochfrequenzströme, Wardenclyff Tower, drahtlose Energieübertragung, Gasturbine, Tachometer, Blitzableiter. Nico brummte angesichts der Fülle an Informationen ein wenig der Kopf, und er wandte sich von der Tafel ab.

Im zweiten Raum des Museums, der rechteckig verlief, waren an der rechten Seite einige Regale angebracht. Linker Hand standen Schaukästen, und in der Mitte hatte man auf einem halbhohen Tisch einige Geräte aufgestellt.

»Personal things and correspondence« las er auf einem Schild neben der Tür. Er schlenderte langsam durch den Raum und sah sich um.

An einer der Glasvitrinen blieb er ruckartig stehen. Auf verschiedenen Fotos waren Teslas engste Verwandte abgebildet. Sein Vater Milutin, die Geschwister Marica, Angelina und Milka, sein Onkel Nikola und sein Großvater Toma. Nico überkam ein komisches Gefühl, als er die Fotos betrachtete. Waren das auch seine Verwandten? Er wischte den Gedanken beiseite und ging zur nächsten Vitrine, in der das wohl persönlichste Ausstellungsstück lag – eine kleine handgemachte Tasche, die Tesla von seiner Mutter bekommen hatte. Nico betrachtete das kleine Ding einige Zeit und ging anschließend gemächlich die Dokumente entlang, die an der Wand hingen. Teslas Todesurkunde war auf den 7. Jänner 1943 datiert. Ausgestellt in New York.

Mark Twain – der Schriftzug auf dem kleinen Kärtchen im Schaukasten zog seine Aufmerksamkeit auf sich, als er die Augen von der Sterbeurkunde abwandte. Der Schriftsteller war ebenso ein enger Freund Teslas gewesen wie George Westinghouse oder Robert U. Johnson, deren Briefe Zeugnis davon gaben. Eine alte schwarze Ledertasche stand im Kasten daneben und war zusammen mit einem alten Gehstock ausgestellt. Ein Foto zeigte den ergrauten Tesla mit beiden Exponaten, und damit wollte man anscheinend die Echtheit der Gegenstände betonen.

Durch das Glas der Vitrine hindurch sah Nico in den nächsten Raum, der außer einem viereckigen Steinsockel mit einer goldenen Kugel obendrauf leer war. Nicos Interesse war geweckt, und ohne die restlichen Ausstellungsstücke des zweiten Raumes noch eines Blickes zu würdigen, ging er ruhigen Schrittes auf die steinerne Säule zu, die ihm bis zur Brust reichte.

Der Steinsockel war schlicht und einfach, und durch die braunen Holzpaneele an den Wänden konnte auch das Gold der Kugel seinen bezaubernden Glanz nicht voll entfalten. Die dunkle Atmosphäre des Raums war schnell aufgeklärt. In der goldenen Kugel war die Urne Teslas mit seiner Asche untergebracht.

»1957 wurde sie nach Belgrad gebracht« las Nico auf der Infotafel an der Wand dahinter. Sogleich machte ihn die lange Zeitspanne zwischen Teslas Tod anno 1943 in New York und der Überstellung seiner Urne nach Belgrad stutzig.

»Dafür hat man vierzehn Jahre gebraucht?«

Er stand jetzt nur einen halben Meter von der Urne entfernt, und das schimmernde Gold der Kugel spiegelte das spärlich in den Raum fallende Licht wider. Nicos Hand bewegte sich langsam nach vorne, und nur wenige Zentimeter fehlten, um die Kugel zu berühren, als das Räuspern der Kassendame seine Hand blitzartig nach hinten schnellen ließ.

»Wir schließen jetzt!«, erklärte sie Nico in akzentbetontem Englisch.

Das Museum hatte sieben Räume, und Nico war gerade mal bis zum Dritten vorgedrungen. Doch Widerstand schien sinnlos. Er nahm sein iPhone und sah, dass es bereits 18 Uhr geworden war. Er konnte nicht sagen, wann er gekommen und wie lange er jetzt schon im Museum war. Die Kassendame drehte sich leicht seitlich und gab damit nicht nur den Weg frei, sondern zugleich auch das Kommando zum Aufbruch. Nico überlegte kurz und kramte einen 50-Euro-Schein hervor.

»One hour!«, hielt er den Schein in Richtung der Dame, die ihn nach nur drei Schritten bereits in Händen hielt und mit einem Lächeln wieder verschwunden war.

Nico nützte diese eine Stunde und las wie ein Besessener, bis er schließlich nichts mehr aufsaugen konnte. Die Zeilen verschwammen vor seinen Augen, und seine Schläfen hämmerten wie wild. Er hatte nichts entdeckt, das ihn weiterbringen würde.

Nikola Tesla hatte die Geheimnisse der Elektrizität offenbart, mit Strahlen experimentiert und atemberaubende Erfindungen im Kopf entworfen. Der »Herr der Blitze«, wie Zeitungen ihn damals reißerisch genannt hatten, war ein Phänomen, das seiner Zeit sehr weit voraus gewesen war. Doch Nico hatte nicht die leiseste Ahnung, was das mit ihm zu tun hatte. Und dass dieser Mann tatsächlich sein Großvater war, konnte angesichts der großen Zeitspanne bezweifelt werden.

Keine Zweifel gab es jedoch darüber, dass seine Lage ernst war. Welches Geheimnis hatte der Killer gemeint? Wieso hatte er es nicht einfach gesagt? Nichts in diesen Räumen brachte ihn der Erklärung näher. Es fügte sich kein Puzzleteil zum anderen, und ehe ihn die

Kassendame auf den Ablauf seiner Stunde hinweisen konnte, stapfte er über die Steinstufen des rechten Aufgangs hinab. Die Sonne stand tief, und trotzdem mussten Nicos Augen sich erst von der Düsterheit der Museumsräume umstellen. Er kniff sie zusammen, und als er den Schleier mit einem Blinzeln von den Pupillen gewischt hatte, sah er den dunklen Sonnenhut. Intuitiv blieb er stehen. Der Killer stand ganz entspannt an der eisernen Eingangstür und sah ihn an. Den Mantel hatte er über seinen linken Arm gelegt.

»Sie glauben mir nicht!«, rief er zu Nico hoch und steckte sich dabei eine Zigarette an. Genüsslich blies er den Rauch aus und wartete auf eine Reaktion.

»Wundert Sie das?« Nico blieb cool und staunte innerlich über sich selbst.

»Nun ja«, antwortete dieser. »Ich verstehe Ihre Situation.«

Die Pause nützte der Mann für einen weiteren Zug an seiner Zigarette. »Aber ich versichere Ihnen: Ich will Sie nicht belügen, und ich will Sie nicht töten!«

Nico konnte die Aussage nicht wirklich beruhigen. Er blieb weiter auf der Mitte der Steintreppe stehen.

»Was wollen Sie dann?«

Der Mann schien die Frage erwartet zu haben.

»Ich will wissen, ob Sie der Mann sind, der die Welt zu einer besseren macht.«

Er sprach mit solch einer Selbstverständlichkeit, dass Nico nur den Kopf schütteln konnte.

»Das ist Ihr Ernst?«

Der Mann blies zuerst den Rauch aus, ehe er antwortete.

»Das ist alles ernst, und Sie sollten sich langsam darüber klar werden. Hier geht es um mehr als um Ihr Leben.«

Die Ruhe des Mannes war ungebrochen. Ganz im Gegensatz zu Nico.

»Dann sagen Sie mir doch, worum es geht!«, forderte er den Mann mit zynischem Lächeln heraus.

Doch dieser ließ sich nicht aus der Reserve locken und lehnte sich gemächlich an die Steinsäule des Eingangstors.

»Sie müssen sich Ihre Sporen erst verdienen, junger Mann! Das ist ein gefährliches Spiel, und ich bin mir nicht sicher, ob Sie es bis zum Ende schaffen werden. Sie haben mächtige Gegner. Gegner ohne Skrupel und Gegner mit einem Ziel.«

»Hört sich irgendwie aussichtslos an!«

Nicos Sarkasmus rang dem Mann ein Lächeln ab. Er ließ den Rest seiner Zigarette auf den Boden fallen und trat mit dem Absatz seines Schuhs darauf.

»Hört sich so an«, gab er amüsiert zurück.

»Und welche Rolle spielen Sie?«, gab Nico nicht auf.

Der Mann hob den Kopf und sah ihm in die Augen.

»Wir werden Ihnen helfen, wenn Sie der Mann sind!«

»Wer ist wir?«, setzte Nico sofort nach, und sein Ton wurde zunehmend rauer.

»Sie werden alles erfahren.« Wieder machte der Killer eine Pause und stieß sich langsam von der Steinsäule ab. »Wenn Sie der Mann sind.« Ohne eine Reaktion abzuwarten, drehte er sich weg und ging langsam den Gehsteig entlang, während er zwischen den Gitterstäben des Zauns zu Nico sah.

»Und wo fange ich an?«, rief Nico dem Mann hinterher.

»Sie müssen das Ziel Ihrer Gegner kennen!«

Die Worte des Mannes waren noch nicht verklungen, als er aus Nicos Sichtfeld verschwunden war.

»In was bin ich da nur geraten?«

Ratlos blickte er in die noch immer menschenleere Krunska.

Hinter ihm hörte er plötzlich den Klang der Absätze auf den Steinstufen. Die Kassendame schloss die schwere Holztür und erschrak leicht, als sie Nico auf der Treppe entdeckte. Langsam stapfte dieser die Stufen hinab, und als er auf den Gehsteig trat, fiel ihm Tina ein.

»Sie wird sich sicher schon Sorgen machen«, dachte er, und seine Schritte in Richtung des Student Cultural Centers wurden immer schneller. Alle fünfzig Meter vergewisserte er sich, dass niemand ihm folgte.

Nur zehn Minuten später öffnete er die Tür zum Center und sah, wie sich Tina auf einer Leiter an der Dekoration des riesigen Eingangsbereichs zu schaffen machte. Er beobachtete sie einen Moment lang von unten und genoss den Anblick. Ihre engen Jeans betonten ihre makellose Figur, und die Muskeln ihrer drahtigen Arme traten bei jeder Bewegung hervor. Sie strahlte über das ganze Gesicht, als sie ihn erblickte.

»Verdienst du unser Quartier?«, begrüßte er sie mit einem schelmischen Blick nach oben.

»Ich habe Velimir bei den Vorbereitungen für die Party geholfen. Wir sind schon im Finish, und in einer Stunde geht's offiziell los.«

»Braucht ihr noch Hilfe?«, erkundigte Nico sich bei Velimir, als dieser gerade aus dem Sekretariat kam.

»Nur noch beim Feiern!«, antwortete er mit einem breiten Grinsen und seinem markanten slawischen Akzent. Nico war sofort klar, dass es heute Nacht kein Entrinnen gab. Ganz egal, wie die Umstände waren.

»Dabei sind wir gerne behilflich.«

Gegenwart. Prag.

»Wir haben etwas!«

Der Mann stürmte in den Besprechungsraum, in dem Leoš über einigen Berichten saß. Sofort schnellte sein Kopf nach oben.

»Zeig her!«, forderte er den Mann ungeduldig auf.

»Die Auswertung der Computerdaten hat die ganze Raffinesse unserer IT-Spezialisten erfordert, um die Verschlüsselungen zu knacken. Der Junge scheint ein echter Tophacker zu sein. Wir konnten einige Datenströme zurückverfolgen und haben einen Nickname entdeckt, mit dem er in verschiedenen Foren aufgetaucht ist. Allerdings kommuniziert er via Darknet, und da können wir keine Lokalisierungen durchführen.«

»Und wie sollen wir dann an ihn rankommen?« Leoš' Ungeduld wuchs. Der Oberst saß ihm im Nacken, bis er erfolgreich sein würde.

»Wir müssen Kontakt zu ihm aufnehmen, ohne dass er misstrauisch wird.«

»Wie soll das funktionieren?«

»Wir bieten ihm einfach einen Job für einen Hack an.«

Die Idee hatte Charme. Wo sonst sollte man ansetzen?

»Wer ist sein Kontakt?«

»Das können wir nicht sagen. Sie wechseln ständig die Foren und verwenden offenbar immer neue Nicknames. Alle verfügbaren Leute arbeiten sich gerade durch die Netze und suchen nach Anhaltspunkten. Aber wir haben wenigstens eine Spur. Die Teams in Graz haben leider noch keine Neuigkeiten gemeldet.«

Leoš fuhr sich durch die Haare und atmete tief durch.

»Keiner geht nach Hause, bis wir Fakten auf dem Tisch haben.«

Die anbrechende Nacht war damit für alle verplant.

Gegenwart. Belgrad.

Der Beat des House-DJs dröhnte durch die Boxen, und die Leiber der feiernden Meute schlängelten sich im Licht des Stroboskops auf dem Dancefloor. Tina und Nico waren mittendrin. Nach ein paar Gläsern von Velimirs Spezial-Cocktail, dessen geschmackliche Brillanz nur von seiner Wirkung übertroffen wurde, waren alle Probleme vergessen.

Studenten, Maler, Musiker, Aktionisten und Trendsetter der Belgrader Szene hatten sich im Cultural Center versammelt, und man hatte den Eindruck, als feierten sie die letzte Party ihres Lebens. Der Sound hämmerte unaufhörlich durch die Hallen, und das brechende Licht der Scheinwerfer zauberte bizarre Bewegungsabläufe der Tanzenden auf die seitlich an den Wänden angebrachten Leinwände. Ein Spiel, bei dem die Musik ihre Schatten sichtbar machte.

Der Mann an den Turntables gönnte der Meute keine Verschnaufpause. Von der Tanzfläche aus konnte man nur seine Sonnenbrille und die Baseballkappe hin- und herwippen sehen. In Belgrad waren die treibenden Beats seiner Mixes bereits legendär, doch Nico hatte den Namen auf den Flyern nicht entziffern können. Dennoch würde er ihm ewig dankbar sein. Die Kraft seiner Musik riss Nico aus dem Tief der letzten Tage. Er tanzte sich die Seele aus dem Leib, und auch wenn diese Kraft zum Teil auf Velimirs Cocktails zurückzuführen war, er fühlte sich endlich wieder frei.

Stundenlang hielt ihn die Tanzfläche gefangen. Tina brachte ihm zwischendurch immer wieder Mineralwasser, das die Wirkung der Cocktails leicht abfederte. Der DJ machte noch immer keinerlei Anstalten, das Handtuch zu werfen, was auch auf dem Dancefloor gewürdigt wurde. Die Meute hatte noch nicht genug.

Nico war in einer guten konditionellen Verfassung – doch nach gezählten vier Stunden Dauertanzen war er mit seinen Kräften am Ende. Die Reinigung war vollendet, und trotz des Alkohols fühlte er sich frisch.

Tina unterhielt sich mit Velimir und seinen Freunden in einer Runde, die hinten auf einigen alten abgewetzten Ledersofas saß, die sich perfekt in die Szenerie aus altem Gemäuer und futuristischer Lichtshow fügten. Sie alle hatten die beiden Unbekannten herzlich begrüßt, und es war, als kannte man einander schon seit vielen Jahren. Niemand hatte nachgefragt, warum und wieso sie hier waren. Sie waren von Beginn an willkommen.

Nico kämpfte sich durch die Menge und bestellte an der Theke eine Runde Bier. Seine Kehle war trocken, und obwohl Bier nicht sein bevorzugtes Getränk war, freute er sich auf den ersten Schluck. Mit akrobatischem Geschick brachte er die Bierflaschen heil an den Tisch der Runde, die den Spender lautstark applaudierend aufnahm.

»Živeli!«, riefen Velimir und seine Freunde, und nachdem man gleich darauf anstieß, hatten Nico und Tina ihr erstes serbisches Wort gelernt.

Die Zeit verrann, ohne dass es ihnen aufgefallen wäre. Sie unterhielten sich bis in die frühen Morgenstunden mit den Leuten, die allesamt an der Univerzitet u Beogradu studierten. Sie sprachen erstaunlich gut Deutsch, wenngleich auch der typische Akzent bei allen fest verankert war.

Erst als das Tageslicht auch bis in die hintere Ecke zu den Sofas vorgedrungen war, fiel Nico auf, dass das Center sich schon ziemlich geleert hatte. Auch der DJ hatte sein Werk vollendet und lehnte entspannt mit drei attraktiven Bewunderinnen an den meterhohen Boxen.

»Was habt ihr schon entdeckt in Belgrad?«, erkundigte sich Velimir, der seine Cocktails anscheinend selber gerne genoss, wie sein Schwanken auf der Sofalehne verriet.

Nico war für einen kurzen Moment unsicher, bis er sagte: »Wir waren im Tesla Museum.«

Velimirs Gesicht verzog sich zu einem breiten Grinsen. Auch die anderen waren ob der Antwort freudig überrascht. Nico hatte anscheinend ins Schwarze getroffen.

»Aahh … Muzej Nikole Tesle!«, raunten sie anerkennend in die Runde. Velimir hob den Zeigefinger seiner Linken und meinte: »Ein genialer Mann! Ein genialer Entdecker!«

Er hob nach seinen Worten die Bierflasche, und auch alle anderen taten es ihm gleich.

»Živeli!«, hallte es wieder durch den Veranstaltungsraum.

Alle nahmen einen Schluck mit Ausnahme eines jungen Mannes in der Ecke des Sofas, der mit einem Auge auf die Öffnung seiner Bierflasche starrte und plötzlich zu lallen anfing.

»Hat Apparat zur Nutzung freier Energie erfunden … aber man hat ihn für verrückt erklärt und totgeschwiegen!«

Nico hatte sich verschluckt, als er dessen Aussage vernommen hatte.

»Was hat er erfunden?« fragte er entgeistert.

»Patent Nr. 685.957. Ein Apparat zur Nutzung kosmischer Energie!«, klärte ihn ein anderer in der Runde auf, und mit Ausnahme von Tina nickten alle zustimmend. Nico wusste aus dem Museum in groben Zügen von Teslas Arbeit, doch von diesem Apparat hatte er keinerlei Information in den Räumen gesehen.

»Noch nie gehört«, antwortete er ahnungslos.

Velimir stellte seine Flasche auf den kniehohen Tisch und gab damit seiner nun folgenden Ausführung noch mehr Bedeutung.

»Noch ehe viele Generationen vergehen, werden unsere Maschinen von einer Kraft betrieben werden, die an jeder Stelle im Universum verfügbar ist. Denn es ist nur eine Frage der Zeit, bis es dem Menschen gelingen wird, seine Maschinerie an das eigentliche Räderwerk der Natur anzuschließen.«

Das mit voller Leidenschaft vorgetragene Zitat wurde von nichts unterbrochen. Alle hingen an Velimirs Lippen und lauschten den Worten, die, wie er kurz darauf erläuterte, von Tesla selbst stammten.

»Und gibt es diesen Apparat ...?« Ungläubig war Nico die Frage herausgerutscht, die ihm gleich darauf fast schon peinlich war.

»Dann wäre die Welt eine andere!«, lallte der Junge in der Ecke wieder hervor.

Velimir nickte zustimmend und legte seine Hand auf Nicos rechte Schulter.

»Das FBI und vor allem die Energiekonzerne konnten das nicht zulassen, mein Freund. Kostenlose Energie ist kein Geschäft!«

Nico lief ein Schaudern über den Rücken. »Aber es gibt doch dieses Patent, oder?«

Velimir lächelte. »Das gibt es tatsächlich. Doch Tesla hat die wesentlichen Informationen nicht preisgegeben, da viele seiner Patente missbraucht oder gestohlen wurden. Wie etwa jene für die Erfindung des Radios!«

In Nico drehte sich alles. War es das? War dieser Apparat das Geheimnis, dessen Lösung diese Wahnsinnigen suchten?

»Das FBI hat nach Teslas Tod alle Aufzeichnungen, Unterlagen, Dokumente und persönlichen Dinge beschlagnahmt und erst vierzehn Jahre später an Belgrad ausgehändigt. Sein Notizbuch, das Tesla immer bei sich trug, wird noch heute vermisst«, setzte Velimir unvermindert fort.

Nico schoss das Blut in den Kopf.

»Ein Notizbuch ...«, murmelte er gedankenverloren vor sich hin. Er sah in die Gesichter der Anwesenden, für die es anscheinend eine bewiesene Tatsache war, dass man ihr Genie mit voller Absicht in Vergessenheit geraten ließ. »Angesichts der Fakten haben sie recht«, dachte er. Man konnte Nikola Tesla aufgrund seiner Errungenschaften und Entdeckungen in einem Atemzug mit Einstein, da Vinci, Röntgen oder Galilei nennen. Ja, selbst der große Edison war neben Tesla der klare Loser gewesen! Und dennoch war er wohl der unbekannteste Genius, den es jemals gegeben hatte.

Nico spürte: Tesla war ihr Held! Nicht nur ihr Nationalheld, sondern ihr ganz persönlicher. Die Leidenschaft, mit der Velimir über Nikola Tesla referierte, sprach Bände. Bewunderung, Faszination und höchster Respekt waren bei jedem seiner Worte spürbar. Tina sah zu Nico und bemerkte dessen höchste Aufmerksamkeit, mit der er Velimirs Ausführungen folgte.

Sie hatte dieselbe Eingebung wie Nico. Das musste es sein, warum man hinter ihm her war. So fantastisch es auch klang.

»Wenn es dieses Patent wirklich gab und man es bisher noch nicht fertig bauen konnte, wäre vielleicht ein Nachkomme des Erfinders dazu imstande«, dachte sie im Stillen.

»Schon 1900 hat Tesla festgestellt: Wenn wir unsere Energieversorgung aus Brennstoffen beziehen, dann vergeuden wir unser Kapital, und es wird schnell aufgebraucht sein. Diese Methode ist primitiv und mutwillig verschwenderisch, und sie wird im Interesse künftiger Generationen gestoppt werden müssen.«

Tina runzelte die Stirn, als sie Velimirs gekonnt vorgetragenen Erklärungen höchst konzentriert lauschte.

»Tesla wollte die Natur verstehen und die Geheimnisse unseres Universums entschlüsseln. Überall ist Energie – wir müssen nur die Quellen der Natur anzapfen.« Velimir machte eine Pause und sah in die Runde, ehe er den Schlusspunkt setzte.

»Tesla wollte kostenlose und saubere Energie für die gesamte Menschheit … doch die Mächtigen der Welt wollten nur ihren Profit!«

Velimir schnappte seine abgestellte Bierflasche, hob sie in die Runde und rief: »Živeli!«

»Živeli!«, hallte es von allen Seiten zurück, und jetzt nahm jeder seine Flasche, leerte sie in einem Zug und stellte sie im Kreis aneinandergereiht auf den Tisch.

Nico brannte darauf, noch weitere Fragen zu stellen, doch alle machten den Anschein, dass dieses Thema erledigt war. Er überlegte, wie er das Gespräch wieder in die Richtung führen konnte.

»Ihr müsst aber auch noch die Festung Kalamegdan besuchen. Am besten bei Sonnenuntergang und mit einer Flasche Wein!«, legte Velimir ihnen das bekannteste Touristenziel Belgrads nahe. Das steinerne Monument an der Mündung der Save in die Donau erstreckte sich über eine riesige Fläche und war auch ein beliebtes Ausflugsziel der Einheimischen, die den fantastischen Ausblick über die Stadt liebten. Zugleich war es für die Belgrader Jugend aber auch ein beliebter Treffpunkt für inoffizielle Parties und das ein oder andere Schäferstündchen.

Nicos Unruhe stieg, und noch ehe ihm ein Grund einfiel, wie er die Runde unauffällig verlassen könnte, setzte wiederum Velimir den finalen Schlusspunkt: »So, Leute! Jetzt ist Schluss. Wir haben heute Abend eine Vernissage.«

Ohne Murren willigten alle Anwesenden ein, erhoben sich und verabschiedeten sich mit einer herzlichen Umarmung bei Nico und Tina.

Wenige Augenblicke später saß Nico bereits an seinem MacBook in der kleinen Dienstwohnung, während Tina sofort unter die Dusche gesprungen war.

»685.957«, tippte er ein.

Vergangenheit. Östlich von Lhota.

Das Anwesen hatte sich wieder einmal als perfektes Werkzeug für seine eigentlichen Machenschaften erwiesen. Natürlich hatte es seine Vorzüge, dass er seine persönlichen Vorlieben mit seinen geschäftlichen Aktivitäten verbinden konnte. Und mittlerweile hatte das Ganze auch eine beträchtliche finanzielle Dimension erreicht, seit er vier Jahre zuvor seine Schergen übers ganze Land verteilt ausgeschickt hatte, um ihm seine Ware zu besorgen.

Seither erfreute sich das Anwesen steigender Beliebtheit. Die Zahl der Mitglieder seiner Organisation wuchs ständig. Obwohl man einige an ihre Mitgliedschaft erinnern musste. Doch dies war angesichts der Positionen, die sie bekleideten, kein größeres Problem. Wer einmal das Anwesen besucht hatte, hatte sich mit Haut und Haaren verkauft. Auch wenn es demjenigen erst Jahre später bewusst werden würde.

»Der Minister scheint die Nacht zu genießen. Seit über vier Stunden ist er nun schon mit seiner Bestellung und seinem Überraschungsgeschenk alleine«, dachte er mit einer Zigarre und einem Glas Whiskey in der Hand, während klassische Musik die Bibliothek leise durchströmte.

Die Videoanlage, die versteckt in allen Räumen des Anwesens inklusive der Kellerräume installiert war, konnte nur von ihm aktiviert werden. Es wurde alles auf Festplatten gespeichert, die in einem kleinem Raum hinter der schweren Holzvertäfelung verborgen waren.

Es war sein bisher größter Triumph, den er gerade erleben durfte. Trotz intensivster und vorsichtigster Bemühungen und der Kenntnis über gewisse spezielle Neigungen ausgewählter Persönlichkeiten hatte er bis zu diesem Abend niemanden aus dieser Kategorie in seinen Bau locken können. Der heutige Abend würde ihm neue Türen öffnen, und er wusste auch schon, wer dabei die Klinke in die Hand nehmen würde.

Dass er sein Lieblingsspielzeug dafür opfern musste, war ihm egal. Man konnte im Leben nicht alles haben. Gerade seine Mitglieder wussten das, wenn sie seine Dienste in Anspruch genommen hatten. Dafür leistete er auch ganze Arbeit.

Denn für die Beseitigung der Leichen war schon alles arrangiert.

Gegenwart. Washington.

»Ich habe Ihren Bericht gelesen, konnte aber kein Ergebnis entdecken!«, schrie der füllige Mann auf das Display.

Der Mann auf dem Monitor, der sich physisch in Wien befand, rang nach Luft.

»Sir! Wir haben die ganze Nacht daran gearbeitet … es gibt nichts! Wir kooperieren mit allen Abteilungen, doch niemand hat eine Spur! Er ist wie vom Erdboden verschluckt.«

Bennett war sprachlos angesichts der Tatsache, dass ein Junge von dreiundzwanzig Jahren einer ganzen Geheimdienstorganisation auf der Nase herumtanzte. Doch vielleicht hatte er ihn unterschätzt. Dass er aufgrund der DNA-Analyse ein Nachkomme Teslas war, konnte zwar noch kein Beweis für dieselbe Genialität sein.

»Aber, wer weiß …?«, dachte er.

Der Mann auf dem Monitor wartete auf weitere Anweisungen. Bennett überlegte noch, ehe er wieder aufsah und seine Befehle erteilte.

»Wir erweitern die Operation auf alle europäischen Büros. Sie koordinieren das von Wien aus und geben mir laufend Bericht. Verstanden?«

Edwards war über das ihm entgegengebrachte Vertrauen überrascht.

»Natürlich«, stammelte er. »Selbstverständlich, Sir!«

Bennett kappte die Verbindung und ließ sich von seiner Sekretärin eine Akte kommen. Er wusste, wem er die Sache nun anvertrauen wollte.

»Das wäre doch gelacht«, raffte er sich innerlich auf und verdrängte die bisherigen Misserfolge seiner Organisation. Rundherum gab es nur Anfeindungen, und wenn er sich nicht zu behaupten wusste, war er schneller Geschichte, als ihm lieb war.

Eine Stunde später betrat ein Mann das Büro von Bennett. Dessen Auftrag war klar und deutlich. Aufträge dieser Art gehörten zwar nicht zum Alltag, waren aber auch nicht außergewöhnlich. Zumindest, wenn man diese Art von Ausbildung genossen hatte.

Mit der klaren Direktive zum schnellstmöglichen Erfolg beendete Bennett das Gespräch.

»Ich verlasse mich auf Sie!«

Gegenwart. Belgrad.

»Apparatus for the utilization of radiant energy« las Nico die Kopie des Originalpatents mit der Nummer 685.957, das, mit 5. November 1901 datiert, vom United States Patent Office in New York ausgestellt worden war. Das Fenster der kleinen Dienstwohnung stand offen, doch der Lärm des Morgenverkehrs kümmerte sie nicht.

Er übersetzte für Tina, die neben ihm saß, die ersten Zeilen des Patents.

»Hiermit wird bekannt gegeben, dass Nikola Tesla, ein US-Bürger, wohnhaft im Bezirk Manhattan in der Stadt, Land und Staat New York, neue und nützliche Verbesserungen für einen Apparat zur Nutzung von Strahlungsenergie erfunden hat, welcher wie folgt spezifiziert wird und worauf sich die anliegenden Abbildungen beziehen.«

Ein Kribbeln huschte über Tinas Rücken, auch wenn die bisherigen Erlebnisse mit Nico ihr Angst einflößten.

Nico scrollte durch das Dokument, das neben vier Seiten dichtest geschriebenem Text auch einige Zeichnungen enthielt. Als Zeugen der Patenteinreichung wurden M. Lawson Dyer und Richard Donovan aufgeführt, deren Unterschriften wie jene von Nikola Tesla zu sehen waren.

Die Seite mit den Zeichnungen enthielt vier ähnlich wirkende Abbildungen, die die textlichen Ausführungen zuvor illustrieren sollten. Nico hatte nicht den blassesten Schimmer, was damit gemeint war, und scrollte zurück zum Text. Er las von Ätherschwingungen, elektrischen Spannungen, Kondensatorplatten, Dielektrikum und Massepartikel und war noch verwirrter als zuvor.

»Das hat keinen Sinn!«, gab er resigniert auf und klickte sich wieder durch die verschiedensten Seiten im Netz. Unter Verschwörungstheoretikern war die Apparatur offensichtlich ein viel diskutiertes Thema. Vom vergessenen Genie bis zum Vorwurf der Scharlatanerie reichte die Palette an Kommentaren der Internetuser. Und seit den 20er-Jahren des vorigen Jahrhunderts hatte sich weltweit eine kreative Erfinderszene entwickelt, die sich mit dem Bau der Apparatur beschäftigte. Doch bisher waren alle gescheitert.

Der fehlende Schlaf machte es Nico nicht gerade leicht, sich zu konzentrieren.

»Glaubst du auch, dass wir richtigliegen?«

Tinas Frage war berechtigt, warf aber zugleich auch ein weiteres Problem auf. Wenn dies das geheimnisvolle Ziel seiner Gegner war, brauchte er die Lösung dafür. Und daran hatten sich garantiert schon ganz andere versucht.

»Verdammte Scheiße!«, fluchte er leise vor sich hin, und die Ausweglosigkeit wurde ihm immer mehr bewusst. Welche Chancen hatte er? Man war von seiner direkten Nachkommenschaft offenbar überzeugt, was bedeutete, dass man ihn in jedem Fall in die Finger kriegen wollte. Denn ein solcher Apparat würde zweifellos die Welt verändern.

Kein Benzingestank, kein Feinstaub, keine Atomkraftwerke, keine umweltzerstörenden Energiekonzerne, keine Ölabhängigkeit, keine Zerstörung der Meere, keine Ausbeutung der Natur, keine Verschmutzung des Trinkwassers, keine Morde wegen Territorien, keine Abholzung des Regenwaldes, keine dreckspeienden Kohlekraftwerke, keine verseuchten Wohngegenden, keine frierenden Rentner und keine ölverpesteten Küstengebiete. Die Liste wäre endlos, vorausgesetzt, es gelänge, sich ans Räderwerk der Natur anzuschließen, wie Tesla es gemeint hatte.

Und dieser war mit Gewissheit kein Idiot gewesen. Das stand fest. Seine Rolle als sagenhafter Visionär war in der Fachwelt unumstritten. Wieso sollte er also nicht richtigliegen? Nach all dem, was er herausgefunden hatte, wäre es nicht das erste Mal gewesen, dass Tesla seiner Zeit Lichtjahre voraus gewesen war.

So unglaublich das Ganze auch schien. Nico glaubte, das Geheimnis gefunden zu haben, für dessen Lösung diese Leute ohne Skrupel töteten!

Und wenn es so wäre? Was wäre dann?

Er würde diesmal nicht liefern können, und die dadurch entstehenden Aussichten waren alles andere als rosig. Man würde ihn sicher nicht nach Hause schicken und sein Leben unbehelligt weiterleben lassen.

Eine Hitzewallung durchströmte seinen Körper, und ein noch nie dagewesenes Angstgefühl überfiel ihn, nachdem er den Gedanken zu Ende gedacht hatte. Denn auch wenn er die Lösung wirklich finden könnte, würde er nicht so einfach wieder abhauen können. Wenn er es recht betrachtete, endeten beide Varianten mit seiner nachvollziehbar notwendigen Beseitigung. Er war ein Risiko für diese Leute. Und er war nicht mehr allein.

Er ging zum Fenster, steckte die Hände in seine Jeans und blickte auf die Kralja Milana, die entlang der Vorderseite des Student Cultural Centers verlief. Die Menschen schoben sich kreuz und quer, und über ihnen schwebten die unzähligen Stromleitungen, die überall in Belgrad das Stadtbild bestimmten. Die Last seiner Gedanken wog Tonnen auf seinen Schultern, und niemanden da unten kümmerte es. Gab es einen Ausweg? Flucht? Die Leute, die hinter ihm her waren, hatten anscheinend alle Möglichkeiten. Seine waren bald verbraucht.

Tina kam zu ihm zum Fenster, legte ihre Arme um ihn und ihren Kopf auf seinen Rücken. Sie spürte seine Verzweiflung, die ihn schon seit Tagen antrieb. Nico genoss die Berührung in vollen Zügen und schloss für einen Moment die Augen.

»Hast du Angst?« Tina stellte die Frage ganz leise, so als würde sie sich nicht sicher sein, sie überhaupt stellen zu dürfen.

»Und wie!«, gab Nico ehrlich zu und öffnete wieder die Augen. Er sah gen Himmel und schwieg einen Moment, bis er mit vollster Überzeugung fortsetzte: »Aber ich musste schon mein ganzes Leben lang kämpfen, und das werde ich auch jetzt wieder tun!«

Tina wusste nicht, was er meinte, aber sie wusste, wovon er sprach.

»Ich habe auch Angst!«

Ihre Umarmung wurde sanft enger, bis sie sagte: »Doch in den Momenten der größten Angst hat sich für mich immer etwas zum Positiven verändert.«

Nico drehte sich um und nahm ihr Gesicht in seine Hände.

»Und wir sind nicht mehr allein!«, gab er seinen Gefühlen Ausdruck. Das schönste Lächeln, das er jemals gesehen hatte, legte sich über ihr Gesicht und steckte ihn sofort an.

»Wir schaffen das!«, antwortete Tina, und langsam näherte sich ihr

Mund dem seinen, bis ihre Lippen sich trafen. Behutsam küssten sie sich, so als wären ihre Lippen zerbrechlich wie Glas, und in diesem Moment schien auch das Räderwerk der Natur stillzustehen.

Ganz langsam ließen sie nach diesen Momenten wieder voneinander, öffneten die Augen und sahen sich an.

»Ich bin glücklich, dass du bei mir bist.«

Nicos sanfte Worte waren voller Ehrlichkeit, und Tina fühlte von ganzem Herzen, dass er es ernst meinte, als sie ihm lange in seine blauen Augen sah. Ein Zucken seines Körpers beendete jäh den Augenblick der Vertraulichkeit.

»Wir sind ganz sicher nicht alleine!«, stellte Nico, durch einen Gedankenblitz ermutigt, plötzlich fest.

»Was meinst du damit?« Tina konnte ihm nicht ganz folgen.

»Wir sind nicht allein. Wir holen uns Verbündete aus aller Welt, und wir werden gemeinsam kämpfen. Ob FBI, CIA oder NSA – wir werden die Mächtigen gemeinsam in die Knie zwingen!«, erklärte er aufgeregt, während er sich wieder an sein MacBook setzte.

»Und wie willst du das anstellen?«, war Tina skeptisch.

»Das World Wide Web macht's möglich!«, antwortete er euphorisch und nahm via Darknet Verbindung zu den Black Hats auf.

»Mit dem Web haben wir eine mächtige Waffe in der Hand!«, fügte er augenzwinkernd hinzu und tippte im Zehnfingersystem seine Leatspeek-Zeilen in einem unglaublichen Tempo.

Er war nicht so chancenlos, wie er geglaubt hatte.

Das wusste er jetzt.

Gegenwart. Wien.

Die Verantwortung, die ihm Bennett übertragen hatte, spornte ihn in noch nie dagewesener Art und Weise an. Das war seine Chance!

»Alle europäischen Büros unterstehen meiner Direktive!«, gab er den Teilnehmern der Videokonferenz unmissverständlich die Rangordnung in diesem Fall zu verstehen.

»Sie berichten mir, und ich berichte Washington. Verstanden?«

Die Situation war vollkommen neu für ihn, und wenn er in dieser Angelegenheit versagen würde, wäre seine Karriere als Archivar in einem Hinterzimmer besiegelte Sache. So weit würde er es nicht kommen lassen.

»Alle möglichen Zufluchtsorte, alle Bahnhöfe, alle Flughäfen, alle Häfen und alle infrage kommenden Kontaktpersonen werden überprüft. Die Fotos vom BKA Wien haben wir Ihnen bereits übermittelt und alle vorhandenen Informationen beigefügt. In vierundzwanzig Stunden will ich die Zielperson in Wien haben!«

Die Teilnehmer der Videokonferenz waren die jeweiligen Büroleiter in ihren Ländern, und das FBI verfügte in nahezu allen europäischen Hauptstädten über seine Field Offices. Offiziell oder inoffiziell.

»Tot oder lebendig?«, stellte einer amüsiert die Frage, und alle anderen konnten sich ebenfalls ein Lächeln nicht verkneifen.

Die Machtspiele und Intrigen, die unter ihnen gang und gäbe waren, hatten begonnen. Jeder war sich selbst der Nächste, und für die persönliche Karriere gingen sie über Leichen.

Mit ernster Miene schweifte sein Blick über die Monitore.

»Sollten wir scheitern, meine Herren, scheitern wir gemeinsam! Ich hoffe, das ist Ihnen allen bewusst!«

Er durfte jetzt keine Schwäche zeigen, und mit seiner Haltung untermauerte er seine absolute Entschlossenheit. Die Pause, die er machte, wurde nicht unterbrochen.

»Die Angelegenheit hat höchste Priorität, und im Falle eines Misserfolges rollen mit Sicherheit auch Ihre Köpfe!«, fügte er energisch hinzu.

Das saß! Er konnte es an ihren Mienen erkennen.

Gegenwart. Belgrad.

Tina versuchte noch immer, die erste Zeile seines Leatspeek-Kauderwelsches zu entziffern, als Nico die letzten Zeichen eintippte.

»Was schreibst du da?«, wollte sie wissen, nachdem er fertig war.

»Ich bitte meinen Kontakt bei den Black Hats um Hilfe. Vielleicht weiß er, wer uns helfen kann.«

Er las die Zeilen nochmals aufmerksam durch und drückte anschließend den Button, mit dem er seinen Eintrag im Forum bestätigte. Er wusste nicht, welche Reaktionen es darauf geben würde, doch es war die einzige Möglichkeit, die er hatte.

»OK!« Er schloss das MacBook mit geübtem Griff und wandte sich zu Tina.

»Lass uns herausfinden, ob wir recht haben!«, ermunterte er sie zum Aufbruch.

Als sie kurz darauf wieder in die Beogradska einbogen, kannte Tina Nicos Ziel.

»Du willst zum Museum?«

»Der Mann ist gestern wieder aufgetaucht, als ich allein im Museum war.«

»Er war wieder da?«, war Tina fassungslos. »Was hat er gesagt?«

»Ich müsse das Ziel meiner Gegner kennen. Und ich glaube, das kennen wir jetzt!«, antwortete er mit einer Unbekümmertheit, die Tina überraschte.

»Er ist ein Mörder!«, hielt sie ihn am Arm fest und blieb stehen. »Das ist kein Spiel.«

»Er wird uns nichts tun. Er hatte schon alle Möglichkeiten, uns zu beseitigen. Und wenn ich es richtig sehe, hat er uns in Graz vielleicht wirklich gerettet.«

Tina blickte ihn staunend an.

»Vertrau mir!«, beschwichtigte er. »Ich weiß, was ich tue.«

Er schnappte ihre Hand, und gemeinsam gingen sie die Beogradska stadtauswärts.

»Glaubst du, er ist da?«, wollte Tina wissen.

»Ich glaube, er erwartet uns bereits!«

Ohne Hast schritten sie dahin, bis die Kreuzung zur Kralja Miljana vor ihnen auftauchte. Unbewusst blieben sie dort stehen. Das Gebäude des Museums erstrahlte im Glanz der Mittagssonne in einem völlig anderen Licht als tags zuvor. Es hatte fast den Anschein, als umhüllte eine gewisse Freundlichkeit die an sich triste Fassade, und das helle Braun der alten Mauern färbte sich leicht orange.

Sie wollten ihren Weg gerade fortsetzen, als der Signalton von Nicos Handy ertönte. Die Antwort seines Bekannten. Sie stoppten, und Nico kramte sein iPhone aus den Taschen seiner Jeans. Das Sonnenlicht erhellte die Umgebung mit einer Intensität, an der das Display scheiterte. Nico konnte nichts erkennen. Er zog Tina sanft einige Schritte zurück unter einem Baum, um im Schatten die erhaltene Nachricht zu lesen, als im selben Moment ein schwarzer Wagen mit hoher Geschwindigkeit von der Beogradska in die Kralja Miljana einbog. Die Reifen quietschten. Nico und Tina wichen reflexartig zurück und gingen hinter dem Baum in Deckung. Der Wagen stoppte vor dem Tesla Museum.

Aus sicherer Distanz beobachteten sie die beiden Männer, die aus dem Wagen stiegen. Kurz geschorene Haare und beinahe idente schwarze Anzüge.

»Das sind auf jeden Fall keine Museumsbesucher«, stellte Nico verhalten fest.

Die Männer blickten sich nach allen Seiten um. Tinas und Nicos Körper schnellten nach hinten, als sie in ihre Richtung sahen. Der Puls fing an zu hämmern, und Tina hielt die Luft an.

Nach wenigen Sekunden des Schreckens zwang Nico sich, Ausschau zu halten, und sah, wie die beiden Männer auf den Aufgang des Museums zusteuerten.

»Sie haben uns nicht gesehen!«, schnaufte er erleichtert durch, während sie sich noch immer an den Händen hielten.

»Buh ...«, blies Tina die Luft aus den aufgeblähten Backen. »Was machen wir jetzt?«

Nico überlegte kurz: »Wir warten.«

Ungefähr fünf Minuten später traten die Männer wieder durch die hölzerne Eingangstür des Museums und blieben oben auf der Treppe stehen. Nico spähte vorsichtig hinter dem Baum hervor. Einer schnappte sein Handy und telefonierte aufgeregt gestikulierend. Der andere ließ seinen Blick in beide Richtungen der Kralja Miljana schweifen. Nicos Kopf bewegte sich langsam wieder nach hinten.

»Die suchen uns!«, flüsterte er leise.

Erst als sie ganz sanft den Klang der Autotüren vernahmen, streckte Nico den Kopf langsam nach vorn und sah, wie sich der Wagen wieder in Bewegung setzte. Die Aufregung war ihnen anzusehen, als sie hinter dem Baum hervortraten.

»Du wartest hier!«, forderte Nico Tina auf, während seine Hand sich langsam von der ihren löste. Sie nickte zustimmend.

Zielstrebig schritt Nico auf das Museum zu. Tausend Gedanken beschäftigten ihn.

»Angriff ist die beste Verteidigung!«, beschloss er schließlich. Mit wenigen Schritten hatte er die Steintreppe erklommen und war schnurstracks bei der Kassendame. Sie erschrak leicht, als sie aufsah und ihn erkannte.

»Sind meine beiden Freunde schon hier gewesen?«, erkundigte er sich in perfektem Englisch. »Wir waren hier verabredet«, log er und wirkte dabei ganz natürlich.

»Äh, yes …«, stammelte die Frau hinter ihrem Pult und suchte nach den richtigen Vokabeln. »Zwei Amerikaner, sie waren gerade erst hier und haben nach Ihnen gefragt. Sie hatten sogar ein Foto dabei«, erklärte sie leicht überrascht. Doch sie schien keinen Verdacht zu schöpfen.

»Alles klar!«, antwortete Nico unbekümmert. »Dann treffe ich sie ja im Hotel.«

Er verabschiedete sich freundlich, machte auf der Stelle kehrt und ging entspannt die Treppe hinunter, während er sich umsah. Niemand war da. Kein Passant, kein vorbeifahrendes Auto, die Kralja Miljana war wie verwaist.

Nico war vorbereitet. Der Killer konnte wieder unvermutet auftauchen. Bisher hatte der Mann theatralische Auftritte geliebt. Er blieb hinter dem großen Eisentor stehen und sah sich um. Minutenlang stand er nur da und wartete. Der Glockenschlag der unweit gelegenen Sava Kirche ertönte leise über die Dächer und verkündete, dass es nun 13 Uhr war. Niemand war zu sehen.

Die Kassendame kam aus dem Museum und sperrte die Eingangstür ab. Nico drehte sich um und las auf dem Schild an der Steinsäule die Öffnungszeiten.

»Mittagspause«, dachte er.

Ganz vorsichtig schritt die Kassendame auf ihren Stöckelschuhen die Steintreppe hinab und, erst unten angekommen, sah sie zu Nico. Ihr Blick war nun irgendwie anders, als sie auf ihn zukam, und ihr Lächeln hatte etwas Überlegenes an sich.

»Mr. Rims!«, begrüßte sie ihn in leicht überschwänglichem Ton, und Nico blieb beinahe die Spucke weg. Mit großen Augen sah er die Kassendame an und glaubte noch immer, sich verhört zu haben.

»Wie … wie bitte?«, stotterte er.

»Sie kennen die Antwort?«

Ihr Verhalten hatte sich nun völlig geändert. Nico war kurz sprachlos.

»Sie … Sie gehören zu denen?«

»Sie kennen die Antwort?«, wiederholte sie ihre Frage, ohne auf seine einzugehen.

»685.957«, antwortete Nico knapp, und seine Augen verengten sich zu Schlitzen, als er die Dame dabei musterte. Sie zeigte keinerlei Regung, und ihrer Mimik konnte er nicht die geringste Information entlocken.

Wortlos griff sie in ihre Handtasche und zog eine Visitenkarte heraus, die sie Nico entgegenhielt.

»Rufen Sie diese Nummer«, befahl sie schließlich in bestimmendem Tonfall. Nico nahm die Karte, auf der sich nur eine Nummer befand.

»Aber wer …«

»Kein Aber«, unterbrach sie ihn. »Rufen Sie diese Nummer, und Sie werden die Antworten bekommen, die Sie suchen.«

Mit einem leichten Lächeln hatte sie diesen Satz beendet und war schon im Begriff zu gehen, als sie abrupt stehen blieb und hinzufügte: »Übrigens – Ihre beiden Freunde waren vom FBI!« Sie ließ Nico einfach stehen und stöckelte auf ihren hohen Absätzen die Straße in Richtung Beogradska entlang, wo sie in ein vorbeikommendes Taxi stieg, nachdem sie Tina auf der gegenüberliegenden Straßenseite noch freundlich zugenickt hatte.

»Wer war das?«, erkundigte Tina sich bei Nico, deren Verwunderung an ihren Stirnfalten abzulesen war, als er zu ihr kam.

»Noch ein Retter?«, stellte er leicht sarkastisch die Gegenfrage. »Sie hat mir eine Telefonnummer gegeben …«

»Von wem?«, war Tina irritiert.

»Das werden wir als Nächstes herausfinden!«

Gegenwart. Washington.

»Wir haben die Zielperson gefunden, Sir! Sie ist in Belgrad aufgetaucht«, berichtete Edwards voller Stolz dem FBI-Direktor via Telefon, der die Nachricht mit Genugtuung aufnahm.

»Sie haben ihn?«

»Noch nicht, Sir – aber wir sind dran.«

»Ich will ihn lebend! Ist das klar? Sie sind mir dafür verantwortlich und verfügen über alle notwendigen Kompetenzen.«

»Unsere Leute haben ihn beim Tesla Museum aufgespürt. Er ist erst gestern dort gewesen, wie wir von unserer serbischen Verbindungsfrau erfahren haben.«

»Schnappen Sie ihn, und bringen Sie ihn auf dem schnellsten Wege nach Washington! Haben Sie verstanden?«

»Selbstverständlich, Sir!«

»Beim Tesla Museum …«, überlegte Bennett angestrengt.

Gegenwart. Belgrad.

Nico saß mit Tina wieder vor dem kleinen Café beim Manjez Park, das sie schon am Vortag besucht hatten. Die Visitenkarte lag vor ihnen auf dem Tisch. Nicos iPhone daneben.

»Ruf an!«, forderte Tina ihn auf.

Nico beugte sich vor und nahm das Telefon zur Hand, und noch ehe er die Nummer auf der Visitenkarte wählte, fiel ihm die SMS wieder ein. Die Nachricht seines Kontakts bei den Black Hats bestand nur aus

einem Wort: »Velimir!«
Sein Grinsen fiel Tina sofort auf.
»Was ist?«
»Velimir scheint nicht nur ein großartiger Party-Organisator zu sein«, erklärte Nico verschmitzt.
Er nahm die Visitenkarte zur Hand und deaktivierte erst noch die Rufnummernsendung, bevor er die Nummer wählte. Es läutete drei Mal, bis er ein Knacksen hörte.
»Gratulation! Sie sind besser, als ich gedacht habe«, erkannte Nico sofort die Stimme seines angeblichen Retters.
»Und was nun?«, blieb er cool.
»Jetzt haben Sie die Scheiße am Hals. Denn jetzt werden Sie auch die Lösung finden müssen.«
»Wie soll ich eine Lösung finden? Ich bin kein Wissenschaftler!«, warf Nico zornig ein.
»Nach dem Wie wird keiner fragen. Das können Sie mir glauben! Allein schon die Tatsache, dass Sie die Lösung vielleicht finden könnten, macht Sie für gewisse Leute zu einem gewaltigen Risiko!«
»Wer sind diese Leute?«, versuchte Nico, Informationen zu bekommen.
»Geheimdienste, das Militär, Energiekonzerne – suchen Sie sich was aus!«
»Sie sagten, Sie wollen mir helfen? Warum soll ich Ihnen trauen? Gerade Ihnen!«
»Haben Sie eine andere Wahl?
»Man hat immer eine Wahl!«
»Diesmal glaube ich nicht.«
Zum ersten Mal bemerkte Nico eine leichte Aufregung in dessen Stimme.
»Das FBI ist Ihnen in Belgrad bereits auf den Fersen. Wir mussten Sie hierherlocken.«
Nicos Körper schnellte nach vorn.
»Sie haben mich auffliegen lassen?«, keifte er entgeistert ins Telefon.
»Wir treffen uns um 18 Uhr im Café, in dem Sie gerade sitzen. Dann haben Sie es vom Center ja nicht weit.«

Ein erneutes Knacksen beendete das Gespräch.

Nicos Miene sprach Bände.

»Was hat er gesagt?« Tina sah ihn neugierig an.

»Das FBI ist hinter uns her. Wir treffen ihn um 18 Uhr.« Er machte eine kurze Pause, bevor er fortsetzte: »Genau hier!«

Tina zog die Augenbrauen hoch.

»Hier in diesem Café?«, war sie nun nicht weniger verblüfft, und sein Nicken ließ sie unwillkürlich nach rechts und links sehen.

Nico blickte auf die Uhr seines iPhones.

»Kurz nach halb drei«, murmelte er. »Komm, wir gehen inzwischen zu Velimir. Er ist sicher schon im Center.«

Nico hatte recht. Der quirlige Kerl war bereits wieder mittendrin in den Vorbereitungsarbeiten für die abendliche Vernissage. Er war so cool und doch so herzlich, dass Nico ihn fast ein wenig bewunderte. Auch, weil diese Coolness gepaart mit Wissen war. Und sein Wissen war anscheinend weitreichender, als Nico zuerst vermutet hätte.

»Hi!«, begrüßte er die beiden und erteilte schon wieder seine Anweisungen an die Leute, die mit dem Hängen der Bilder beschäftigt waren.

»Unser gemeinsamer Freund schickt mich«, begann Nico vorsichtig.

»Mein Freund?«, lachte Velimir laut auf. »Ich kenne ihn nicht einmal. Ich weiß nicht einmal, ob es ein Mann ist!«, erklärte er mit ausladender Gestik. Er drehte sich anschließend um und erklärte den Helfern noch ganz genau, welche Bilder wohin zu hängen waren, und zog sie dann mit in sein kleines Büro am Ende des großen Ausstellungssaals.

»Also, die Geschichte klingt ein wenig fantastisch – zumindest, was ich bis jetzt gehört habe. Unser gemeinsamer Freund war nur kurz angebunden.«

In wenigen Sätzen erklärte Nico, was sich in den letzten Tagen abgespielt hatte und warum sie in Belgrad waren.

»Du bist ein Nachkomme von Nikole Tesle?«

»Sein Enkel. Angeblich.«

Velimir klopfte sich auf die Schenkel und brüllte drauflos, dass es in dem kleinen Büro nur so widerhallte. Einige Sekunden lang blieb ihm die Luft weg, und Nico glaubte, er würde an dem folgenden Hustenanfall ersticken. Tina reichte ihm die kleine Flasche Cola, die auf dem Schreibtisch stand.

Die Reizung seiner Bronchien hatte er kurz darauf wieder im Griff, doch die unglaubliche Story, die Nico ihm erzählt hatte, ließ Velimir noch immer vor sich hin kichern. Er steckte beide damit an.

»Ich glaube ja selbst nicht daran«, setzte Nico schmunzelnd fort, »aber das FBI und einige andere Leute sind sich offensichtlich ziemlich sicher.«

Velimir setzte sich in seinen Bürostuhl und sah sie an. Sein Kichern war einer ernsten Miene gewichen.

»Nehmen wir an, es stimmt und du bist der Enkel von Nikole Tesle. Dann wäre es auch kein Wunder, dass man hinter dir her ist.«

»685.957?« Nicos Frage kam gleich auf den Punkt.

»Genau«, antwortete Velimir.

»Seit Jahrzehnten kreisen Gerüchte, dass das FBI und das US-Militär gemeinsam mit Westinghouse Nuclear an der Vollendung von Teslas Apparatur arbeiten. Unbegrenzte Energie, die an jedem Punkt der Welt verfügbar ist, würde jeden Krieg entscheiden«, erklärte Velimir sachlich. »Wer diesen Apparat in den Händen hält, der hält die Macht über die Erde, vielleicht sogar die Macht über das ganze Universum in den Händen.«

Seine Ausführungen waren diesmal nicht von jener Theatralik begleitet, wie es noch am frühen Morgen der Fall gewesen war. Velimir meinte es nun bitterernst.

»Tesla hat mit Westinghouse intensiv zusammengearbeitet und zahlreiche Patente an sie verkauft. Das FBI wiederum hat alle Unterlagen und Aufzeichnungen unmittelbar nach Teslas Tod konfisziert. Und dann bewusst den Mantel des Schweigens über Tesla ausgebreitet.« Für Velimir war die Sache sonnenklar.

»Du glaubst also daran?«

»Hinter mir ist das FBI nicht her.« Velimirs Grinsen kehrte wieder in sein Gesicht zurück.

»Und wie sollen wir die Lösung dafür finden, wenn das ganze FBI, das US-Militär und Riesenkonzerne sich dabei die Zähne ausbeißen?«, raufte sich Nico verzweifelt die Haare und sah Velimir an, der ihn einen Moment lang musterte und schließlich meinte: »Vielleicht bist du die Lösung!«

Diesmal prustete Nico los. »Was glaubst du? Dass ich ein Tattoo auf dem Rücken trage?«

»Zeig her!«, forderte Velimir ihn auf, sprang aus seinem Sessel hoch, und alle drei lachten sich beinahe krumm. Für wenige Sekunden verschwanden ihre Probleme, und die ausgelassene Heiterkeit half ihnen bei dieser kurzen Flucht.

»Na, wenn du kein Tatoo auf dem Rücken trägst, werden wir wohl unsere gemeinsamen Freunde bei den Black Hats um Hilfe bitten müssen!«, formulierte Velimir die Conclusio.

Gegenwart. Prag.

»Kapitán! Sein Nickname ist wieder aufgetaucht!«

Leoš sprang augenblicklich hoch und folgte dem Mann in die IT-Abteilung, die im Stockwerk darunter untergebracht war.

Hektisch arbeitete sein Team an den Monitoren und durchforstete die Einträge des Forums, in dem man fündig geworden war. Die Fenster standen offen, und der Mief verbrauchter Luft verschwand nur langsam mit dem Hauch des Windes, der durch die Abteilung fuhr.

»Was habt ihr?«

Ein Mann blickte von seinem Monitor hoch und peitschte seinen Bericht im Stakkato vor sich hin.

»Der Nickname, den wir gefunden haben, hat vorgestern wieder einen Eintrag in ein Forum gestellt, das wir zufällig gefunden haben. Es ist eine Art Leetspeak, die aber nochmals verschlüsselt wurde und die wir nur zum Teil dechiffriert haben.«

»Und was habt ihr bisher dechiffriert?«

»Nur ein Wort, Kapitán: Belgrad!«

Leoš blickte geradeaus und starrte ins Nichts.

»Belgrad ...«, wiederholte er, und seine Augenlider verengten sich. »Schickt sofort die Teams nach Belgrad!«, erteilte er seine Befehle, und die Mannschaft leitete unverzüglich alles in die Wege.

»Sie dürfen uns diesmal nicht entkommen!«

Gegenwart. Belgrad.

Das Kinderlachen vom Spielplatz drang bis in die letzte Ecke des Manjez Parks. Nico und Tina waren schon zehn Minuten vorher im Café, das vor allem in den sonnigen Abendstunden von den Belgradern gestürmt wurde.

Pünktlich erschien der Mann, dessen Sonnenhut sie zuerst erspähten. Wie ein Freund setzte er sich an ihren Tisch, bestellte beim Kellner eine Flasche Bier und steckte sich eine Zigarette in den Mund.

»Sie sind sich Ihrer Situation anscheinend noch immer nicht bewusst«, eröffnete er ganz entspannt das Gespräch, als er seinen Hut auf dem Tisch ablegte.

»Wenn Sie es wären, würden Sie hier nicht in der Auslage sitzen. Das versichere ich Ihnen.« Das Klicken seines Feuerzeugs erklang.

Die Anspannung seiner Gesprächspartner war schon zuvor auf dem Höhepunkt gewesen, und die Aussagen des Mannes, den Tina so Ende fünfzig schätzte, linderten den Zustand keineswegs.

»Wie wollen Sie uns helfen?«, ging Nico nicht weiter auf sein Angstschüren ein.

»Erst einmal müssen Sie hier weg. Wenn das FBI Sie in die Finger kriegt, kann ich nichts mehr für Sie tun. Wir bringen Sie aus Belgrad raus, und alles Weitere erfahren Sie dann, wenn Sie in Sicherheit sind.«

»Ich bin kein Paket, das man verschicken kann«

»Sie sind in Gefahr, junger Mann!«

»Ich will Informationen!«

»Sie pokern, ohne ein Blatt in der Hand zu haben«, gab der Unbekannte süffisant zurück. »Aber fragen Sie mich. Was wollen Sie wissen?«, lehnte sich der Mann generös zurück.

Nico war verblüfft, doch er konterte sofort. »Wer ist hinter mir her?«

»Wie ich schon sagte. Das FBI, das US-Militär und Westinghouse Nuclear, die schon seit Jahrzehnten gemeinsam an diesem Projekt arbeiten. Bisher allerdings erfolglos.«

»Und wenn ich einfach die Medien informiere?«

»Haben Sie einen Beweis?«, lächelte der Mann wieder amüsiert. »Einzig allein das FBI hat Teslas DNA, und die werden Ihnen wohl kaum eine Probe zur Verfügung stellen. Sie können also nur Behauptungen aufstellen.«

Nicos Augen fixierten den Mann. »Sie haben mir IHRE Ziele noch nicht verraten.«

»Oh ...«, entfuhr es diesem in gekünstelt vorgetragenem Ton. »Unsere Ziele ...«

»Unser Ziel ist die Wahrheit«, antwortete er nach einer kurzen Pause. »Auch wenn Sie das jetzt nicht glauben werden.«

»Sie sind ein Mörder. Wie könnte ich Ihnen glauben.« Nicos Stimme senkte sich.

Der Mann beugte sich wieder nach vorne und erklärte in gedämpftem Ton:

»Wir sind die Ritter der Wahrheit, und auf diesem Kreuzzug kennen unsere Gegner kein Erbarmen. Glauben Sie mir, die werden auch Sie nicht verschonen.«

»Wer ist wir?«, bohrte Nico weiter nach Antworten.

Zum ersten Mal machte sich ein leichtes Zögern bei dem Mann bemerkbar.

»Wir sind eine Vereinigung bedeutender Persönlichkeiten, die sich der Aufdeckung von Regierungsvertuschungen verschrieben hat«, erwiderte er mit ernster Miene. »Also, entscheiden Sie sich!«

»Was ist mit Teslas Notizbuch?«, stellte Nico unbeirrt die nächste Frage und bemerkte sofort die Überraschung in den Augen seines Gegenübers.

Der Mann drehte seinen Kopf zur Seite und blickte wortlos auf die Dächer der Stadt, die zahllos in die Höhe ragten.

»Sie sind wirklich besser, als ich dachte«, zollte er Nico Respekt, ohne ihn dabei anzusehen. »Es liegt in den Archiven des FBI in Washington«, setzte er fort, nachdem er sich Nico wieder zugewandt hatte. »Und nach unseren Informationen enthält es die fehlenden Puzzlesteine, um Teslas Apparat Wirklichkeit werden zu lassen.«

»Und das FBI hat diese Puzzlesteine in all den Jahrzehnten noch nicht entdeckt?«, warf Nico skeptisch ein.

»Tesla hat seine Notizen … sagen wir … auf eine ganz eigene Weise verfasst, und bisher hat noch niemand den Schlüssel dafür gefunden – alle Spezialisten sind bisher daran gescheitert.« Der Mann lächelte verschmitzt: »Ihr Großvater war eben ein Genie!«

»Eine Art Code!?«, hakte Nico nach. »Und Sie glauben, ich könnte ihn knacken?«

Nicos aufbrausendes Lachen unterstrich die Absurdität dieser Annahme.

»Sie haben es immerhin schon bis hierher geschafft«, konterte der Mann, dessen Augen plötzlich die Umgebung abcheckten.

»Und wenn Sie mir vertrauen, werden Sie es vielleicht auch bis zum Ende schaffen. Aber Sie müssen sich jetzt entscheiden, die Zeit wird knapp!«

Nico registrierte die hastigen Blicke des Mannes, drehte sich ebenfalls um und entdeckte die beiden Männer, die er schon am Mittag beim Tesla Museum gesehen hatte – laut der Kassendame seine Freunde vom FBI. Sie kamen von der Kralja Milana und waren nur etwa dreißig Meter vom Gastgarten des Café Costa entfernt.

Wortlos schnappte der Mann seinen Hut, stand auf und stellte sich hinter Nico und Tina, die nun mit dem Rücken zu ihm saßen.

»Stehen Sie ganz langsam auf und gehen Sie vor mir her!«, erklärte er in ruhigem Ton, während er einen Geldschein auf den Tisch legte. Seinen Hut setzte er leicht nach hinten geneigt auf Nicos Kopf und nach wenigen Schritten umarmte er die beiden von hinten und spazierte mit ihnen, lautstark Serbisch sprechend, in Richtung Manjez Park davon.

Nach etwa fünfzig Schritten drehte er langsam den Kopf nach hinten, um sich zu vergewissern, dass die Männer ihnen nicht folgten, und da sah er ihm direkt in die Augen. Einer der Agenten hatte sie beobachtet, und der verdächtige Blick zurück machte ihn stutzig. Langsam und zögernd setzte der FBI-Mann sich nun in Bewegung, während er die drei Gestalten nicht mehr aus den Augen ließ.

»Sie haben uns entdeckt!«, schob der Mann sie vor sich hin.

»Verschwinden Sie – ich versuche, sie aufzuhalten!«, gab er Nico und Tina einen Stoß und schnappte zugleich seinen Hut von Nicos Kopf, während seine Schritte langsamer wurden.

Nico sah nach allen Richtungen und lief mit Tina geradewegs auf den nach rechts führenden Parkweg zu, der sich schon nach wenigen Metern in der Dunkelheit der anbrechenden Nacht und dem Schatten der Bäume auflöste.

Sie rannten um ihr Leben, ohne sich umzudrehen, während plötzlich Schreie hinter ihnen weithin durch den Park hallten. Schüsse fielen, und das Geschrei der Menschen war nun überall zu hören. Sie rannten vorbei am Denkmal von Frédéric Chopin, dessen Silhouette sich am hellen Nachthimmel abzeichnete. Nico merkte, dass Tina langsamer wurde.

»Lauf!«, rief er und drückte ihre Hand noch fester, um sie mit sich zu ziehen.

Ihr Atem wurde immer schneller. Das Adrenalin peitschte durch ihre Venen und trieb sie immer weiter nach vorne. Die Schreie der aufgeschreckten Menschenmenge verfolgten sie auf ihrem Weg durch den Park, als sie plötzlich auf der Resavska landeten. Nico erkannte die Straße, die nach rechts genau in die Kralja Milana mündete und an deren Kreuzung das Student Cultural Center lag.

Nur wenige hundert Meter entfernt.

Sie liefen die Straße entlang, und Nico sah keine andere Möglichkeit, als bei Velimir unterzutauchen. Wem sonst sollten sie vertrauen? Die Straßenbahn rauschte an ihnen vorbei, als sie auf den runden Turm des Centers zusteuerten. Es war kurz vor halb acht, und die ersten Gäste der Vernissage warteten bereits auf dem kleinen Platz vor dem Eingang. Alle waren elegant gekleidet und unterhielten sich angeregt über die neuen Bilder des Künstlers, die sie erwarteten.

Nico und Tina näherten sich unauffällig an der Seite des Gebäudes dem Eingang und hatten Glück, dass ein Freund Velimirs, mit dem sie am Morgen noch angestoßen hatten, als Türsteher im Einsatz war. Ansatzlos öffnete er ihnen die Eingangstür und begrüßte sie mit einem Lächeln.

»Wo ist Velimir?«, erkundigte Nico sich im Vorbeigehen bei dem Bekannten.

»Im Büro!«, antwortete dieser und schloss hinter ihnen demonstrativ die Eingangstür, wodurch er den Gästen der Vernissage verdeutlichte, dass ihre Zeit noch nicht gekommen war.

Sie hetzten in Velimirs Büro, der ganz gemütlich an einem Cocktailglas schlürfte und dabei auf seinen Monitor starrte.

»Sie sind hinter uns her!«, keuchte Nico, nachdem sie ohne Anklopfen eingetreten waren.

Velimir sah überrascht hinter dem Bildschirm hoch. »Wer ist hinter euch her?«, wollte er wissen.

»Das FBI!«, keuchte Nico noch immer völlig atemlos.

»Die sind hier im Center?!« Velimirs Entspanntheit wich schlagartig aus seinem Gesicht.

»Nein …«, antwortete Nico etwas unsicher. »Ich glaube, wir haben sie abgehängt!«

Tina brachte noch immer kein Wort hervor, und die Trockenheit ihrer Schleimhäute brannte sich mit jedem hektischen Atemzug tiefer hinein.

»Wartet hier!«, gab Velimir nach kurzer Überlegung die Anweisung und war auch schon aus seinem Büro verschwunden.

Nico und Tina waren beide kreidebleich, und das Geräusch ihrer tiefen Atemzüge wechselte einander ab. Ihre Schläfen pulsierten, und die Angst der vergangenen Tage war auf einmal wieder da.

Draußen rührte sich nichts, doch weder Tina noch Nico wagte es, die Türe zu öffnen. Sekunden wurden zur Ewigkeit, während sie auf Velimirs Rückkehr warteten und ausgelaugt vor sich ihn schnauften. Nico ging zum Fenster und ließ den Rollladen herunter.

Nach wenigen Augenblicken kam Velimir zurück.

»Alles OK!«, beruhigte er die Flüchtigen. »Wir eröffnen in fünf Minuten die Vernissage, und angesichts unseres heutigen Publikums wird man euch hier nicht suchen. Ihr bleibt also vorerst hier.«

»Sind wir hier sicher?« Nico war von Velimirs Vorschlag nicht überzeugt.

Mit seinem typischen Grinsen blickte Velimir Nico in die Augen.

»Wenn dir das FBI im Nacken sitzt, mein Freund, bist du nirgendwo sicher.«

Er öffnete die Tür, und noch ehe er verschwunden war, ergänzte er noch: »Außer in Serbien!«

Gegenwart. Washington.

»Was, zum Teufel, ist da in Belgrad los?«, schrie Bennett in Richtung Monitor. »Ich will Ihren Bericht!«

»Es hat vor zehn Minuten eine Schießerei in der Innenstadt gegeben. Unsere Leute wurden getötet.«

»Und der Junge?«

»Er ist uns entwischt. So, wie es aussieht, hat man ihm geholfen.«

»Wer?«

»Das wissen wir noch nicht. Ein Team ist auf gerade auf dem Weg dorthin, aber die Sache hat für ziemliches Aufsehen gesorgt.«

Ohne Zögern, so, wie man es von Bennett gewohnt war, erteilte er seine Befehle.

»Sie setzen alle verfügbaren Leute darauf an und riegeln die Stadt ab. Ich kümmere mich um die serbischen Behörden. Alles klar?«

»Jawohl, Sir!«

»Wir müssen den Jungen kriegen! Wenn Sie Scheiße bauen, rollt Ihr Kopf. Ist das auch klar?«

Edwards schluckte erst, ehe er antwortete: »Jawohl, Sir!«

Mit der Fernbedienung unterbrach Bennett die Verbindung und verharrte für einen Moment lang starr in seinem Bürosessel. Dann griff er zum Hörer.

Nach dem ersten Läuten hob sein Gegenüber ab.

»Ja.«

»Er ist in Belgrad«, kam die kurze Info des FBI-Direktors, und nach einem ebenso knappen »OK!« war das Telefonat wieder beendet.

Gegenwart. Prag.

»Leoš! Wenn du keine Neuigkeiten hast – ich habe welche!«

Der Oberst sprach ganz langsam und ruhig, und Leoš wusste, was dies zu bedeuten hatte.

Eiskalt und ohne jeglichen Anflug von Nervosität startete Leoš seinen Gegenangriff, in der Hoffnung, ins Schwarze zu treffen: »Belgrad!«

Die Stille am anderen Ende der Leitung ließ ihn sanft schmunzeln.

»Du hast gerade deinen Kopf aus der Schlinge gezogen«, antwortete der Oberst schließlich ebenso ruhig wie zuvor. »Also?«

»Unsere Teams sind vor Ort und kümmern sich darum«, erklärte Leoš gelassen.

»Es hat gerade eine Schießerei in der Innenstadt gegeben, und laut meinen Quellen soll auch ein junges Pärchen darin verwickelt sein, auf das die Beschreibung passt«, legte der Oberst seine Informationen auf den Tisch.

»Ich sagte, wir kümmern uns darum«, ließ er sich nicht in die Defensive treiben.

»Das hoffe ich, Leoš!«, erwiderte der Oberst. »Für dich!«

Das Knacksen in der Leitung beendete das Gespräch.

Gegenwart. Belgrad.

Seit nunmehr drei Stunden saßen sie in dem kleinen Büro fest, und der Lärm der Vernissage drang gedämpft zu ihnen hindurch. Bei jedem Geräusch nahe der Tür zuckten sie zusammen, und diese nervliche Anspannung ging auch an ihnen nicht spurlos vorüber.

»Was suchst du da?«, wollte Tina wissen, während sie sich vom Sofa erhob und zu Nico an den Schreibtisch ging, der an Velimirs Computer saß.

»Informationen über Tesla«, antwortete Nico knapp, der sich konzentriert durch die Internetseiten wühlte. Unaufhörlich tippte er in die Tasten und las sich durch einen Riesenberg an Informationen, der trotz der Fülle nichts Brauchbares bieten konnte.

»Ich finde keine Anhaltspunkte über dieses Notizbuch«, legte Nico nach einer weiteren Stunde den Kopf in den Nacken. Die Geräuschkulisse der Ausstellung hatte sich bereits wieder etwas beruhigt, und trotz der vielen Stunden, die sie nun schon auf den Beinen waren, verspürten sie keine Müdigkeit.

»Was sollen wir jetzt machen?« Tina war ratlos.

»Ich habe alle Optionen durchgedacht«, erwiderte Nico. »Wir haben nur eine Chance.«

Eine halbe Stunde nach Mitternacht kam Velimir und schloss die Bürotür auf, die er beim Verlassen abgesperrt hatte, damit kein Besucher sich zufällig dorthin verirren konnte. Zur späten Stunde leicht angeheitert, sah er mit breitem Grinsen auf seine geheimen Gäste.

»So, meine Freunde! Was ist nun euer Plan?« Velimir lehnte sich bei der Frage an den Aktenschrank, um sein leichtes Wanken zu stabilisieren. Ansonsten wirkte er aufnahmefähig.

»Wir müssen nach Washington!«, kam Nico ohne Umschweife auf den Punkt.

»Nach Washington?«, lachte Velimir lauthals auf.

»Was willst du da? Dem FBI persönlich Hallo sagen?« Velimir schien von der Idee mehr entzückt, als dass er diese für Irrsinn hielt.

»Wir brauchen Teslas Notizbuch!«, antwortete Nico unbeirrt.

Diesmal gab es für Velimir kein Halten mehr! Prustend und keuchend stampfte er auf den Boden, und es hatte den Anschein, als würde er an seinem eigenen Gelächter ersticken.

»Teslas Notizbuch?!«, brüllte er durch das kleine Büro. »Wenn du es dir leihen willst, vergiss deinen Bücherausweis nicht!«

Fünf Minuten brauchte er, um bei Nicos Anblick nicht wieder sofort in einen Lachkrampf zu verfallen, bis er schließlich realisierte, dass es

Nico ernst damit war.

»Du willst dir also Teslas Notizbuch aus dem FBI-Archiv in Washington holen?«, fasste er noch immer höchst amüsiert zusammen.

»Treffer!«, kam es von Nico zurück.

»Und wie willst du das anstellen? Wie willst du überhaupt nach Washington kommen? Mit dem Flieger?« Velimir prustete wieder drauflos, ehe er fortsetzte: »Erste Klasse, oder?!« Minutenlang fing er sich nicht wieder ein.

»Klär mich auf, Superman. Wie sieht dein Plan aus?«, brachte Velimir schließlich doch noch hervor.

»Du hast recht«, begann Nico. »Das Schwierigste ist, vorerst nach Washington zu kommen. Wir haben keine sauberen Pässe, und das FBI wird uns schon überall erwarten. Ich hab noch nicht mal eine Idee, wie wir aus Belgrad rauskommen.«

»Angenommen, du schaffst es bis Washington. Wie willst du ins J. Edgar Hoover Building kommen? Einfach reinspazieren?«, skizzierte Velimir die Ausweglosigkeit.

»Ihr seid allein!«, fügte er hinzu.

»Das ist der Punkt!«, wurde Nico nun hörbar aufgeregter.

»Wir sind nicht allein!«

»Wer wird dir helfen? Der Portier?«

Nico stand auf und stellte sich vor Velimir: »Mit den Black Hats verfügen wir über verbündete Hacker in aller Welt, und mit dem Internet haben wir auch die Chance, einen Geheimdienst wie das FBI lahmzulegen. Du weißt, dass es einige schon geschafft haben, in ihr Netz einzudringen.«

»Eindringen ja – und weiter?« Velimir war plötzlich hellwach, und seine Synapsen arbeiteten auf Hochtouren.

»Nichts weiter!«, war Nico voller Euphorie.

»Wir starten eine Hackerattacke aufs FBI, wie sie die Welt noch nie erlebt hat, und während das ganze Federal Bureau damit beschäftigt ist, die Attacke abzuwehren, haben wir vielleicht die Chance, uns unbemerkt einzuschleichen. Wir legen ihr ganzes digitales Netzwerk lahm – von der Telefonanlage über die Videoüberwachung bis hin zu den Sicherheitskontrollen und den Computern. Wir brauchen nur genügend Hacker und müssen die Aktion sekundengenau timen.«

»Klingt nach James Bond«, resümierte Velimir. »Aber machbar wäre es ... mit der entsprechenden Anzahl an Tophackern«, grübelte er vor sich hin. »Das wird dann nach dem arabischen Frühling ein globaler Frühling«, kicherte Velimir entzückt.

»Kannst du uns Pässe besorgen und aus Belgrad bringen?«

»Wir sind in Serbien! Hier kannst du mit Geld alles besorgen.«

»Wie viel?«, wollte Nico wissen, dessen Geldkuvert in den letzten Tagen deutlich abgespeckt hatte.

»Ha!« Velimir lachte laut auf. »Mein Freund! Glaube mir – der Enkel von Nikola Tesla braucht in Serbien kein Geld!«

Er zog sein Handy aus der Tasche, wählte aus dem Gedächtnis eine Nummer, und nach einer kurzen Begrüßung bat er seinen Gesprächspartner um einen Gefallen. Nico und Tina verstanden kein Wort von dem serbischen Gequassel, das Velimir mit einem weiteren Anruf bei einem Freund fortsetzte. Nach drei Telefonaten hatte er offensichtlich alles erledigt, wie sie seiner zufriedenen Miene entnehmen konnten.

»Um zehn Uhr vormittags bringen wir euch aus Belgrad.«

Nico staunte über Velimirs organisatorische Fähigkeiten.

»Wohin?«

»Nach Dubrovnik. Eine Fähre wartet dort auf euch. Wir haben also noch genügend Zeit, um deine Armee zu rekrutieren.« Velimir streifte sein Sakko ab, warf es über den Bürostuhl und setzte sich an seinen Schreibtisch.

»Wie willst du die Leute für deine Sache gewinnen? Jeder setzt dabei sein Leben aufs Spiel, wenn er dem FBI in die Suppe spuckt, und bei den Black Hats ist sich jeder selbst der Nächste. Du müsstest das wissen.«

Nico überlegte nicht lange. »Wir sagen einfach die halbe Wahrheit ... dass wir das FBI in die Knie zwingen werden. Und jeder kann dabei sein. Denn nur gemeinsam verändern wir die Welt!«

Velimir sah ihn kurz an, ehe er nickte.

»Die Geschichte ist so abgefahren – das bringt die Ruler mit Sicherheit in Fahrt!« Er klatschte in die Hände. »Also, meine Freunde – ans Werk!«

Vergangenheit. Östlich von Lhota.

Sein fetter Körper hing schlaff in der Polsterung des Fauteuils, der in der rechten, hinteren Ecke der Bibliothek stand. Seine offenen Notizen lagen neben ihm auf dem kleinen Beistelltisch, sein Montblanc-Füllhalter darauf. Er war eingenickt, und sein leises Schnarchen war der einzige Laut in dem luxuriös ausgestatteten Raum. Die Morgendämmerung löste die Dunkelheit der Nacht langsam ab. Noch war alles ruhig auf dem Anwesen, und das Personal, sofern man es so bezeichnen konnte, würde erst in rund zwei Stunden auftauchen.

Als die schwere Tür aufgerissen und nach hinten geschleudert wurde, schreckte er sofort hoch. Schlaftrunken blickte er in die Richtung des Lärms. Es dauerte einige Sekunden, bis er klar denken konnte, da tauchte der nackte Körper des Ministers in der Tür auf. Er taumelte mit weit aufgerissenen Augen einige Schritte in die Bibliothek und hielt die Hand an den Hals gepresst. Zwischen seinen Fingern ragte ein schmaler, länglicher Gegenstand heraus, und das Blut rann von dort an seinem Oberkörper hinab auf seine Oberschenkel und seinen schlaffen Penis, von dem es stakkatoartig zu Boden tropfte.

Trotz seiner massigen Statur erhob er sich ruckartig aus dem schweren Ledersessel und eilte dem blutüberströmten, nackten Mann entgegen.

»Was ist passiert?!«, schrie er ihn fassungslos an, doch mehr als ein keuchendes Krächzen kam nicht. Dann fiel der Minister vor ihm in Ohnmacht.

Intuitiv sah er nach oben, doch es rührte sich nichts.

»Ihr Ratten!«, brüllte er in einem Anfall von Wut in die Halle des Anwesens und ließ den Minister ungeachtet in seiner Blutlache liegen. Vorsichtig ging er die Treppe hoch, zog seinen geladenen Revolver aus der Jackentasche und lauschte aufmerksam, bis er oben angekommen war.

Der Gang war leer, und nur die Tür zu jenem Raum, in dem der Minister seine Gier gestillt hatte, stand offen. Aufmerksam näherte er sich und sah sich nach allen Richtungen um. Alles war ruhig, und nur sein angestrengtes Schnaufen unterbrach die Stille.

Er folgte der Blutspur des Ministers bis zu dem Zimmer und spähte vorsichtig hinein. Die Bestellung des Ministers, ein kleiner Junge und ein kleines Mädchen, lag im Himmelbett, dessen Laken vom Lebenssaft des Regierungsmitglieds getränkt waren. Die zarten Körper, mit frischen Brandmalen und Schnitten übersät, rührten sich nicht. Mit transparenten Plastiksäcken, die man den Kindern über den Kopf gestülpt hatte, waren sie von ihrem Leiden erlöst worden. Die leicht hervorgetretenen Augen hatten dennoch etwas Friedliches.

Ohne die beiden Vierjährigen zu beachten, blickte er hektisch durch den Raum. Niemand sonst war hier.

Sein Überraschungsgeschenk war verschwunden.

Gegenwart. Belgrad.

»Sir! Wir überwachen jetzt alle Ausfahrten, den Flughafen und den Hafenkomplex. Alle verfügbaren Leute sind postiert und in Alarmbereitschaft.«

Der junge New Agent, der erst vor vier Monaten von der US Army zum FBI gekommen war, machte seine Meldung wie beim Rapport.

»OK«, antwortete Edwards, der eigens nach Belgrad geflogen war, um den Einsatz vor Ort persönlich zu leiten. Er konnte diese Sache niemand anderem anvertrauen, zu viel stand auf dem Spiel. »Wurden die serbischen Behörden informiert?«

»Laut Zentrale wurden sie davon in Kenntnis gesetzt, dass wir nach einem US-Staatsbürger fahnden.«

»Dann ziehen wir die Schlinge zu. Er darf uns auf keinen Fall entkommen! Geben Sie das durch!«, spornte er den ohnehin bis in die Haarspitzen motivierten jungen Mann an.

Der Himmel begann sich immer mehr zu erhellen, als er den Einsatz startete.

»Ich will ihn heute noch nach Washington bringen!«

Gegenwart. Belgrad.

»Yeah, man! Wir haben schon die ersten vorsichtigen Anfragen!« Velimir zwinkerte Nico beim Hereinkommen zu, der mit Tina seine Sachen aus der Personalwohnung geholt hatte. An Schlaf war trotz der langen Session, die sie hinter sich hatten, nicht zu denken gewesen.

»Ich habe die Aktion über meinen Nickname gestartet – ist das OK für dich?«

Velimir wartete nicht auf die Antwort. »Ich werde das von Belgrad aus steuern, während ihr euch auf den Weg macht. Wie bleiben wir in Verbindung?«

»Via Darknet. Das Forum nennen wir Alset13«, erklärte Nico. »Hast du die Pässe?«

Velimir tippte noch schnell eine Antwort in die Tasten, ehe er aufsah.

»Mach dir darüber keine Sorgen, mein Freund! Mehr Sorgen macht mir euer Outfit«, grinste er schelmisch.

Fünf Minuten später wussten Nico und Tina, warum. Eine Freundin Velimirs war im Büro des Centers aufgetaucht und hatte nach wenigen Handgriffen ihr Werkzeug parat. Schere und Kamm.

»Du wirst Haare lassen müssen«, kicherte Velimir.

Nur eine halbe Stunde später hatte Nico eine kahl geschorene Glatze, und Tinas nun schwarz gefärbte Haare wurden von Velimirs Freundin geföhnt.

»Jetzt siehst du aus wie ein richtiger Serbe!«, lachte Velimir in den Spiegel, in dem sich Nico wie ein begossener Pudel betrachtete.

»Steht dir aber!«, war Tinas erster Kommentar. Nico drehte sich zu ihr und sah ihr mit einem gespielten Seufzen entgegen. Sie lächelte, und für Nico strahlte ihr Lächeln in einem ganz besonderen Glanz. Egal, ob ihre Haare nun braun, schwarz, rot oder blond waren.

»Stell dich an die weiße Wand da«, forderte Velimir den nunmehrigen Glatzkopf auf. Er gab noch einige Anweisungen, wie Nico zu stehen und den Kopf zu halten hatte, und zückte dann seine Canon EOS 350. Eine digitale Spiegelreflexkamera, die zwar schon einige Jahre auf dem Buckel hatte, aber ausgezeichnete Fotoqualität lieferte.

Viermal drückte Velimir ab, bis er Tina anwies, es Nico gleichzutun.

Kurz darauf hatte er die Fotos auf seinen Computer geladen und diese mit Photoshop, einer professionellen Bildbearbeitungssoftware, perfekt aufbereitet.

»Die Pässe erwarten euch dann in Dubrovnik«, strahlte er ihnen entgegen, als er aufstand. »Euer Taxi wird gleich da sein.« Er breitete seine Arme aus und umarmte zuerst Tina und dann Nico mit einer Herzlichkeit, die ihnen wohltat.

»Das ist die abgefahrenste Geschichte meines Lebens!«, beschwor Velimir sie noch am Hinterausgang des Gebäudes. »Also, vermasselt die Sache nicht!«

Nachdem sie auf der Ladefläche hinter den Kisten Platz genommen hatten und abgefahren waren, wählte Velimir eine Nummer, während er dem Laster nachsah.

»Sie sind unterwegs. Bereiten Sie alles vor«, informierte er seinen Gesprächspartner in Englisch. »Ich erledige den Rest.«

Eine Stunde lang schüttelte es das Pärchen auf der Ladefläche des Lasters hin und her, und die Dunkelheit in dem verschlossenen Laderaum verwirrte sie zusätzlich. Sie hatten die Orientierung verloren, und Nico konnte nicht ansatzweise sagen, in welche Richtung sie fuhren oder ob sie die Stadt schon hinter sich gelassen hatten. Nur der Lärm des Motors drang durch die dünne Metallwand zu ihnen. Erschöpft und nervös saßen sie im Dunkeln. Nico hielt Tinas Hand.

Zwischendurch stoppte der Laster kurz und fuhr dann wieder ruckartig an, was Nico auf eine Kreuzung oder Ampel schließen ließ.

»Wir sind also noch nicht aus der Stadt«, dachte er.

Nach unzähligen Bodenwellen, auf denen sie geritten waren, stoppte der Wagen plötzlich. Die Fahrertür ging auf und wurde wieder ins Schloss geworfen. Lange Zeit rührte sich nichts. Sie atmeten leise. Dann wurde die Wagentür an der linken Seite wieder geöffnet, und nach dem Startgeräusch setzte sich der Laster wieder in Bewegung. Der Ritt begann aufs Neue.

Die leicht abgerundeten Längsrillen der Ladefläche, die ansonsten ein Verrutschen des Transportguts verhindern sollten, bohrten sich immer mehr in ihre Hinterteile. Dann wurde die Fahrt plötzlich ruhiger, und Nico dachte, dass sie nun auf einer Landstraße entlangfahren würden. Nach einigen Kurven, in denen sich die Geschwindigkeit gefühlsmäßig verlangsamt hatte, stoppte der Wagen erneut. Nico kniff die Arschbacken zusammen, um die überstrapazierten Gesäßmuskeln zu entspannen.

Das Licht, das beim Öffnen der hinteren Lastwagentür ins Wageninnere fiel, blendete sie wie ein Blitz nach der langen Fahrt in der Dunkelheit. Nico konnte nur die Umrisse der Gestalten erkennen, die im grellen Schein des Sonnenlichts wie Engel erschienen.

Nach wenigen Sekunden hatten ihre Augen sich an das grelle Licht gewöhnt, und die Engel hatten sich in finstere Gestalten verwandelt. Männer in schwarzen Anzügen und mit dunklen Sonnenbrillen standen vor ihnen.

»Guten Tag, Mr. Rims!«, begrüßte einer der Männer ihn mit US-Akzent unterlegtem Deutsch und überlegenem Grinsen.

»Wir haben Sie erwartet«, setzte Edwards amüsiert lächelnd fort. Er hatte den Auftrag Bennetts mit Bravour erledigt.

Tina und Nico sahen sich entsetzt an.

»Velimir ... das Schwein!«, fluchte Nico leise vor sich hin, und die tiefe Enttäuschung über den nie für möglich gehaltenen Verrat ließ sich von ihren Gesichtern ablesen.

»Darf ich bitten?«, forderte der Mann seine Gefangenen auf, die sich langsam hinter ihren Kisten erhoben. Nico trat als Erster an den Rand der Ladeplattform und realisierte, dass sie sich auf einem Flughafen befanden.

Er sah auf das große längliche Gebäude rechts von ihm, hinter dem in der Mitte der Tower emporragte, und las zuerst die in Weiß gehaltenen Lettern, die oben angebracht waren:

Aerodrom Beograd. Und darunter stand: Nikola Tesla.

Nico konnte sich ein Grinsen nicht verkneifen.

Gegenwart. Prag.

Leoš ging in dem Besprechungsraum nervös auf und ab. Sein Team hatte sich noch nicht gemeldet, obwohl er die Anweisung erteilt hatte, laufend in Kontakt zu bleiben. Er zweifelte, ob er ihnen die Bedeutung dieses Auftrags klargemacht hatte. Sie waren Profis, zweifellos. Und die meisten von ihnen hatte er selbst ausgebildet. Für sie hatte jeder Auftrag die gleiche Bedeutung: Erst nach Erledigung war Schluss.

Er griff zu der Zigarettenpackung, die auf dem Tisch lag, als ein Mitglied seines Teams in den Besprechungsraum hastete.

»Man hat sie geschnappt!«, keuchte er in Leoš' Richtung, dessen Miene sich gleich darauf freudig verzog.

»Bringt sie sofort hierher!«, gab er seinen unmissverständlichen Befehl, doch der starre Blick seines Untergebenen machte ihn gleich stutzig.

»Das FBI … hat sie geschnappt.«

Leoš stand das blanke Entsetzen ins Gesicht geschrieben, als er das Stammeln vernommen hatte. Er war nicht leicht aus der Ruhe zu bringen, doch diese Meldung war wie ein wuchtiger Schlag auf den Solarplexus. Ihm blieb die Luft weg.

»Das FBI …« Fassungslos schüttelte er den Kopf. »Was, zum Teufel, hat das FBI mit der Sache zu tun?«, grübelte er laut vor sich hin.

»Wo hat man sie geschnappt?«, wollte er nach einem Moment wissen.

»Am Belgrader Flughafen. Unsere Leute haben sie zufällig bei den Hallen der Privatmaschinen entdeckt, als sie sich dort routinemäßig umgesehen haben. Sie konnten jedoch nicht eingreifen – es waren zu viele FBI-Leute dabei.«

Leoš konnte noch immer nicht glauben, was er da gerade hörte. Er überlegte, den Oberst anzurufen, doch das Eingeständnis seines Scheiterns würde ihn nicht nur seine Position kosten.

»Wo hat man sie hingebracht?«

»Das wissen wir nicht. Man hat sie in eine der Privatmaschinen verfrachtet«, gab der Mann zerknirscht zurück.

»Außerdem haben sie ihr Aussehen verändert. Hier sind die Fotos.«

Leoš warf einen kurzen Blick auf die Abzüge.

»Hackt die Daten der Flugsicherung. Ich will wissen, wohin sie geflogen sind!«

Gegenwart. Über dem Nordatlantik.

Zwei Stunden nach dem Start hatte Nico den Kampf gegen die Müdigkeit verloren. So wie Tina eine halbe Stunde zuvor. Man hatte sie am Belgrader Flughafen in die Gulfstream G550 gesteckt und war sofort abgeflogen. Das Reiseziel hatte man ihnen nicht verraten, obwohl Nico danach gefragt hatte. Neben Edwards waren noch drei weitere Beamte an Bord, die sie begleiteten. Die Männer waren alle hellwach und saßen schweigend in ihren pompösen Sitzen.

Bis zu zwölf Personen hatten in dem Privatjet Platz, dessen Luxusausstattung selbst die legendärsten Stars noch zum Staunen gebracht hätte. Die Innenwände waren mit feinstem Leder verkleidet und in den gleichen Farben gehalten wie die breiten Lederfauteuils, die sich, nach hinten geschoben, zu einem gemütlichen Liegesofa verwandeln ließen. Ein heller Teppich durchflutete die fünfzehn Meter lange Kabine, die insgesamt über acht solcher Fauteuils verfügte.

Nolan Edwards, im Rang eines Supervisory Special Agent, sah auf die Uhr. Sieben Stunden waren sie nun schon mit dem Gulfstream-Jet unterwegs, und je näher sie ihrem Ziel kamen, desto größer wurde seine innere Aufregung, die er jedoch tunlichst verbarg.

In Gedanken malte er sich seine weiteren Karriereschritte aus, die ihn nach diesem Coup zweifellos erwarten würden. Er hatte seinen Job höchst professionell erledigt und die Erwartungen nicht nur erfüllt, sondern seiner Meinung nach sogar übertroffen. Die Erfolgsmeldung hatte er natürlich persönlich durchgegeben, und nun erwartete man seine glorreiche Ankunft am Washington Dulles International Airport.

Nico erwachte durch das ungewohnte, leise Rauschen, das die Kabine trotz aller Luxusausstattung beherrschte. Die Augen hielt er allerdings noch geschlossen und atmete weiter rhythmisch vor sich hin. Gedanklich durchflog er die letzten Stunden und Ereignisse, und die Erinnerung an Velimirs Verrat bohrte sich wie ein Messer in sein Fleisch.

»Warum hat er das getan?«, dachte er resigniert.

»Bei den Black Hats ist sich jeder selbst der Nächste«, hallten Velimirs Worte in seinen Ohren. Sein Plan war schon ganz am Anfang gescheitert.

Tina wurde schon vor Nico wach und stellte sich schlafend, bis er sich rühren würde. Ihre Fauteuils standen nebeneinander und waren nur vom Kabinenflur getrennt. Nico streckte sich schließlich, ließ seinen Sessel wieder in die ursprüngliche Position fahren und sah zu Tina, die sich gleich darauf ebenfalls aufsetzte.

Die Männer vom FBI ließen sie nicht aus den Augen und verfolgten alle ihre Bewegungen ganz genau.

»Gibt es einen Kaffee in Ihrem Billigflieger?« Nico steckte die Müdigkeit noch in den Gliedern, und nachdem er sich seiner Chancenlosigkeit bewusst geworden war, brach sein Zynismus unbewusst durch.

Mit einem Nicken gab der Mann, der sie am Belgrader Flughafen so freundlich begrüßt hatte, sein OK. Einer der Beamten stand auf und ging in den hinteren Teil des Jets, in dem die Bordküche untergebracht war.

»Was wollen Sie von uns?«, spielte Nico mürrisch den Ahnungslosen.

»Wir sind nur Ihre Flugbegleiter, Mr. Rims. Alles Weitere erfahren Sie, wenn wir angekommen sind.«

»Und wohin geht die Reise?«

»Haben Sie noch ein wenig Geduld. Wir sind bald da.«

Der Beamte brachte zwei Tassen Kaffee und hatte noch zwei weitere mit, die er seinen Kollegen anbot. Diese lehnten mit einem Kopfschütteln ab, und so schnappte Nico sich noch eine.

Gedankenverloren sah er aus dem Fenster, doch außer dem Himmel über ihnen und dem Wasser unter ihnen war nichts zu sehen. Er versuchte, sich vorzustellen, was sie ab nun erwarten würde, und bedauerte zugleich, dass er Tina – wenn auch ungewollt – in die Sache mit reingezogen hatte.

Nach etwas mehr als einer Stunde kam der Copilot aus dem Cockpit und erklärte den Beamten, dass sie neue Anweisungen erhalten hatten und gleich landen würden.

Als die Gulfstream G550 aufsetzte und die Landebahn entlangfuhr, las Nico die Aufschrift auf dem weißen Terminalgebäude, das von riesigen Fenstern und braunen Säulen dominiert wurde: Reagan Washington National Airport.

Sein Gegenüber schien verblüfft zu sein, denn der Mann sah nach allen Seiten aus dem Fenster, als sie auf den ihnen zugewiesenen Parkplatz zurollten.

Ein schwarzer Geländewagen und drei muskulös gebaute Herren in Anzügen erwarteten sie bereits. Alle trugen Sonnenbrillen. Kurz überlegte Edwards, den FBI-Direktor anzurufen, doch er verwarf sogleich den Gedanken. Unsicherheit war beim Klettern auf der Karriereleiter nicht gefragt.

Zuerst stiegen zwei seiner Männer aus dem Jet, dann folgten Nico und Tina und schließlich er selbst. Zielstrebig steuerte einer der wartenden Männer auf ihn zu und informierte ihn.

»Sir! Durch einen Softwarefehler kommt es am International Airport zu langen Wartezeiten bei der Landung, daher haben wir Sie umgeleitet. Der FBI-Direktor erwartet Sie schon dringend.«

Die Aufmerksamkeit, die ihm zuteil wurde, schmeichelte seiner Eitelkeit. Er wies seine Leute an, bei der Maschine zu warten, und folgte schließlich den anderen zum Wagen.

Gemeinsam mit Nico und Tina setzte er sich auf die Rückbank im hinteren Teil des überbreiten Geländewagens, der für sechs Personen Platz bot und nun voll war.

Mit quietschenden Reifen fuhren sie los, und er blickte noch durch die abgedunkelte Seitenscheibe zu seinen Männern, als er plötzlich einen brennenden Schmerz am Hals verspürte. Geistesgegenwärtig griff er an die schmerzende Stelle, und im selben Moment begannen seine Sinne zu schwinden.

Tina schrie laut auf, als der Mann neben ihnen plötzlich zu Boden sank. Regungslos verfolgten die drei schwarz gekleideten Begleiter seinen Verfall, während einer von ihnen ein kleines Blasrohr aus dem Mund nahm, das aussah wie eine Zigarette. Nico starrte zuerst auf den regungslosen FBI-Agenten und dann auf die Männer, die keinen Ton von sich gaben und sie nur beobachteten.

»Verdammte Scheiße!«, dachte er und spürte zugleich, wie Tina sich an ihn presste, obwohl sie jetzt nur mehr zu zweit auf der Rückbank saßen.

Eine halbe Stunde fuhren sie durch die Straßen Washingtons. Niemand sprach ein Wort, und die Blicke der Männer hafteten unentwegt auf ihnen. Bei einer parkähnlichen Anlage stoppte der Geländewagen. Zwei der Männer stiegen aus und forderten sie mit einer Handbewegung auf mitzukommen.

Sie runzelten die Stirn, nachdem sie sich in eine wartende Limousine setzen mussten und nun allein in deren überaus geräumigen Fond saßen. Es war eine jener Edelkarossen, die man sonst nur aus Filmen kannte. Der vordere Teil der Limousine mit dem Chauffeur war vom hinteren durch eine dunkle Scheibe getrennt, und die Seitenscheiben waren ebenfalls alle abgedunkelt.

Das Asphalt-Schiff setzte sich langsam in Bewegung.

Als der Fahrer in den fließenden Straßenverkehr eingebogen war und aufs Gas stieg, senkte sich ganz langsam die dunkle Scheibe, die den voluminösen hinteren Bereich abtrennte. Intuitiv drückten sie sich an die Rückenlehne ihrer Sitze und warteten gebannt.

Sofort erkannten sie den dunkelbraunen Sonnenhut.

Gegenwart. Washington.

Die Männer, die noch immer vergeblich am Washington Dulles International Airport auf das Eintreffen der Gulfstream G550 warteten, hatten ihre Meldung schon längst an die Zentrale durchgegeben. Panisch telefonierten und tippten die Mitarbeiter des SIOC im J.-Edgar-Hoover-Gebäude, um Licht ins Dunkel zu bringen. Den Direktor hatte man selbstverständlich schon benachrichtigt, und das bevorstehende Donnerwetter, das garantiert über sie hereinbrechen würde, konnte man riechen.

»Wer hat dem Piloten die neuen Anweisungen erteilt?!« Die Schreie hallten über die Gänge direkt ins SIOC, und wenig später stand Bennett mit hochrotem Kopf in der Kommunikationszentrale.

Seine ranghöchsten Beamten hatte er für diese Sache beauftragt, und nun konnte ihm keiner sagen, warum die Maschine am falschen Flughafen gelandet, sein Paket entführt worden und zudem auch noch einer seiner Agenten verschwunden war.

Der Mann kochte. Er hatte seinen Partnern die Erfolgsmeldung bereits durchgegeben, und nun musste er feststellen, dass er sich bis auf die Knochen blamieren würde. Und nicht nur er, sondern das ganze FBI würde der Lächerlichkeit preisgegeben werden.

»Ich will wissen, wer die beiden abgeholt und wohin man sie gebracht hat!«, schrie er völlig außer sich auf seine Mitarbeiter ein.

Alle hatten die Erledigung ihrer Aufgaben unterbrochen, nachdem Bennett aufgetaucht war, und standen stumm da. Niemand konnte sich erklären, woher die neuen Anweisungen an den Piloten gekommen waren und wer sie gegeben hatte.

Vom SIOC kamen sie jedenfalls nicht. So viel stand fest. Ansonsten konnten nur jene von dem Flug wissen, die den Tipp gegeben hatten. Und der kam anonym via E-Mail. Man hatte die Verfolgung bereits aufgenommen.

»Sie dürfen die Staaten auf keinen Fall wieder verlassen! Wir wissen zumindest, dass sie hier sind«, erteilte Bennett seine neuen Befehle und versammelte augenblicklich seine Abteilungsleiter zu einem Meeting.

Gegenwart. Prag.

»Unsere Leute sind bereits auf dem Weg in die Staaten. Das FBI hat sie laut Daten der Flugsicherung nach Washington gebracht. Wir konnten in Belgrad nicht eingreifen. Zu viele Leute vom FBI waren da«, gab Leoš dem Oberst einen Bericht, nachdem er lange überlegt hatte, wie er weiter vorgehen würde.

Die Fassungslosigkeit des Obersts war seiner Stimme anzumerken. Er schnappte ein paar Mal über, ehe er Leoš antwortete: »Das FBI … wie … was hat denn das FBI damit zu tun …«

Die Pause des Obersts unterstrich Leoš' These, dass der Oberst ebenso von dieser Entwicklung überrascht war wie er.

»Sollte ich da noch etwas wissen?«, ging er in die Offensive. »Ich kann den Job nur erledigen, wenn ich alle Informationen habe!«

Der Oberst schwieg noch immer, und nur sein Schnaufen gab Leoš die Gewissheit, dass er noch nicht aufgelegt hatte.

»Ich habe dir alles gesagt, Leoš. Wir haben dieselben Informationen«, brach er schließlich das Schweigen.

»Wieso sollten die Amerikaner Interesse haben?«, forschte Leoš weiter nach Antworten.

»Ich kann es mir nicht erklären, es ist mir ein Rätsel!«, gab der Oberst ehrlich und noch mehr verzweifelt zu. Er hatte keine Idee, wie er diese Neuigkeit seinem Auftraggeber klarmachen könnte. Die Schlinge um seinen Hals hatte sich gerade festgezurrt.

»Leoš!«, begann der Oberst erneut, und allein schon an seinem Tonfall konnte Leoš erkennen, dass sich das Machtverhältnis zwischen ihnen ein wenig verschoben hatte. Denn der Oberst brauchte ihn nun mehr denn je.

»Ich weiß nicht, wie du das anstellen sollst, aber wir brauchen unbedingt dieses Buch. Hast du verstanden? Ganz egal, wie – ich will dieses Buch!«

Leoš schwieg nach dieser beinahe beschwörenden Bitte, die schlussendlich ein Befehl war, auch wenn der Oberst es charmant umschrieben hatte.

Doch wie sollte er an sie rankommen? Jetzt, wo das FBI sie gefangen hielt?

Gegenwart. Maryland.

Von der Pennsylvania Avenue waren sie auf den District of Columbia Highway 295 abgebogen und fuhren nun bereits eine Stunde mit der Luxuslimousine durch die Gegend. Nico wusste wieder nicht, wohin die Reise gehen sollte. Der Mann mit dem Sonnenhut hatte ihnen keine weiteren Informationen gegeben.

Die Klimaanlage sorgte für angenehme Temperaturen im Fond des Wagens, und angesichts ihrer Befreiung aus den Fängen des FBI sah es so aus, als hätte der Mann sie schon wieder gerettet.

Nach Belgrad nun schon zum zweiten Mal, wie Nico zugeben musste. Bei Graz hatte er seine Zweifel.

»Wie haben Sie das angestellt?«

Nico sah den Mann genau an und war noch immer im Zwiespalt, ob er ihm trauen konnte.

»Ich sagte bereits – wir sind eine Vereinigung bedeutender Persönlichkeiten«, ließ dieser sich nicht in die Karten blicken.

»Woher wussten Sie überhaupt, wo wir sind?«

»Wir haben gemeinsame Freunde«, lächelte er amüsiert unter seinem Sonnenhut hervor.

Nico hatte nicht den blassesten Schimmer, von wem der Mann sprach.

»Wir haben gemeinsame Freunde?«, wiederholte er in ironischem Ton.

Der Mann drehte sich, ohne zu antworten, in Fahrtrichtung und bediente einen der unzähligen Knöpfe, mit denen man die sündhaft teure Extraausstattung der Limousine steuern konnte. Ein Flachbildmonitor fuhr daraufhin aus einem der Mahagonikästchen, die seitlich in dem Wagen angebracht und mit hellen Ledereinlagen verziert waren.

Zuerst kam nur ein Flimmern über den Bildschirm, so als würde erst eine Empfangsverbindung aufgebaut werden, doch nach wenigen Sekunden war das Bild des Videotelefonats gestochen scharf. Nico und Tina trauten ihren Augen nicht, als sie ihren Gesprächspartner erkannten.

»Hallo, meine Freunde! Ich hoffe, ihr hattet eine angenehme Reise«, begrüßte der Mann sie überschwänglich mit breitem Grinsen, und beiden verschlug es die Sprache.

»Erste Klasse ist doch nichts gegen euren Luxusjet …«, kicherte er weiter und wartete auf eine Reaktion von ihnen.

»Was ist? Hat man euch die Zunge rausgeschnitten?«

Ihr Gegenüber hatte recht. Es fühlte sich beinahe so an, als hätte man sie derart zum Schweigen gebracht. Keiner brachte eine Silbe hervor, und sie starrten sekundenlang auf den Monitor. Nicos Gedanken schweiften von einem Ende zum anderen und prallten dabei unzählige Male gegen die Schädelwand. Was war hier eigentlich los? Wie konnte das sein? Wer trieb hier sein Spiel mit ihnen? Wann hatte es begonnen? Das Hämmern an der Schädelwand wurde immer lauter.

Ungläubig, fast so, als wäre ihm ein Gespenst erschienen, kam seine Frage.

»Velimir …?«

»Na, wer sonst – Mutter Maria?!«, prustete dieser wie eh und je drauflos. »Abgefahrene Geschichte, was?«, ließ er seiner Begeisterung freien Lauf.

»Aber es war unsere einzige Chance, euch sicher nach Washington zu bringen! Wir haben ihnen einen kleinen Tipp gegeben …«, freute er sich über den gelungenen Coup.

Nico konnte es nicht fassen. Er sah abwechselnd zu dem Mann mit dem Sonnenhut und dann zu Velimir, der vom Bildschirm lachte. »Du … du hast das geplant?«

»Wir haben das geplant …«, warf der Mann auf dem Sozius genüsslich ein und schien den Erfolg der Operation ebenfalls vollends auszukosten.

»Aber, woher kennst du diesen Mann?«, wollte Tina von Velimir wissen.

»Wir kennen uns seit vielen Jahren. Ihr könnt ihm vertrauen«, wurde Velimir nun ungewohnt ernst.

»Der Mann ist ein Mörder!«, entgegnete Nico unverblümt auf Velimirs eigenartige Bürgschaft.

»Sind wir das nicht alle, mein Freund?«, kam es in nachdenklichem

Ton zurück. »Für den Preis deines iPhones wären in Malawi zehn Kinder nicht verhungert«, beantwortete Velimir seine Frage gleich selbst und ließ die Worte ohne weitere Ausführungen wirken.

Nico atmete tief durch – was hätte er schon darauf sagen können?

»Wie soll's jetzt weitergehen?«

»Wir bringen euch erst mal in Sicherheit …«

»Und dann?«, unterbrach Nico ihn entgeistert.

»Und dann, mein Freund? Wir haben einen Plan, und den werden wir auch durchziehen!«, war Velimir von Nicos Frage verblüfft. Für ihn war alles sonnenklar.

»Du glaubst doch nicht im Ernst, dass dieser Plan noch funktioniert?! Das FBI sucht uns sicher schon an allen Ecken und Enden!« Nico konnte sein Vorhaben nicht verstehen.

»Gerade deswegen wird es funktionieren!«, konterte Velimir auf Nicos Bedenken.

»Sie sind so mit der Suche nach euch beschäftigt, dass sie für Angriffe anfällig sind. Und gerade in der Höhle des Löwen wird dich dann niemand erwarten.« Velimirs kühle Logik sprach für sich.

»Warum holt uns nicht einfach dein Freund das Notizbuch?«, stellte Nico zynisch die ebenso logische Frage.

»Oder einer seiner bedeutenden Persönlichkeiten?« Angesichts seiner Jugend warf das Runzeln der Stirn nur wenige kleine Falten.

»Wir können nicht riskieren, dass wir enttarnt werden«, warf der Mann mit dem Sonnenhut ein, und Nico drehte sich zu ihm.

»Niemand weiß bisher, dass wir Sie … sagen wir … unterstützt haben. Und das wird mit Sicherheit auch so bleiben«, erklärte er trocken. »Wir können Ihnen in einigen Dingen helfen, aber wir können dabei nicht unsere Anonymität aufs Spiel setzen.«

»Wir brauchen sie!«, sagte Velimir. »Nur mit deren Hilfe können wir es schaffen!«.

Nico überlegte, obwohl er bereits wusste, dass seine Chancen allein gleich null waren. Er brauchte Velimir, und er brauchte auch die Hilfe dieses Mannes, wie es schien. Das hatte dieser zumindest schon bewiesen. Aber konnte er den beiden trauen?

»Wo bringen die uns hin?«, mischte Tina sich ein und klang dabei völlig cool.

»Nach New York«, setzte Velimir dem Versteckspiel ein Ende. »Wir bringen euch ins Ramada Plaza, und dort bereiten wir alles vor«, erläuterte er ihnen die weiteren geplanten Schritte.

»Bisher haben wir noch keine Antworten von unseren Crackerfreunden«, klang Velimir diesbezüglich ein wenig besorgt, was sich aber sofort in seinem typischen Kichern auflöste.

»Die scheißen sich anscheinend alle in die Hose, wenn's ums FBI geht!«

»Das kann man ihnen kaum übelnehmen.« Nico war vom Gelingen der Operation nicht gerade überzeugt.

»Wir schaffen das!«, setzte Tina kühl den Schlusspunkt, was von allen nickend zur Kenntnis genommen wurde.

Nico sah aus dem Seitenfenster, und seine Gedanken kreisten wie ein Kinderkarussell.

Gegenwart. New York.

Drei Stunden nach ihrem Videotelefonat mit Velimir waren sie mit der Limousine in die Tiefgarage des Ramada Plaza Hotels eingebogen, was sich angesichts der Länge des Wagens als kompliziertes Unterfangen herausstellte. Der Fahrer, von dem sie bisher nur die Augenpartie aus dem Rückspiegel kannten, hatte dies jedoch gekonnt gemeistert.

Das unweit vom Jacob K. Javits Convention Center und der Penn Station an einer Kreuzung gelegene alte Hotel in Midtown Manhattan hatte vier Sterne und war stets beliebter Treffpunkt unterschiedlichster New-York-Besucher aus aller Herren Länder. Gemeinsam mit dem Mann stiegen Nico und Tina aus. Der Fahrer blieb im Wagen.

Es war bereits alles veranlasst. Direkt von der Tiefgarage aus gelangten sie nach oben, ohne dass sie zur Rezeption mussten, und nachdem sie endlos mit dem Personalaufzug hinaufgefahren waren, standen Nico und Tina nun in dem für sie vorgesehenen Raum mit einem Doppelbett. Queensize.

Die Wände waren in einem leichten Gelbton gehalten, der mit dem hellbeigen Teppich, dessen dunkelbraune Muster weitere Akzente setzten, abgestimmt schien. Eine goldene Krempe säumte rundherum das Doppelbett, die mit den goldenen kleinen Kissen korrespondierte, die als Blickfang dienen sollten. Die gehobene, überaus biedere Einrichtung war so gar nicht nach Nicos Geschmack, der sich leicht irritiert umblickte.

»Wir haben unsere Leute im Hotel postiert – die passen auf Sie auf! Keine Angst – hier sind Sie sicher«, erklärte der Mann, der seinen Sonnenhut bisher nur einmal, in Belgrad, abgenommen hatte.

Nico sah zu ihm: »Sie haben das bisher alles geplant, nicht wahr?«

Der Mann lächelte wie schon so oft zuvor mit dieser leicht überheblichen Art, als er antwortete:

»Es ist bisher so gelaufen, wie wir uns das vorgestellt haben ...«

»Woher wussten Sie von meiner ...«, Nico suchte nach dem passenden Wort, »... Abstammung?«

»Wir haben unsere Quellen ... aber wir mussten rasch reagieren.«

Sein Lächeln verschwand aus seinem Gesicht, als er anmerkte: »Auch wenn bisher alles nach unseren Vorstellungen gelaufen ist, hatten wir auch großes Glück ...«

Nachdenklich trat er zum Fenster: »Wir riskieren hier unser Leben für Sie, Mr. Rims – ich hoffe, das ist ihnen bewusst!«

»Und was gewinnen SIE dabei?«, hakte Nico unbeeindruckt nach.

»Hier geht es nicht um mich oder um Sie, Mr. Rims ...«, antwortete er ruhig.

»Es geht darum, in welche Richtung die Welt sich verändern wird. Entweder wird diese Technologie für Krieg und Zerstörung verwendet – und das wird sie, wenn sie in die falschen Hände gerät – oder sie führt uns in ein neues Zeitalter der Menschheit«, führte er bedeutungsvoll aus.

»Wir würden die geltenden Systeme zum Einsturz bringen und aus einem neuen Bewusstsein heraus eine bessere Welt schaffen, in der Wohlstand nicht von der Gunst einiger weniger abhängig ist.«

»Sind Sie Esoteriker?«, konnte Nico sich die Frage an den Mann nicht verkneifen, nachdem er dessen Ausführungen aufmerksam gefolgt war.

»Ich bin Realist!«, antwortete der Mann bestimmt. »Sehen Sie sich um, Mr. Rims! Korruption auf allen Ebenen, Börsenspekulationen auf Hunger, arbeitslose Generationen, Nahrungsmittel als Treibstoff oder horrende Feinstaubwerte in allen Städten, die man den Menschen als unbedenklich verkauft«, zählte er einige Beispiele auf, ehe er die Frage stellte: »Wie lange glauben Sie, wird das noch so gehen?«

»Aber diese Technologie hat auch ihre Schattenseiten«, entgegnete Nico. »Ganze Wirtschaftszweige werden damit ausgelöscht, und Tausende, ja, Millionen Menschen werden ihre Jobs verlieren!«

Der Mann wandte sich vom Fenster ab und sah Nico direkt in die Augen.

»Da haben Sie gewiss recht. Jede Veränderung hat ihre Schattenseiten. Doch jede Veränderung bietet auch Chancen, und wir können es uns nicht leisten, den Raubbau an unserer Erde fortzusetzen. Wir müssen diese Chancen ergreifen und nützen.«

Er machte eine kurze Pause, bis er, nachdenklich geworden, fortsetzte:

»Glauben Sie mir, Mr. Rims, in meinem Leben habe ich gesehen, wozu der Mensch fähig ist, ohne dass es dafür irgendwelche Gründe gäbe. Mit dieser Technologie schaffen wir ein neues Bewusstsein für die Welt und den Menschen als Teil dieser Welt.«

Seine Augen verschmälerten sich, als er zum Schlusssatz seines Plädoyers anhob.

»Wir können die Menschheit vielleicht in ein neues Zeitalter führen, Mr. Rims. Aber wir können ihr nicht vorschreiben, was sie daraus zu machen hat!«

Nico blickte zu Tina, doch nicht nur die Müdigkeit, die in seinen Knochen steckte, sondern auch die Wahrheit, die in den Worten des Mannes lag, hinderten ihn an einer weiteren Gegenoffensive.

Die unzähligen Lichter der Stadt strahlten durch die Dunkelheit der kurz zuvor hereingebrochenen Nacht und die Fenster des Hotelzimmers. Der Mann ging in Richtung Tür.

»Ruhen Sie sich jetzt erst einmal aus. Sie haben anstrengende Tage vor sich, und Sie werden jede Menge Energie brauchen. Wir werden

Ihnen noch etwas zu essen bringen lassen, und dann sehen wir uns morgen«, beendete der Mann das Gespräch und verließ mit einem wohlmeinenden Lächeln das Hotelzimmer.

Nico lehnte seine Laptoptasche, die das FBI ihm zu seiner Verblüffung nicht abgenommen hatte, an eines der Tischbeine und ließ sich auf den Sessel fallen.

»Puh!«, blies er aus und atmete gleich wieder tief durch.

Tina ging zu ihm und fuhr mit ihren Händen über seine frisch geschorene Glatze.

»Die hätte ich mir auch sparen können«, murmelte Nico, während er Tinas sanfte Berührungen jede Sekunde mit geschlossenen Augen genoss. Das Klopfen an der Zimmertür unterbrach seinen Genuss.

Das Menü, das man ihnen aufs Zimmer gebracht hatte, war vom Allerfeinsten, und sie genossen den Moment der Ruhe in vollen Zügen. Zu hektisch waren die vergangenen Tage und deren Geschehnisse gewesen.

Nico blickte in die Tiefe und ließ die Lichter, die pausenlos in Bewegung waren, vor seinem Auge hin und her schwirren. Tina hatte sich die Badewanne eingelassen, nachdem Nico geduscht hatte, und hoffte, darin die Anspannung zu verlieren. Mit T-Shirt und Shorts stand er am Fenster und beobachtete das Lichtergewirr, das visuell einem Jump-and-Run-Videospiel glich. Gedankenleer starrte er zwischen den Lichtpunkten hindurch, bis er wie von Zauberhand wieder aus dieser Leere gerissen wurde.

Er setzte sich an den kleinen Tisch mit den zwei Stühlen, startete seinen Laptop und wählte sich im Wifi-Netz des Hotels ein. Noch während des Netzaufbaus verfiel er wieder seiner Gedankenwelt und starrte über den Monitor weiter ins Nichts.

Nach wenigen Minuten lenkte das Blinken eines Programmsymbols seine Aufmerksamkeit wieder auf den Monitor. Der Vulnerability Scanner hüpfte unten im Dock auf und ab, und Nico startete motivationslos das Programm, mit dem man Schwachstellen in einem Computersystem ausfindig machen konnte.

Er war überrascht, als er die Nachricht durchlas. Sein Scan hatte eine Hintertür in der Schnittstelle des U-Porn-Portals entdeckt, über die man die Benutzerdaten mühelos kopieren könnte. Ganz einfach. Mit einem Klick. Und irgendwer wollte diese Daten – er hatte den Job bereits zugesagt, was ihm jedoch im Augenblick keine schlaflosen Nächte bereitete. Unentschlossen saß er vor dem Gerät, bis er schließlich den Download startete.

»Verbleibende Restzeit: ungefähr 3 Stunden« stand unter der Anzeige des Ladebalkens.

Er klappte das Notebook zu, ohne es ganz zu schließen, und legte sich auf das frisch überzogene Queensize-Bett, das an einer vertäfelten Wand mit Lederpolsterung stand. Er sah an die Decke und verfolgte die sanften Lichtstrahlen, die trotz der Höhe, in der sich ihr Stockwerk befand, ins Zimmer fielen.

»Die Stadt, die niemals schläft …«, dachte er.

Obwohl er bis zu seinem vierten Lebensjahr in dieser Stadt gelebt hatte, konnte er sich an nichts erinnern. Seine ersten Stiefeltern waren noch irgendwie in ein paar verschwommenen Bildern, die er im Hinterkopf hatte, gegenwärtig. Aber ansonsten gab es nichts.

Das Öffnen der Badezimmertür beendete seinen Gedankengang, und er setzte sich auf, als Tina zu ihm kam. Sie trug nur ihren Slip und das weiße Oberteil des Hotel-Pyjamas, den sie im Kleiderschrank gefunden hatte.

Ein wohltuender Duft umhüllte seine Nase, als sie vor ihm auf dem Bett Platz genommen hatte. Sie lächelte, und trotz der angespannten Lage, in der sie sich befanden, machte sich eine wohltuende Ruhe in dem Raum breit. Die nervenaufreibende Angespanntheit der letzten Tage war mit einem Mal wie weggeblasen, und auch das bieder eingerichtete Zimmer strahlte nun in gedämpftem Licht seine eigene Behaglichkeit aus.

Er fuhr ihr durch das frisch gefärbte schwarze Haar und streichelte ihr dann sanft über die Wange, wobei sie ihr Gesicht in seine Hand legte. Sie vertraute ihm, das spürte er.

Behutsam näherten sich seine Lippen, und er küsste sie ganz langsam einige Male auf die Wange. Als er ihren Lippen ganz nah war, wanderte seine Hand von ihrem Hinterkopf auf ihre Schulter, und sogleich bemerkte er es. Sie zitterte am ganzen Körper. Sofort hielt er inne und öffnete die Augen.

»Was ist los?«, war Nico plötzlich völlig verunsichert. »Ist dir kalt?« Ihr Blick war nach unten auf die Bettdecke gerichtet.

»Ich … ich habe Angst …«, flüsterte sie ganz leise, und sogleich sah er die Träne, die langsam an ihrem Nasenflügel entlangrann.

Nico wusste nicht, was er sagen sollte. Er wollte sie nicht bedrängen, und angesichts ihrer gemeinsamen Erlebnisse war es kein Wunder, dass sie Angst hatte. Obwohl er den Eindruck gehabt hatte, sie hätte diese Angst teilweise abgestreift – angesichts ihrer Coolness, die sie heute gezeigt hatte.

Gefühlvoll nahm er ihren Kopf und legte ihn an seine Schulter.

»Wir schaffen das!«, ermutigte er sie. »Du hast es selbst gesagt …«

Ganz sanft drückte er sie bei diesen Worten an sich und streichelte ihr über den Rücken. Minutenlang verharrten sie so, bis Tina sich vorsichtig der Umarmung entzog und ihm ganz tief in die Augen blickte.

Sie sahen einander lange an, und Nico hatte dabei mehrmals das Gefühl, dass sie ihm etwas sagen wollte. Doch schließlich nahm sie seine Hand, drehte sich seitlich und legte seinen Arm über ihre Schulter. Dann schloss sie die Augen.

Nico sank vorsichtig neben sie und hielt die Hand still auf ihrem Rücken. Eine halbe Stunde lag er so da und beobachtete Tina, während eine wohlige Wärme seine Handfläche durchströmte. Ihre sanften Wangen und ihre zarten Lippen hatten etwas Zerbrechliches.

Nico hatte sich verliebt – das war ihm mittlerweile klar geworden. Und diesmal hatte der Gedanke nichts Beängstigendes für ihn.

Gegenwart. Washington.

Bennetts Sekretärin meldete sich sofort bei ihrem Chef an, nachdem sie die neue Meldung bekommen hatte. Wie sie an ihrer Telefonanlage ablesen konnte, telefonierte er gerade. Sie wartete, bis er ihr mit einem »Ja!« seine Aufmerksamkeit schenkte, und ging in sein Büro.

»Sir! Wir haben den Geländewagen gefunden. Er wurde beim Garfield Park abgestellt. Edwards lebt«, gab sie kurz und bündig die Meldung weiter. So, wie ihr Boss es eben wollte.

Konzentriert blickte er hinter seinem Schreibtisch, auf dem die Akten und Papiere säuberlich angeordnet waren, zu ihr.

»Wo ist er?«, knurrte er zwischen den Zähnen hervor.

»Sie bringen ihn gerade hierher. Der Geländewagen wird bereits von unseren Leuten untersucht.«

»Ich will ihn sofort sehen, wenn er da ist!«, erteilte er seinen Befehl, worauf seine Sekretärin mit einem »Selbstverständlich, Sir!« auf dem Absatz kehrtmachte und das Büro wieder verließ.

Eine halbe Stunde später saß Edwards, der seine Ankunft beim FBI-Direktor ganz anders vorgesehen hatte, vor ihm. Die Wirkung des Betäubungsmittels sah man dem Mann immer noch an. Wie man ihm auch ansah, dass er am liebsten im Erdboden versunken wäre.

Beschämt und ohne Bennett direkt in die Augen sehen zu können, machte er seinen Bericht, den er mit den Worten »Es tut mir leid, Sir! Ich habe versagt!« abschloss.

Ohne seine Entschuldigung weiter zu beachten, stand Bennett auf und ging ans Fenster.

»Sie können jetzt gehen. Aber Sie halten sich im SIOC zur Verfügung. Wir brauchen Sie leider noch, denn Sie haben vergessen, aktuelle Fotos von den Teenies zu machen«, stellte er zum Abschluss einen weiteren kapitalen Fehler des Mannes fest.

Im SIOC lief alles auf Hochtouren, und man hatte die Netze schon ausgeworfen. Bennett hatte alle seine Kräfte in den Staaten mobilisiert. Und hier war er der König.

Gegenwart. Washington.

Leoš kletterte leicht zerknittert aus dem Flieger am Washington Dulles International Airport, dessen Asphaltmasse bereits am Morgen aufgeheizt war. Sein dreiköpfiges Team, das von Belgrad aus angereist war, erwartete ihn schon.

Für seine IT-Spezialisten in Prag war es ein Leichtes gewesen, die Daten der Flugsicherung in Belgrad zu hacken und die Zieldestination der Gulfstream G550 zu erfahren. Mit dem nächstmöglichen Flug hatten sich seine Leute von Belgrad aus in Bewegung gesetzt, und er selbst war noch am frühen Abend von Prag abgeflogen.

Die eindringliche Bitte des Obersts, die er sehr wohl als ausdrücklichen Befehl zu deuten wusste, hatte er noch im Ohr. »Ich will dieses Buch!«

Die Situation war ihm bereits entglitten – das musste er eingestehen. In Europa konnte er sich mit seinem Team ganz anders bewegen. Es war eine ganz andere Spielwiese, doch er hatte trotzdem verloren. Und seitdem das FBI in der Sache mitmischte und man sich obendrein jetzt auch noch auf ihrem Spielfeld befand, standen seine Chancen schlecht.

Mit den Handflächen massierte er sich kurz die Müdigkeit aus dem Gesicht. »Also, was gibt's?«, wollte er rasch auf den neuesten Stand gebracht werden.

»Unsere Leute in Prag haben über die Daten der Flugüberwachung herausgefunden, dass die Maschine am Reagan National Airport gelandet ist. In Belgrad hat man allerdings den International Airport als Reiseziel angegeben.«

Leoš zweifelte, ob dies von Bedeutung war.

»Man wollte sie nur schneller ins Hoover Building bringen«, mutmaßte er.

Und dort sah er seine einzige Chance. Sie konnten sich nur auf die Lauer legen und auf einen Zufall hoffen.

Glück hatte er in seinem Leben noch nie gehabt.

Gegenwart. Ramada Plaza. New York.

Die Nacht war im Nu verflogen. Die beiden lagen noch immer in derselben Position, in der sie eingeschlafen waren, als Nico die Augen aufschlug und Tina unverändert neben sich fand. Sie atmete ruhig.

Er hob seinen Arm, der an der Schulter leicht schmerzte. Kurz schien Tina zu erwachen, doch sie drehte sich nur auf den Bauch, und an ihrem rhythmischen Atmen erkannte er, dass sie weiterschlief.

Nico stand vorsichtig auf und deckte sie zu.

Der Glatzkopf, der ihm im Bad entgegenblickte, war noch immer fremd für ihn, und sein Jetlag förderte die optische Entfremdung zusätzlich. Das Wasser auf seiner Haut erweckte neues Leben in ihm.

Leise schlich er sich wieder aus dem Bad und setzte sich an seinen Laptop.

Der Download war abgeschlossen und das gesamte Datenpaket auf seine iCloud übertragen. Er überprüfte einige der Datensätze auf Qualität und Quantität – Tausende davon hatte er nun in den Händen. Ganz zufällig wählte er die Personen, von denen es zum Teil auch Videoaufzeichnungen gab, die mit deren Webcams gemacht worden waren.

Er hatte den Ton des Notebooks abgedreht, um Tina nicht zu wecken, als er einige Fotos, die sich ein gewisser Martin Field aus Birmingham heruntergeladen hatte, ansah. Es war der reinste Dreck. Junge Mädchen, die teilweise noch Kinder waren, rekelten sich in eindeutigen Posen.

Plötzlich klopfte es an der Tür.

Erschrocken sprang er von dem Stuhl hoch und suchte nach seinen Jeans, die er am Vorabend einfach auf dem Weg zum Badezimmer abgestreift hatte. In Sekundenschnelle war er angezogen und öffnete die Tür des Hotelzimmers. Ein älterer Herr mit beinahe schon weißen Haaren in Hoteluniform stand mit einem kleinen Servierwagen vor ihm.

»Ihr Frühstück, Sir!«, lächelte er mit höchster Zuvorkommenheit und schob das Gefährt nur so weit ins Zimmer, dass er die Türe wieder schließen konnte. Nico kramte noch in seinen Hosentaschen, doch der Hotelangestellte wiegelte ab.

»Kein Problem, Sir!« Dann war er auch schon wieder weg.

Nico überflog die Bestandteile des Frühstücks und stellte mit Freuden fest, dass man auf den Kaffee nicht vergessen hatte. Sogleich goss er sich eine Tasse ein, und als er sich nach dem ersten genussvollen

Schluck umdrehte, sah er Tina, die voller Entsetzen an seinem Laptop stand.

Tränen rannen über ihre Wangen.

Der eisige Blick, der ihn traf, machte ihn kurz stutzig, doch nur Augenblicke später wusste er, warum.

»Du Schwein!«, fauchte sie ihn an und drehte seinen Laptop mit Schwung in seine Richtung. Die Bilder der nackten Kinder waren noch immer auf dem Monitor zu sehen. Er hatte nicht daran gedacht.

Blitzschnell hatte sie ihre Klamotten zusammengerafft und lief, ohne ihn anzusehen, an ihm vorbei aus dem Hotelzimmer. Nico war perplex.

»A…aber …«, stotterte er wie ein kleiner Junge.

»Warte!«, rief er hinter Tina her, die gleich darauf im Aufzug verschwand. Ohne Schuhe und Socken rannte er ihr nach, doch die Aufzugtür hatte sich bereits geschlossen. Verzweifelt drückte er die Knöpfe, um den Fahrstuhl nebenan zu rufen.

»32 … 31 … 30 … 29 …« Tinas Fahrstuhl fuhr, ohne anzuhalten, abwärts, und Nico wartete wie auf Nadeln auf den anderen. Endlich kam er.

Die Fahrt mit dem Aufzug war die längste seines Lebens. Unten angekommen, stürmte er direkt in die Empfangshalle an der Rezeption vorbei ins Freie. Menschenmassen tummelten sich auf den Gehsteigen, und Nico versuchte verzweifelt, Tina darin zu finden. Die Leute sahen verächtlich auf seine nackten Füße, mit denen er über den dreckigen Asphalt lief.

Plötzlich sah er sie zwischen all den Menschen und stürmte ihr hinterher.

»Tina!«, rief er. »Tina!«

Sie drehte sich um, und als sie ihn entdeckt hatte, rannte sie, so schnell sie konnte, die Eight Avenue hinab. Nach etwa hundert Metern hatte er sie eingeholt, am Arm gepackt und ihr an einer Mauer mit den Armen den Fluchtweg versperrt. Tränenüberströmt sah sie ihm ins Gesicht und hämmerte dabei mit ihren Fäusten auf seinen Brustkorb. Ihre Verachtung und Wut waren grenzenlos.

»Du Schwein! Du mieses Schwein!«, schrie sie.

»Hör mir zu!«, flehte er sie an, während sie sich mit aller Kraft aus seiner Absperrung befreien wollte.

»Bitte, hör mir zu!«

»Lass mich!«, wütete sie zwischen seinen Armen, die nicht nachgaben. »Lass mich los!«

Mit einem tiefen Schluchzen gab sie schließlich ihren Widerstand auf, und alle Dämme brachen.

»Das ist ein Missverständnis, Tina!«, versuchte er verzweifelt zu erklären.

»Was soll ich daran missverstehen, du perverses Schwein!«, brachte sie mühevoll hervor.

Die Blicke der Menschen, die an ihnen vorbeikamen, wandten sich sofort ab, nachdem sie realisiert hatten, dass man sich hier nur Ärger einfangen konnte. Fremden Ärger.

»Ich hacke nur die Daten dieser Schweine«, setzte Nico verzweifelt zu einem neuerlichen Erklärungsversuch an. »Das ist mein Job. Ich bin Hacker! Ich kann es dir beweisen.«

Tinas Gegenwehr ließ zögerlich nach. Tränen rannen ihr wie Bäche über die Wangen, und es schien, als spülten sie noch einige andere Dinge zu Tage. Zögernd löste Nico seine Sperre, die er mit den Armen an der Mauer gebildet hatte, und umarmte sie ganz vorsichtig. Sie wehrte sich nicht mehr, und er drückte sie behutsam an sich. Ganz behutsam.

So ließen sie die Welt um sich herum einfach beiseite und kümmerten sich nicht um die Menschen, die nun mit einem Lächeln an ihnen vorübergingen, als sie sie sahen. Einige blieben sogar stehen und fotografierten das Pärchen, das in inniger Umarmung einfach so auf dem Gehsteig stand. Nico mit nackten Füßen.

Ihre Tränen, die noch immer unaufhörlich flossen, trockneten an seiner Schulter, und ohne ein Gefühl für Zeit standen sie einfach da. Er spürte ihre Wärme, ihre Energie, und sie durchflutete nicht nur seinen Körper, sondern auch seine Seele. Sie umhüllte sein Wesen in einer magischen Form, und er vermochte nicht, sich dem zu entziehen. Er war gefangen.

»Alles OK!?«, hallte es aus einem fernen Winkel ihres Universums.

»Hey! Alles OK!?« Ein motorisierter Cop hatte am Straßenrand gehalten und sie aus ihrer Matrix entrissen.

Nico musste zweimal hinsehen, um die Situation zu realisieren.

»Ja … ja natürlich. Alles OK!«

Obwohl er sich nicht im Geringsten an seine ersten vier Lebensjahre im Melting Pot erinnern konnte, war sein englischer Slang von den Einheimischen nicht zu unterscheiden.

Der Cop warf noch einen verächtlichen Blick auf Nicos nackte Füße und gab Gas.

»Komm!«, forderte er Tina auf, die dem Polizisten den Rücken zugewandt hatte. »Wir müssen ins Hotel zurück.«

Schon im Aufzug wusste Nico, was sie erwarten würde, nachdem er Tina auf dem Weg zurück ins Hotel die Details seiner inoffiziellen Arbeit verraten hatte.

»Sind Sie vollkommen verrückt?«, fuhr der Mann mit dem Sonnenhut sie an, als sie zum Hotelzimmer zurückkamen. Dabei war Nico noch froh gewesen, dass er sich überhaupt die Zimmernummer gemerkt hatte.

»Sie riskieren mit Ihrer Dummheit unser Leben!«, herrschte der Mann sie an, und Nico konnte es ihm nicht einmal verdenken.

»Niemand weiß, dass Sie hier in diesem Hotel sind! Und Sie laufen ganz einfach barfuß durch die Empfangshalle!« Die Entrüstung des Mannes war berechtigt, doch so, wie er es erzählte, klang es beinahe wieder komisch.

»Das war privat!«, fuhr Nico trocken zurück und ging an dem Mann vorbei ins Hotelzimmer zum Schreibtisch, wo er seinen Laptop zuklappte.

»Aber Sie haben recht – es war unüberlegt …«

Nicos Eingeständnis rang dem Mann nur ein müdes Lächeln ab.

»Was ist? Bringen Sie uns nun hier weg?«, dachte Nico an die einzig logische Konsequenz.

Der Mann überlegte einen Moment lang.

»Wir bleiben«, fasste er den Entschluss.

Nico wollte die Socken überziehen und in seine Sneakers schlüpfen, als er die pechschwarzen Fußsohlen sah.

»Sie entschuldigen mich einen Moment?«

Kurz darauf band er die Schnürsenkel seines zweiten Schuhs.

»Haben Sie schon etwas Neues von Velimir gehört?«, erkundigte er sich bei dem Mann, der am Schreibtisch Platz genommen hatte.

»Noch nicht. Wir waren mit der Vertuschung Ihres Ausflugs beschäftigt«, antwortete er kühl.

»Woher kennen Sie ihn überhaupt?«, folgte Nicos nächste Frage, während er aufstand. Auch, um ein wenig vom Thema abzulenken.

»Das ist eine lange Geschichte«, wiegelte der Mann genervt ab.

»Dann die Kurzversion, bitte!«, ließ Nico nicht locker.

Widerwillig schüttelte der Mann den Kopf, bis er sich einen Ruck gab.

»Wir kennen uns aus Belgrad ... kurz genug?«

»Wenn das die kurze Version war, können Sie auch mit der langen rausrücken«, schmunzelte Nico über die Widerspenstigkeit des Mannes.

»Wird ja kein Staatsgeheimnis sein, oder?« Er lehnte sich an die Wand und sah zu dem Mann am Schreibtisch, der ihn ebenfalls ansah und dann tief durchatmete, ehe er begann:

»Ich war während des Kosovokrieges in Belgrad stationiert. Wir überwachten den Untergrund und die Einsätze der Rebellen.«

»Fürs Militär?«, unterbrach Nico ihn.

»Für die CIA!«, setzte er nach einer kurzen Pause, in der er Nicos Mimik ganz genau musterte, fort. »Wir haben nicht nur den Untergrund überwacht, sondern auch die militärischen Ziele definiert, die vom US-Militär und der NATO bombardiert wurden.«

»Und was hat Velimir damit zu tun? Das war vor vielen Jahren – damals war er höchstens zwölf ...«

»Dreizehn«, ignorierte der Mann den Einwand trocken. »Er hat sich in die Datenbanken der CIA und der NATO gehackt und die Koordinaten der von uns zuvor definierten Angriffsziele vertauscht. Wir haben uns teilweise selbst weggesprengt.«

Nicos Verehrung für Velimir wuchs immer mehr. Er hatte von den Gerüchten in der Szene gehört, dass dieser Hack wirklich stattgefunden haben sollte. 2001 hatte man schließlich den französischen

Commandant Pierre-Henri Bunel vor einem Militärgericht in Paris wegen der Weitergabe von Zielkoordinaten und operativen Daten an serbische Agenten angeklagt und verurteilt. Doch jeder in der Hackerszene wusste, dass er es nicht gewesen sein konnte. Er war kein Ruler!

»Und warum hat man Velimir nicht verhaftet?«

Sein süffisantes Lächeln blitzte wieder unter dem Sonnenhut hervor. »Das war der Beginn unserer Freundschaft«, erklärte er.

»Sie haben ihn gedeckt?« Nico war über dessen Schweigen in dieser äußerst heiklen Angelegenheit ehrlich erstaunt.

»Ich habe ihn nicht auffliegen lassen.«

Nico stieß sich von der Mauer ab.

»Und seitdem arbeitet er für Ihre Vereinigung?«, war er sich der Selbstverständlichkeit einer Gegenleistung für das Schweigen bewusst.

»Manchmal. Wir zwingen niemanden.«

Die Story klang für Nico plausibel, auch wenn er diesen Hack eigentlich nicht für möglich gehalten hatte. Geheimdienste, die Europäische Union oder die NATO verfügten schon damals über spezielle Verschlüsselungsprogramme wie Acid Cryptofiler, erkennbar an der Dateiendung .acid, die nicht so einfach zu knacken waren. Velimirs Können musste also weit über seinen Fähigkeiten stehen.

»Wann meldet er sich?«, wollte Nico von dem Mann wissen.

»Velimir? Sobald Sie Ihre Fragestunde beendet haben.«

Er zückte sein Smartphone, und nach wenigen Sekunden hatte er den Kontakt zu Velimir via Facetime aufgebaut. Er hielt das Smartphone vor sich hin. Nico und Tina stellten sich neben ihn.

»Na, wie geht's, mein Freund? Genießt ihr euer Luxushotel?«

Die Fröhlichkeit, die in seinem Wesen lag, war unüberbietbar. Velimir war wie ein wandelndes Lachen, das auf seinem Streifzug durchs Leben jeden in seinen Bann zog und mitriss.

»Wir waren heute schon in der Stadt spazieren«, ulkte Nico zurück und spürte den missbilligenden Blick des Mannes in ihrer Mitte.

»Wollt ihr erst noch ein wenig Urlaub machen, bevor wir die Sache angehen?«

»Wär' nicht schlecht!«, kam Nicos ehrliche Antwort.

»Wir sind bisher keinen Schritt weitergekommen«, informierte Velimir ihn über den Stand der Dinge.

»Die Ruler rund um den Globus scheißen sich ins Hemd. Wir haben noch viel zu wenige Cracker, die mitmachen!«

»Was schlägst du vor?«, fragte Nico.

»Wir schmeißen uns jetzt noch mal mit beiden Nicknames in die Foren und rütteln die Meute im Darknet wach! Von Anonymous über die Jungs von LulzSec bis hin zum Chaos Computer Club und UGNazi holen wir sie aus ihren Löchern heraus an die Tasten. Wir brauchen alle Gruppen, die's drauf haben!«

»Und du glaubst, sie machen mit?«

»Das dachte ich schon, als ich die Message mit meinem Nickname unters Crackervolk gebracht habe. Ich habe meinen Ruf wohl überschätzt«, gestand Velimir grinsend ein.

Nico blickte vom Display auf: »Und was ist IHR Job dabei?«, stellte er dem Mann neben ihm unverblümt die Frage, die sich für ihn aufwarf.

»Wenn Sie das Notizbuch aus dem FBI holen wollen, genügt nicht nur Ihr Hackerangriff, um sie abzulenken. Sie werden Ausweise brauchen, und vor allem werden Sie wissen müssen, wo Sie suchen sollen.«

Diese Tatsachen leuchteten Nico ein.

»OK! Also, formieren wir unsere Cyberarmee!«

Vergangenheit. Östlich von Lhota.

Die Fußspuren im Schnee hatten nach der Ausfahrt an der Straße geendet. Ebenso wie die Blutspuren. Der Minister hatte keine Auskunft mehr geben können, nachdem er wieder in die Bibliothek zurückgekommen war und seine Leute verständigt hatte.

Der Minister war tot. Sein Blut verteilte sich immer mehr rund um den nackten Körper. Langsam und zäh erweiterte sich der rote Radius um den leblosen Mann.

Eine halbe Stunde hatten seine Leute gebraucht, um das Anwesen ganz genau zu durchforsten. Jeder Winkel wurde durchsucht, und jede Zelle in den Kellern wurde umgedreht. Nichts. Das kleine Extra, das er dem Minister aus eigenem Interesse obendrauf legen wollte, war geflohen. Keines der Kinder hatte dies bisher nur annähernd gewagt.

Gleich darauf war seine Truppe ausgezogen, um auch die Gegend rund um das Anwesen zu durchkämmen. Zwei seiner Leute fuhren sogar in den benachbarten Ort. Doch keiner von ihnen hatte Erfolg.

Er wies seine Schergen an, den leblosen Körper des Ministers in einen der schon bereitgestellten Leichensäcke zu verstauen und den Boden der Bibliothek zu reinigen. Hastig machten sie sich daran, seine Anweisungen zu erfüllen. Ohne Skrupel. Ohne Bedenken.

Um Fassung ringend, setzte er sich an seinen Schreibtisch und beobachtete stoisch die Beseitigung der Leiche und der Spuren. Wie würde er die Sturmwelle, die nun auf ihn zurollen würde, aufhalten können? Wer könnte ihm dabei behilflich sein?

Intuitiv schweifte sein Blick nach links, wo er vor dem Hereinplatzen des Ministers noch friedlich geschlummert hatte.

Es brauchte eine Weile, bis er die Veränderung bemerkt hatte.

Dann überfiel ihn das blanke Entsetzen.

Gegenwart. Ramada Plaza. New York.

Den ganzen Tag über hatte Nico an seinem Laptop verbracht und in den tiefsten Tiefen des Darknets die geheimen Foren der Szene mit seinen Aufrufen vollgepflastert. Velimir hatte seinen Part von Belgrad aus erledigt. Sie wussten, wo sie ihre Soldaten suchen mussten.

Sein Smartphone hatte der Mann mit dem Sonnenhut bei Nico gelassen, als er gegangen war. So konnte er sich jederzeit via Facetime mit Velimir in Verbindung setzen. Die Leitung war sicher.

Nun mussten sie warten, ob ihre Armee sich für den Kampf wappnen würde. Die Gefolgschaft der Hacker rund um den Globus war für den Erfolg ihres Plans unumgänglich. Und die Zeit drängte, denn das FBI war ihnen mit all seinen uneingeschränkten Möglichkeiten auf den Fersen.

Tina saß die ganze Zeit über neben ihm und hatte seine Arbeit verfolgt. Zwischendurch stellte sie immer wieder Fragen über seine Arbeit als Hacker und welche Aufträge er dabei erledigte. Nie hätte er gedacht, dass er auf solche Fragen einmal freiwillig antworten würde.

»Was machst du mit den Daten dieser Schweine?«, kam sie wieder auf den Grund ihres Streits zurück.

»Mein Plan war, die Datensätze des Porno-Portals zu verkaufen und alle perversen Kinderficker, die ich dabei erwische, ans Messer zu liefern«, gab Nico offen zu.

»Wie … lieferst du sie ans Messer?«, kam zögerlich Tinas Frage.

»Ich schicke deren Daten mit den Beweisen einfach kreuz und quer durchs Netz – bis man sie findet. Dadurch kann auch nicht zurückverfolgt werden, von wem sie gekommen sind.«

»Hast du schon welche erwischt?«

»Ja! Aber zu wenige …«

Der schreckliche Verdacht, den Tina noch wenige Stunden zuvor gegen ihn gehegt hatte, war ausgeräumt. Nicos Offenheit hatte ihr Vertrauen in ihn wieder gefestigt und ihre tiefsteckenden Ängste weggewischt. Ihre Körpersprache zeugte von Mut und Willenskraft, als sie ihn nachdenklich ansah und meinte:

»Wenn wir die Welt verändert haben, muss ich dich um einen großen Gefallen bitten.«

Nico spürte, dass es noch nicht an der Zeit war, genauere Informationen zu verlangen, und so beließ er es einfach bei einem: »OK!«

Die Nacht hatte sich schon wieder über die Stadt gelegt.

Gegenwart. New York.

Vierunddreißig Freunde zeigte die Facebook-Seite als aktuellen Stand. Auf dem Profilbild konnte man ein süßes farbiges Baby erkennen, das gerade bitterlich das Gesicht verzog, so als hätte man ihm eine Zitrone zur Verkostung gegeben.

Der sechsunddreißigjährige Starbucks-Angestellte, der seinen Abend wie immer allein vor dem Computer verbrachte, teilte der Welt gerade wieder die Erlebnisse seines Tages mit. Die beschämend gekünstelte Komik seiner Erzählungen war vielleicht mit ein Grund, warum die Anzahl seiner Facebook-Freunde relativ gering war.

Das Klappern der Tastatur vermischte sich mit den Klängen von kreischenden und nervenaufreibenden Werbespots, die von seinem Samsung-Flatscreen aus in das Ein-Zimmer-Appartement hallten. Ab und an gesellte sich auch das Rascheln der Chipstüte zu dieser Geräuschkulisse. Gesprochen wurde in seinem Appartement nicht. Mit wem auch? Er war einer von zig Millionen Singles der Großstädte, deren Leben in dieser Welt nicht wahrgenommen wurden.

Die seltenen Gespräche, die er privat führte, fanden über das Internet statt, und auf der Tastatur konnte er seine Worte wohl überlegen. Und er überlegte zu viel.

Mit Begeisterung suchte er nach den richtigen Phrasen, die seiner Erzählung über die Erlebnisse mit seinen Kunden gerecht werden würden. Mehr gab es aus seinem Leben nicht zu berichten. Und er gehörte nicht zu jenen im sozialen Netzwerk, die jeden Scheiß von sich geben mussten. So glaubte er zumindest.

Neben seinen Ausführungen über seinen Alltag hatte er heute aber noch ein besonderes Erlebnis für seine Leserschaft zu berichten, das ihm sehr ans Herz gegangen war. Denn der Moment hatte etwas Berührendes, etwas ganz Magisches, und diese Szene wollte er nun mit allen anderen da draußen teilen.

Er hatte sogleich sein Smartphone gezückt und diesen zauberhaften Moment mit seiner Kamera festgehalten. Nun lud er dieses Foto gerade auf seine Facebook-Seite, und nach wenigen Augenblicken hatte er diesen Moment über den Erdball verstreut. Theoretisch.

Verzückt betrachtete er das Bild, das er zuvor noch in Schwarz-Weiß geändert hatte, um den künstlerischen Ausdruck zu intensivieren.

Das Foto zeigte ein Pärchen, das inmitten der Menschenmassen von New York einfach auf dem Gehsteig stand und sich umarmte. Die Welt um sie herum schien nicht zu existieren. Und der glatzköpfige Junge, dessen Augen bei dieser Umarmung geschlossen waren, hielt sein Mädchen mit solch liebevoller Vorsicht, wie es der Fotograf noch nie zuvor gesehen hatte.

Und der Junge war barfuß.

Gegenwart. Washington.

Der FBI-Mitarbeiter im SIOC hatte die Fotos der Flüchtigen nach den Anweisungen Edwards angepasst und aktualisiert. Das Ergebnis konnte sich sehen lassen, denn mit der Spezialsoftware konnte man einen Menschen im Nu verwandeln. Aus Kindern wurden Greise. Aus Fettleibigen wurden Magermodels. Aus Männern wurden Frauen. Jemandem eine Glatze oder schwarze Haare zu verpassen, war mit wenigen Klicks erledigt.

Nun wurden die Fotos an jene Mitarbeiter weitergeleitet, die damit beschäftigt waren. Der Fall war topsecret.

»Yeah!«, kam der Schrei plötzlich wie aus der Pistole geschossen, und einer der Männer, die an den Monitoren saßen, sprang auf.

»Ich habe etwas!«, rief er voller Enthusiasmus in die riesige Kommunikationszentrale des SIOC. Sofort war sein Vorgesetzter bei ihm, und das Lächeln, das darauf folgte, zeugte von einem Erfolgsschlag.

Unverzüglich griff der Vorgesetzte zum Telefon, und die Erleichterung war allen Anwesenden ins Gesicht geschrieben. Denn beim FBI wackelte jeder Job – egal, auf welcher Ebene.

Die Sekretärin stellte den Abteilungsleiter der Kommunikationszentrale gleich zum FBI-Direktor durch.

»Sir! Wir haben die Person ausgeforscht, die uns den Tipp in Belgrad gegeben hat. Unsere Leute sind bereits auf dem Weg!«

»Wer ist es?«, hakte Bennett nach.

»Ein junger Student, Sir!«

»Schnappt ihn euch, und quetscht ihn aus wie eine Zitrone! Ich will wissen, wer den beiden hier in Washington geholfen hat!«, befahl Bennett und legte wieder auf.

Zufrieden blickte er in die Runde, die in seinem Büro Platz genommen hatte.

»Gibt es diesmal Erfolge?«, erkundigte der Fleet Admiral sich mit leicht sarkastischem Unterton.

»Die gibt es!«, bot Bennett ihm Paroli. »Wir werden ihn bald schnappen.«

»Vermeiden Sie jede Aufmerksamkeit. Die Sache darf keine Wellen schlagen.«

Der bestimmende Ton des Fleet Admirals sprach Bände.

Gegenwart. Ramada Plaza. New York.

Das Warten zerrte an Nicos Nerven. Die wenigen Antworten, die bisher von den Black Hats eingetrudelt waren, ließen seine Hoffnung sinken. Sie waren alle negativ. Die digitalen Soldaten verweigerten ihren Dienst an den Rechnern. Nur Velimir mit seiner ungetrübten Heiterkeit war noch immer voller Zuversicht, als sie zuletzt Kontakt gehabt hatten. Er glaubte an die Crackergemeinde.

Sie hatten dem Mann mit dem Sonnenhut versprochen, vorübergehend auf dem Zimmer zu bleiben und keine Ausflüge mehr zu unternehmen. Er hatte ihnen das Versprechen hartnäckig abgerungen und dabei nochmals die Ernsthaftigkeit der Situation betont. Als ob sie das nicht gewusst hätten.

Die Gefangenschaft in dem elegant ausgestatteten Hotelzimmer entspannte Nicos Nervenkostüm keinesfalls. Im Minutentakt ging er zu seinem Notebook und überprüfte, ob es Neuigkeiten gab.

Tina lag auf dem Bett und beobachtete ihn. Sie hatte sich in ihn verliebt. Das war ihr schon nach den ersten Nächten in seiner Wohnung klar gewesen. Aber sie hatte gute Gründe, es zu verbergen. Oder zumindest es nicht offen auszusprechen.

Ihr bisheriges Leben war so abgefahren wie diese Geschichte, und sie wunderte sich immer wieder über sich selbst, warum sie alldem standhielt. Denn trotz all ihrer Stärke und ihrer Fähigkeiten als Überlebenskünstlerin war sie zerbrechlich. Sehr zerbrechlich. Und niemand sollte das wissen.

Bei Nico war das anders, doch Tina zweifelte, ob es nicht nur an ihren gemeinsamen Erlebnissen lag, warum sie sich so vertraut fühlten. Alle beide.

Die Unruhe, die Nico verbreitete, machte sie ebenfalls nervös. Sie setzte sich auf und unterbrach sein Auf- und Ablaufen mit den Worten: »Komm her!«

Nico stoppte, obwohl er sie nicht richtig verstanden hatte.

»Komm her …«, wiederholte sie ihre Aufforderung mit liebevollem Ton und klopfte sanft auf die Bettdecke.

Nico war verblüfft über ihr Ansinnen. Soeben hatte er gerade höchst konzentriert alle Varianten durchgespielt, die sich noch bieten könnten. Und nun blickte ihn Tina auf eine Weise an, die er nicht zu deuten vermochte.

Zögerlich näherte er sich dem Bett, wobei er an ihrem Blick hängen blieb. Sie verzog ganz leicht die Mundwinkel, und ihr Lächeln glich dem eines Engels.

Nico setzte sich im Schneidersitz vor sie hin.

»Schließ die Augen«, forderte sie ihn ganz leise auf. Nico gehorchte bereitwillig und spürte kurz darauf ihre warmen Hände, die sich sacht über sein Gesicht legten. Ihre Energie, die er schon bei ihren bisherigen Umarmungen zu spüren glaubte, verbreitete sich von seinem Gesicht über den ganzen Körper, und Ruhe kehrte in seiner Seele ein. Wie lange dieser Moment dauerte, konnte er nicht mehr sagen. Er verschwand in der Berührung, von der er seit seiner Kindheit geträumt hatte. Die Stille und die Geborgenheit, die sich um ihn herum breitmachten, gaben ihm Kraft.

Langsam wanderten Tinas Hände zu seinen Schläfen und begannen, sie zu massieren. Ganz leicht, nur mit dem Hauch einer Berührung fuhr sie über die Energiepunkte, die bei manchen Heilmethoden zu den wichtigsten zählten.

Nico spürte, wie er kurz vor dem Einschlafen war, doch zugleich brauste ein wärmender Strom durch ihn, der ihn voll Energie pumpte und ihn wach hielt. Er hatte so etwas noch nie zuvor erlebt.

Stundenlang, so glaubte er, hatten sie so dagesessen, bis sie ihre Hände wieder auf sein Gesicht gelegt hatte. Langsam öffnete er die Augen und sah in ihr wunderschönes Gesicht, das noch immer lächelte und sich seinem näherte. Sie küsste ihn ganz sanft auf den Mund und wanderte mit ihren Lippen zu seiner Wange, während ihre rechte Hand seinen Nacken behutsam umschlang. Ganz vorsichtig küsste er ihr Ohrläppchen, und nach einer sanften Bewegung trafen sich ihre Lippen wieder.

Ihre Hand hielt noch immer seinen Nacken, als sie ihren Oberkörper langsam ein wenig nach hinten beugte. Sie sah ihn an und flüsterte nur ganz leise.

»Bitte, sei vorsichtig …«

Seine Hände legten sich nun auf ihr Gesicht und hielten es wie den wertvollsten Schatz, den er je besessen hatte, ehe er leise antwortete.

»Ich liebe dich.«

Sie erwiderte sein Liebesgeständnis mit einem langen, zärtlichen Kuss, und er schmeckte die Träne, die von ihrer Wange über seine Oberlippe rann. Sie schlang ihre Arme um ihn und zog ihn seitlich liegend auf das Bett.

»Sei vorsichtig«, wiederholte sie, und nachdem sie einander stundenlang mit einer noch nie erlebten Zärtlichkeit berührt und gestreichelt hatten, waren sie beide bereit, miteinander zu schlafen.

Gegenwart. Washington.

Leoš stand am Fenster und blickte auf den Vorplatz, als er die Nummer des Obersts auf dem Display aufleuchten sah. Sie hatten sich in einem kleinen Hotel an der hinteren Seite des Hoover Buildings eingemietet, das den nichtssagenden Namen The Caucas Room trug. Seine Leute waren rund um das Gebäude postiert – einer beobachtete den Haupteingang und einer die Ausfahrt an der anderen Ecke. Keine leichte Aufgabe angesichts der Tatsache, um welches Gebäude es sich dabei handelte.

Leoš hatte seine Leute darauf eingeschworen, äußerst vorsichtig zu sein. Man durfte sie keinesfalls entdecken.

»Ahoj«, brummte er nach mehrmaligem Läuten ins Smartphone.

»Ahoj, Leoš! Ich habe gehört, du bist in Washington. Warum hast du mir nichts gesagt?«

Der Oberst klang anders als sonst.

»Ich muss die Sache hier selbst in die Hand nehmen. Unsere Chancen stehen schlecht, nachdem das FBI die beiden hat. Wir können nur auf einen Zufallstreffer hoffen«, antwortete Leoš offen.

Der Oberst hatte das FBI mit keinem Wort erwähnt, als er ihm den Auftrag gegeben hatte. Es lag also nicht an ihm oder seiner Spezialeinheit, wie die Dinge nun standen. Der Oberst brauchte ihn jetzt umso mehr.

»Ich verstehe«, antwortete dieser knapp. »Wir müssen alles versuchen, um dieses Notizbuch zu bekommen. Es darf nicht in die falschen Hände gelangen!« Die Beschwörung klang beinahe flehend.

»Was will das FBI mit den beiden? Ich brauche jetzt alle Informationen!«, gab Leoš nun den Ton an und forderte nun seinerseits den Oberst.

»Ich habe keinen blassen Schimmer, Leoš! Meine Auftraggeber waren völlig geschockt, als ich ihnen diese Botschaft überbracht habe.«

»Wer sind diese Auftraggeber?«

»Du solltest mit deinen Fragen nicht zu weit gehen, Leoš! Vergiss nicht, wo du stehst!«

»Wenn wir den Auftrag erledigen sollen, brauche ich alle Informationen.«

»Du weißt bereits alles, was du wissen musst. Also, erledige deinen Auftrag!«

Gegenwart. Ramada Plaza. New York.

Der aufreibende Klingelton Marimba, der für durchschnittliche iPhone-User charakteristisch ist, weckte Nico aus dem Schlaf, der nur kurz gedauert hatte. Bis in die frühen Morgenstunden hatten sie miteinander geschlafen, und Nico musste sich mehrmals beherrschen, um diesem Traum nicht ein vorzeitiges Ende zu bereiten.

Tina schlief seelenruhig weiter, als er sich gefühlvoll von ihr löste, aus dem Bett stieg und zum Ursprung des Lärms taumelte. Er schnappte das iPhone und ging ins Bad. Wie durch einen Schleier erkannte er auf dem Display, dass Velimir eine Anfrage für einen Facetime-Anruf stellte. Nico bestätigte.

»Hey, Mann! Hast du keine Ahnung von Zeitverschiebung und so?«, brummte Nico mit tiefer Stimme und rieb sich dabei die Augen. »Wie spät ist es eigentlich?«

»Bei dir ist es sieben Uhr, mein Freund! Aber wir haben keine Zeit.«

»Was meinst du?«, gähnte Nico und konnte der Müdigkeit noch immer nicht entkommen.

»Wir müssen die Sache schnell durchziehen, ohne dass es zu hohe Wellen schlägt. Das FBI darf auf keinen Fall Verdacht schöpfen, und wenn wir nicht genügend Leute für diesen Job haben, können wir den Crack vergessen«, blieb Velimir ungewohnt ernst.

»Trotz des genialen Programms, das ich geschrieben habe!«, setzte er jedoch nach einer kurzen Pause mit einem Grinsen fort.

»Wie viele haben wir bis jetzt?«, fragte Nico schlaftrunken.

Velimir zog die Augenbrauen hoch: »Das ist das Problem. Wir haben eigentlich noch niemanden. Die Sache ist allen zu heiß!«

»Das gibt's doch nicht!« Nico war nun mit einem Schlag munter.

»Sie beschreiten einen gefährlichen Weg, wenn sie mitmachen. Vergiss das nicht«, räumte Velimir Verständnis für das bisherige Schweigen der Black Hats ein.

»Wir müssen unseren Radius erweitern!«, schlug Nico vor.

»Das ist zu gefährlich, mein Freund!«, blockte Velimir ab. »Ich starte jetzt noch einen Aufruf, und dann geben wir ihnen noch bis Mittag, um ihre Eier in der Hose zu finden«, formulierte Velimir seinen Plan. »In der Zwischenzeit muss ich mich noch um eine andere Angelegenheit kümmern.«

»Welche Angelegenheit?«

»Das FBI ist uns bereits dicht auf den Fersen. Sie haben einen unserer Leute in Belgrad erwischt. Ich hoffe, er hält durch, aber zumindest weiß er nichts von unserem Plan.«

»Und was weiß er?«, wurde Nico ein wenig nervös.

»Keine Angst, mein Freund! Er hat nur eine E-Mail verschickt und war dabei nicht vorsichtig genug«, beruhigte Velimir ihn. »Von dir und unserem Plan hat er keine Ahnung.«

»Und von dir?«

Velimir grinste über die volle Breite des kleinen Bildschirms: »Ich kann auf mich aufpassen! Wir hören uns dann zu Mittag.«

Seine Beschwichtigungen fielen bei Nico auf keinen fruchtbaren Boden. Die Lage spitzte sich immer weiter zu, und er hatte die Zügel nicht in der Hand. Ohne Velimir, die Cracker und sogar ohne den Mann dieser Vereinigung war er in aussichtsloser Position. Er musterte seinen kahlen Schädel im Spiegel des Badezimmers.

»Hab ganz vergessen zu fragen, warum mir der Idiot eine Glatze verpasst hat«, dachte Nico, während er den Kopf seitlich hin- und herdrehte. »Kaffee!«, überkam ihn plötzlich die Eingebung, und er machte sich draußen im Hotelflur auf die Suche nach einem Automaten.

Gegenwart. Washington.

Über den Monitor ratterten Zahlenkombinationen, die für das menschliche Auge nicht erfassbar waren. Man erkannte nur zwischendurch einzelne Zeilen, wenn man der rasenden Bewegung folgte. Die Übereinstimmungen dieser Zahlenkombinationen wurden in einem eigenen Fenster angezeigt, das der Mitarbeiter im SIOC an seinem Monitor oben rechts platziert hatte. Gleich neben der Zeitanzeige. Er war nun schon seit vierundzwanzig Stunden im Dienst, und auch für sein geübtes Auge verschwammen die Zeilen jetzt zu einem einzigen Brei.

Die Gesichtserkennungssoftware, die ein Softwaregigant exklusiv für das FBI entworfen hatte, funktionierte über mehrere Ansichtsvarianten. Die Zahlenreihen waren nur eine davon.

Für ihn war es jedoch jene Ansicht, die er stundenlang verfolgen konnte, um bei etwaigen Übereinstimmungen die Parameter weiter anzupassen und das Ergebnis zu überprüfen. Ein Knochenjob.

Er zwinkerte schon auffällig oft, während er auf das kleine Fenster an seinem Monitor starrte, das eine weitere mögliche Übereinstimmung anzeigte. Die Genauigkeit der Software ließ noch immer zu wünschen übrig, und so musste im Endeffekt wieder ein Mensch Hand anlegen.

Über den mitgelieferten Link zur Datenquelle sah er sich das Foto an. Wie so oft in letzter Zeit auf Facebook. Seine Augen tränten schon leicht, und so kniff er sie ein paar Mal fest zusammen, um die Schärfe seiner Optik zu verbessern. Dann hatte er das Motiv erfasst.

Er betrachtete das Foto und las den darunter stehenden Text. Er musste zweimal ansetzen, um die mühevoll konstruierten Worte zu erfassen. Dann nahm er das Foto noch einmal genauer unter die Lupe, das ein junges, sich umarmendes Pärchen auf dem Gehsteig zeigte. Der Junge war barfuß. Er vergrößerte den Ausschnitt, und schon nach wenigen Sekunden wusste er: Treffer!

Drei Minuten später war im SIOC die Hölle los.

»Wo genau wurde das Foto gemacht?«, schrie einer durch die Kommunikationszentrale, während die anderen die Meldung an die Einsatzteams weitergaben.

»Eight Avenue, New York!«

Gleich darauf schwirrten die Einsatzteams von allen Seiten des J. Edgar Hoover Buildings aus.

Gegenwart. Ramada Plaza. New York.

Der Mann mit dem Sonnenhut stand aufgebracht vor Zimmer 3327, als Nico nach fast einer halben Stunde zurückkam.

»Wir müssen sofort verschwinden. Holen Sie Ihre Sachen – schnell!«

Kurz erschrak er bei dem Gedanken, dass Tina etwas zugestoßen sein könnte.

»Was ist los?«, wurde er misstrauisch und seine Schritte immer schneller.

Er stürmte an dem Mann vorbei ins Hotelzimmer und beruhigte sich sofort, nachdem er Tina wohlauf und bereits angezogen vorfand. Sie hatte sein Notebook und das Ladegerät bereits in seine Tasche und ihre wenigen Habseligkeiten auf einen Haufen gepackt.

»Weißt du, was los ist?«, erkundigte er sich bei Tina.

»Sie haben mir nur gesagt, dass wir so schnell wie möglich hier wegmüssen«, war sie genauso ahnungslos wie er.

Der Mann mit dem Sonnenhut trat ins Zimmer. »Schnell! Das FBI wird in wenigen Minuten in diesem Hotel nach Ihnen suchen!«, spornte er sie zur Eile an.

Keine zwei Minuten später standen sie im Personalaufzug und fuhren in Richtung Tiefgarage. Beim langsamen Abbremsen des Aufzugs bat er Nico und Tina, sich seitlich an die Wand zu stellen. Die Tür öffnete sich, und er trat vorsichtig dazwischen. Dann spähte er nach beiden Seiten.

»Kommen Sie!«, forderte er sie auf. Zügig gingen sie zur Limousine, die noch immer am selben Platz in der Tiefgarage stand.

Der Fahrer erwartete sie bereits mit geöffneter Hintertür. Nico ließ Tina den Vortritt. Als sie im Wageninneren in Richtung Rückbank stieg, hielt sie plötzlich inne. Die Rückbank war nach oben geklappt, und darunter verbarg sich ein rechteckiger Hohlraum, der zwei Personen Platz bot. Zwei schlanken Personen.

»Da steige ich nicht hinein!«, stammelte Tina.

Nico blickte hinein und erkannte den Grund ihrer Ängste.

»Da sollen wir rein?«, drehte er sich verwundert und erbost zu dem

Mann mit dem Sonnenhut.

»Nur zu Ihrer Sicherheit. Wir holen Sie so schnell wie möglich wieder da raus! Aber jetzt müssen wir uns beeilen!«

Tina blickte zu Nico, und er bemerkte ihre Angst.

»Komm – ich bin ja bei dir!«, sprach er ihr Mut zu, und nachdem sie sich ihm wenige Stunden vorher wie noch nie einem Menschen zuvor anvertraut hatte, quetschten sie sich kurz darauf in dem engen Hohlraum zusammen. Sie sahen nur noch den Hut des Mannes, als er die Rückbank wieder nach unten klappte. Dann war es stockdunkel.

Die Geräusche drangen nur gedämpft in ihr kleines Verlies, als der Wagen sich in Bewegung setzte und sie je nach Kurvenlage aneinanderpresste. Tinas Zittern war wieder da. Nico spürte es unweigerlich.

»Bleib ruhig ...«, flüsterte er ihr zu und schob seinen Arm um sie.

Oben an der Ausfahrt der Tiefgarage stoppte die Limousine. Ein Mann mit schwarzem Anzug, Glatze und Sonnenbrille hatte sich vor ihnen aufgebaut und den Wagen angehalten.

»Was ist los?«, erkundigte sich der Mann mit dem Sonnenhut, nachdem er sein Seitenfenster runtergelassen hatte und sich leicht nach außen gebeugt hatte.

»Sir! Wir sind auf der Suche nach zwei flüchtigen Jugendlichen!«, brummte der Mann in bestimmendem Tonfall. Angesichts der luxuriösen Limousine schien er verunsichert, mit wem er es zu tun hatte. Trotzdem spähte er ins Wageninnere.

»Dann ist das Ramada Plaza wohl der falsche Platz, um nach ihnen zu suchen! Bei den Preisen ...«, lachte der Mann laut aus dem Seitenfenster hinaus.

»Oder wollen Sie bei mir im Wagen nachsehen?«, setzte er forsch nach.

Die Verunsicherung des Agenten stieg.

»Äh ... es ist meine Pflicht, Sir!« Die Tür des Wagens ging auf und gab den Blick aufs luxuriöse Innere frei.

Nachdem der Mann auch den leeren Kofferraum inspiziert hatte, berichtete er: »Alles OK, Sir!«

»Dann treten Sie zur Seite. Ich habe es eilig.«

Als hätte man ihm ein Kommando erteilt, machte der Kahlgeschorene dem Wagen Platz.

»Ich danke Ihnen!«, lachte er mit generösem Unterton noch aus dem Seitenfenster, ehe er sich wieder nach hinten lehnte, die Seitenscheibe nach oben fahren ließ und seinem Fahrer die Anweisung zur Weiterfahrt gab.

Nico und Tina hatten in ihrem Versteck nichts mitbekommen. Der Wagen setzte sich wieder in Bewegung. Tinas Zittern wurde immer stärker, und ihr hastiges Schnaufen immer schneller.

»Atme tief durch«, flüsterte Nico ihr zu und löste seine Umarmung ein wenig. Es half nichts. Sie zitterte wie Espenlaub. Panik überfiel sie.

Nico stemmte seinen angewinkelten Unterarm gegen die Unterseite der Sitzbank und drückte, so fest er konnte, nach oben. Es war zwecklos. Sie rührte sich keinen Millimeter. »Hey!«, schrie er, und Tinas Zustand verschlechterte sich augenblicklich. »Hey! Lassen Sie uns raus!«, schrie er erneut und bemerkte nun selbst, dass die Luft in diesem Sarg immer dünner wurde. Nicht nur dünner, sondern knapp! Verzweifelt stemmte er sich mit Schulter und Kopf gegen die Bank, aber er hatte keine Chance. Sie waren in dem Hohlraum gefangen. Nico holte tief Luft und brüllte verzweifelt: »HEEEEEYYY!!!!«

Das Licht, das sie kurz darauf blendete, war begleitet von der frischen Luft, die sie gierig einsogen.

»Verzeihen Sie!«, entschuldigte sich der Mann mit dem Sonnenhut. »Aber ich musste auf Nummer sicher gehen!«

»Sind Sie wahnsinnig?«, fuhr Nico ihn wutentbrannt an und packte seinen Hals. Noch nie war er von seinem Zorn und seiner Wut derart übermannt worden.

»Ich … ich konnte nicht anders. Sie … sie haben den … den ganzen Häuserblock abgesperrt …«, röchelte der Mann bei der Antwort.

Nico ließ ihn los und mühte sich aus dem engen Hohlraum, um gleich darauf Tina aus der Kiste zu befreien. Sie zitterte noch immer und atmete in tiefen Zügen.

»Hier, trinken Sie.« Der Mann mit dem Sonnenhut reichte ihr eine kleine Mineralwasserflasche aus dem Kühlschrank der Limousine, nachdem sie auf den Sitzen Platz genommen hatte. Nach einigen kleinen Schlucken hatte sie sich wieder etwas beruhigt.

»Wo bringen Sie uns hin?«, forderte Nico aufgebracht Informationen von dem Mann.

»Sie wollten doch nach Washington, oder?«

Nico sah auf den Teppichboden der Limousine und schüttelte den Kopf. Die ganze Sache hatte etwas beklemmend Einseitiges für ihn.

»Zuerst sagen Sie uns, für wen Sie arbeiten!«, forderte er. »Ich will wissen, wer oder was diese Vereinigung ist.«

»Diesen Leuten verdanken Sie Ihre Rettung«, warf der Mann dazwischen.

»So wie gerade eben …«

»Das ist mir mittlerweile scheißegal!«, konterte Nico. »Ich will wissen, wem ich hier unser Leben anvertraue!«

Der Mann blickte zuerst zu Tina und dann wieder zu ihm. »Unsere Vereinigung besteht aus einflussreichen Persönlichkeiten – Rechtsanwälte, Doktoren, Ex-Militärs, Ex-Geheimdienstmitarbeiter, ehemalige Nasa-Ingenieure oder Berater des Präsidenten …«

»Und was wollen diese Leute?« Nicos Zweifel waren deutlich zu hören.

Der Mann schien von der Frage amüsiert.

»Sie wollen die Lügen unserer Regierungen nicht mehr hinnehmen. Sie kämpfen für die Wahrheit, Mr. Rims. Dafür, dass alles ans Licht kommt!«

»Und wie nennt sich diese Truppe?«

»Die offizielle Version? Disclosure Project!«

Gegenwart. Belgrad.

Velimir hatte die Rechner, die er im Student Cultural Center privat benutzte, bereits formatiert. Die Unterlagen, die jetzt noch im Büro waren, betrafen nur das Center. Und das Programm, das er eigens für den Hackangriff geschrieben und schon seit Jahren vorbereitet hatte, war schon in einem der Darknet-Foren geparkt. Es wartete nur noch auf seine Aktivierung.

Er warf noch einen kurzen wehmütigen Blick in den kleinen Raum und schloss die Tür hinter sich. Er würde das Center vermissen, das war ihm klar. Doch er konnte es nicht riskieren zu bleiben.

Er kannte Milenko seit Jugendtagen und wusste, dass er sie bald zu ihm führen würde. Es war nur eine Frage der Zeit, bis er plaudern würde. So lange konnte und wollte er nicht warten.

Am meisten ärgerte ihn, dass es sein eigener Fehler war. Er hätte die E-Mail ans FBI selbst verschicken sollen. Dann hätte man es keinesfalls zurückverfolgen können – zumindest das FBI nicht. Aber dass Milenko so unvorsichtig sein würde, konnte er nicht ahnen. Sie hatten in all den Jahren jede Menge gemeinsamer Jobs erledigt, und warum er gerade jetzt so leichtsinnig gewesen war, konnte Velimir sich nicht erklären.

Dabei hatte er noch Glück gehabt. Ein gemeinsamer Freund hatte zufällig mitbekommen, dass man Milenko aus seinem Wohnblock abgeführt hatte, und ihn sofort verständigt. Auf diese Kanäle war eben noch Verlass.

Langsam marschierte er durch die Halle, in der er unzählige Events und Ausstellungen organisiert und so manch fette Party geschmissen hatte. Nun fiel der Vorhang im Center – zumindest für ihn.

Er schob die Sonnenbrille, die in seinen Haaren steckte, nach unten auf die Nase, als er aus dem Hinterausgang des Centers trat.

»Ein sonniger Tag …«, dachte er beim Blick gen Himmel und setzte sein typisches Grinsen auf. Nach wenigen Schritten war er beim Wagen und öffnete mit der Fernbedienung die Türen. Er schmiss seine Tasche auf den Beifahrersitz, und als er im Begriff war einzusteigen, spürte er das kalte Metall in seinem Nacken.

Sein Grinsen war sofort verflogen.

Gegenwart. Washington.

»Ahoj, Jarolim! Wo bist du?« Leoš war aus dem Sessel aufgestanden und hatte sich ein wenig die Beine vertreten. Vier Stunden zuvor, als der Morgen angebrochen war, hatte er einen Mann den Wagen hinterhergeschickt, die mit Vollgas aus dem Hoover Building abgebraust waren. Dass zugleich auch ein Hubschrauber des FBI gestartet war, zeugte von einer wichtigen und dringenden Angelegenheit.

Leoš hoffte.

»New York«, antwortete Jarolim. »Ich bin in der Nähe der State University. Die Polizei und das FBI haben großräumig alles abgeriegelt, und ich musste den Wagen stehen lassen.«

»Eine Idee, was da los ist?«, war Leoš leicht überrascht.

»Es sieht so aus, als würden sie nach jemandem suchen«, mutmaßte Jarolim.

»Versuch rauszufinden, nach wem sie fahnden. Aber sei vorsichtig! Wir dürfen nicht auffallen!«, erteilte Leoš seine Befehle.

»OK!«, bestätigte Jarolim. »Ich melde mich, sobald ich weitere Informationen habe!«

Leoš drückte den Beenden-Button seines Smartphones und überlegte. Was hatte das zu bedeuten? Die Aufregung im FBI war auch außerhalb der Mauern zu spüren gewesen, wenn man den hastigen Aufbruch der Einsatzteams bedachte. Aber hatte das etwas mit seinem Auftrag zu tun? Kaum vorstellbar.

Doch angenommen, es wäre so, dann bedeutete es, dass der Junge und das Mädchen vielleicht gar nicht in den Fängen des FBI waren.

»Sind sie geflohen?«, dachte er. Sie waren auch seinen Leuten in Wien und Graz entkommen. Warum sollten sie es nicht noch einmal geschafft haben?

Das Läuten des Smartphones unterbrach seine Gedanken. »Ja?«, meldete er sich.

»Der Mann, der die beiden am Belgrader Flughafen mitgenommen hat, ist an der Fahndung beteiligt. Ich habe ihn gerade vor einem Hotel entdeckt, das sie durchsuchen«, informierte Jarolim seinen Chef.

Leoš wurde hellhörig. »Bist du dir sicher?«

»Ich habe ihn in Belgrad fotografiert!«

»OK! Dann sieh dich weiter um. Aber vorsichtig!« Leoš wusste, warum er dies betonte. Würde das FBI bemerken, dass sie in die Sache involviert waren, halfen ihnen nicht einmal die Diplomatenpässe.

Neuerlich läutete sein Smartphone.

Es war ein Mitarbeiter seiner IT-Abteilung in Prag.

»Ahoj! Was gibt's?«, begrüßte er den Anrufer.

»Sein Nickname ist wieder aufgetaucht«, kam der Anrufer gleich auf den Punkt. »Du wirst nicht glauben, was die vorhaben ...!«

Gegenwart. Washington D.C.

Die Limousine glitt gemächlich die Einbahn der 34th Street in Georgetown hinab. Ein Haus reihte sich ans nächste, und an beiden Seiten der Straße parkten Autos im Schatten der Bäume. Keines dieser typisch amerikanisch gebauten Häuser hatte mehr als ein Stockwerk. Aber alle hatten Sprossenfenster.

Sie bogen in einen schmalen Weg zwischen zwei Häusern und parkten die Limousine an der Rückseite des Hauses und gingen über den Hintereingang, der direkt in eine geräumige Küche führte, hinein. Gleich im Anschluss daran befand sich das Wohnzimmer, das genauso aussah, wie man es aus Fernsehserien kannte. Allerdings im gehobenen Bereich. Rechts führte eine Treppe in den oberen Stock, wo Nico die Schlafzimmer vermutete.

In der Mitte des Wohnzimmers standen sich zwei große Sofas gegenüber, in deren Mitte ein rechteckiger Tisch stand. Links an der Wand hing ein riesiger Flatscreen. Ansonsten gab es noch ein kleines Esszimmer und ein WC. Das Bad musste also auch oben sein. Insgesamt ein biederes Einfamilienhäuschen in biederer Lage.

»Das ist also Ihre Kommandozentrale?«, konnte Nico sich den Seitenhieb nicht verkneifen. »Wow!«

Der Mann, der seinen Sonnenhut in der rechten Hand hielt, schmunzelte bei Nicos Bemerkung.

»Für Ihren Angriff werden Sie nicht mehr brauchen als Ihr Notebook. Alles andere organisieren wir!«, gab er unbeeindruckt zurück.

»Was wissen Sie über meine Herkunft?« Nico hatte die ganze Fahrt über nachgedacht, dass der Mann mehr wusste, als er zugab. Nun wollte er es wissen.

»Ich muss Sie enttäuschen, Mr. Rims. Ich kann Ihnen weder verraten, wer Ihre Eltern sind oder waren, noch wo oder wann Sie geboren sind. Wir wissen nur, dass Sie vor einem Waisenhaus in New York abgegeben wurden.«

Nico hatte innerlich gehofft, auf diese Fragen eine Antwort zu bekommen. Die Ungewissheit über diese Dinge beschäftigte ihn schon, seit er denken konnte. Nun war er wieder keinen Schritt weitergekommen.

»Im Übrigen sollten Sie sich auf die Gegenwart konzentrieren, Mr. Rims! Und nicht auf die Vergangenheit!«

»Apropos!«, lenkte Nico ab. »Haben Sie etwas von Velimir gehört?«

Gegenwart. Washington.

Bennett konnte den Stand der Dinge nicht fassen. So, wie es aussah, war ihnen der Junge schon wieder entwischt, obwohl er Himmel und Hölle in Bewegung gesetzt hatte, um dem Ganzen endlich ein Ende zu bereiten. Es war ein Albtraum.

»Haben Sie die ganze Gegend abgeklappert?«, wollte er von seinem Einsatzleiter wissen.

»Natürlich, Sir! Wir haben das ganze Viertel abgesperrt, und unsere Leute haben jeden Stein hier umgedreht. Bisher haben wir noch keine einzige Spur von ihnen!«, gab er zerknirscht zurück.

Das Läuten seines Smartphones unterbrach sie. Nur wenige Menschen rund um den Erdball hatten diese Nummer.

»Sie suchen weiter!«, befahl er seinem Einsatzleiter und beendete das Gespräch. Beim ersten Blick auf das Display wusste er, woher der Anruf kam. Es war sein Joker.

»Ja?«, sprach er kühl ins Telefon.
Er lauschte den Ausführungen des Anrufers, und ein leichtes Lächeln kehrte angesichts der neuen Lage in seiner Miene zurück.
»Quetschen Sie alles aus ihm raus!«, forderte er unmissverständlich. »Ich will wissen, wo der Junge ist und wer ihm bei seiner Flucht geholfen hat! Haben Sie mich verstanden? Sie haben freie Hand …«
Nachdem der Anrufer seinen weiteren Auftrag abgeklärt hatte, legte er auf. Seine Position lag zwischen den Welten, und für ihn gab es keine Gesetze. Nur Anweisungen.
Er drehte den Aufsatz des kleinen Bunsenbrenners auf die Kartusche, drehte hinten an dem kleinen Rad, bis Gas ausströmte und entzündete mit dem Feuerzeug die fauchende Flamme.
Dann machte er sich gleich daran, seine Anweisungen umzusetzen.
Die Schreie in dem aufgelassenen Büro der leer stehenden Lagerhalle würde niemand hören.

Gegenwart. New York.

Seit zwei Stunden versuchten sie nun schon, Velimir zu erreichen, der sich mittags mit Nico in Verbindung setzen wollte. Doch alle Bemühungen blieben erfolglos. Selbst der Mann dieser ominösen Vereinigung schien seine unbeirrbare Gelassenheit zu verlieren. Alle zehn Minuten startete er einen neuen Anlauf, doch die Verbindung blieb tot. Velimirs Smartphone war abgeschaltet und nur die Mailbox, die er auf Serbisch besprochen hatte, erreichbar.
Nico saß auf dem Sofa, Tina gegenüber.
»Er sagte, dass das FBI ihm auf den Fersen ist und dass sie einen seiner Leute bereits erwischt hätten …«, grübelte er laut vor sich hin.
»Was?«, fuhr der Mann mit dem Sonnenhut fassungslos hoch. »Das kann nicht sein«, zweifelte er an Nicos Aussage.
»Wir hatten heute früh ein Gespräch, und dabei erwähnte er es!«, blieb Nico hartnäckig. »Er sagte, er müsse sich noch um diese Angelegenheit kümmern.«

»Wenn das FBI ihm auf den Fersen wäre, wüsste ich davon«, setzte der Mann energisch entgegen.

»Haben Sie da auch Ihre Leute?«, lag die Frage für Nico auf der Hand. Tina schmunzelte.

Der Mann ignorierte sie jedoch und wählte erneut die Nummer von Velimir. Er hatte keine Bedenken, denn die Leitung, die er benutzte, konnte nicht rückverfolgt werden. Jegliche Ortungsanfrage wurde geblockt. Auch dafür hatte er seine Leute.

Diesmal ertönte das Rufzeichen. Fünf Mal läutete es, ehe sich wieder die Mailbox meldete. Der Mann beendete den Anruf und überlegte. Nach einigen Minuten leuchtete das Display seines Smartphones. Velimir stellte eine Anfrage für ein Videotelefonat. Der Mann sah zufrieden zu Nico hinüber und hielt ihm das Gerät entgegen.

»Heben Sie ab! Ich wusste, dass das FBI nicht auf seiner Fährte ist.«

Nico nahm das Mobiltelefon von dem Mann und bestätigte die Anfrage. Der Verbindungsaufbau dauerte einen Moment – dann war diese einwandfrei und das Bild gestochen scharf.

Schieres Entsetzen überkam ihn, als er die Szenerie auf dem Display realisiert hatte. Velimir saß mit nacktem Oberkörper an einen Stuhl gefesselt vor ihm. Das Licht einer Schreibtischlampe war auf ihn gerichtet, und im Hintergrund des ansonsten düsteren Raums sah man nur eine dreckige Glaswand, in der sich schemenhaft eine Gestalt abzeichnete, die vor ihm stand. Das Blut in Velimirs Gesicht war bereits getrocknet. Die Haut auf seiner Brust und seinen Oberarmen war aufgeplatzt und mit dunkelbraunen Flecken übersät. Der Wahnsinn blitzte aus seinen Augen, und sein Körper zuckte unentwegt.

Nico starrte auf den kleinen Monitor, so als wäre der Teufel am anderen Ende der Leitung. Er war es auch. Allerdings hinter der Kamera.

Das Zucken von Velimirs Körpers wurde immer heftiger, und seine Krämpfe schüttelten ihn auf dem Stuhl hin und her. Nur sein hektisches, unregelmäßiges Schnaufen war zu hören. Die Gestalt, die sich hinter ihm auf der Glaswand ganz leicht abzeichnete, blieb regungslos.

Nico standen die Tränen in den Augen, und Tina sprang sofort auf, nachdem sie seinen entsetzten Gesichtsausdruck bemerkt hatte. Er hielt wie versteinert das Smartphone vor sich hin. Tinas Aufschrei änderte nichts daran.

Der Mann mit dem Sonnenhut war sofort nebenan im Esszimmer verschwunden und telefonierte hektisch via Festnetz, nachdem er die Situation erfasst hatte.

Nico konnte sich weder bewegen noch atmen. Dennoch drückte er völlig unbewusst den Record-Button, der das Videotelefonat aufzeichnete.

Velimir schien kurz vor dem finalen Kollaps zu stehen, und die Lippen seines weit geöffneten Mundes schwabbelten mit den Zuckungen im Takt. Der Speichel sabberte unkontrolliert aus ihm hervor.

Velimir rang angestrengt nach Luft. Sein Brustkorb weitete sich und spannte die aufgerissenen Hautfetzen zusätzlich auseinander. Er saugte so viel Sauerstoff wie möglich in seine Lungen, und bevor sein Körper seine Funktionen endgültig einstellte, versuchte Velimir, noch einen letzten Satz in diese Welt hinauszuschreien, zu dem er mehrmals ansetzen musste.

»Sie… Sie… SIE WISSEN NICHTS!«, schrie er.

Der dumpfe Klang des Schalldämpfers ertönte und katapultierte Velimirs Körper nach hinten. Blut spritzte explosionsartig aus seinem Hinterkopf und verteilte sich auf der Glaswand dahinter.

»NEEIIIN!« Tinas entsetzter Schrei begleitete Velimirs Erlösung.

Dann veränderte sich der Blickwinkel der Kamera. Immer näher zu Velimirs blutüberströmtem Gesicht hin, bis man nur noch seine weit aufgerissenen Augen und den Tod darin sah. Nicos Lider senkten sich langsam und drückten dabei die Tränen über seine Wimpern, die ins Bodenlose zu fallen schienen.

»Wir finden Sie, Mr. Rims!«, ertönte plötzlich eine Stimme und riss Nico in die Wirklichkeit zurück. Panisch sprang er auf und drückte auf den Beenden-Button, bis das Videotelefonat endlich abgebrochen war. Dann ließ er das Smartphone einfach fallen. Die hintere Abdeckung und der Akku verteilten sich beim Aufprall auf dem Holzboden, doch Nico starrte völlig entrückt von dieser Welt ins Nichts des Universums. Kein Gedanke, kein Ton – nicht einmal Tinas Weinen drangen zu ihm hindurch. Es fühlte sich an, als ob sich alles auflösen würde.

Gegenwart. Washington D.C.

Sofort nach dem Anruf hatte Bennett die Peilung der Nummer angeordnet und war ins SIOC gestürmt, um die Erledigung seines Auftrags persönlich zu überwachen.

Die Peilung führte kreuz und quer durch Europa, doch das konnte nicht stimmen. Er wusste, der Junge war in den Staaten. Ohnehin hätte schon längst ein Ortungsergebnis vorliegen müssen.

»Was ist los?«, brüllte Bennett. Der Leiter des SIOC rannte panisch von einem Mitarbeiter zum nächsten und trieb sie unentwegt an.

»Die Leitung wurde verschlüsselt, und das Signal wird wie bei einem Pingpong-Spiel zurückgeworfen, Sir! Wir werden nicht nur geblockt, sondern in abwechselnden Intervallen wieder an den Anschluss in Belgrad geschickt«, erklärte er schließlich ein wenig hilflos.

»Wir sind das FBI!«, schrie Bennett. »Wir lassen uns doch nicht verarschen!«

»Wir versuchen gerade, den Block zu umgehen, und hoffen, dass das Signal sich dann verfolgen lässt.«

»Sie hoffen?« Bennett traute seinen Ohren nicht. »ICH hoffe, Sie wissen, was das für Sie bedeutet, wenn wir die Nummer nicht orten können!«, herrschte er den Mann quer durch das SIOC an.

Die Hektik wurde immer größer, und einige Mitarbeiter wechselten zwischen mehreren Monitoren hin und her. Die Tasten klapperten, und selbstverständlich hatte man sich via Satellit auf die Jagd nach dem Zielort gemacht. Doch dazu brauchte es Koordinaten.

»Yeah!«, schrie einer der Mitarbeiter und streckte seine geballte Faust in die Höhe. »Wir haben den Block geknackt!«

Die Signalverfolgung auf der digitalen Landkarte wanderte ein letztes Mal zurück nach Belgrad, ehe sie sich wieder quer durch Europa auf den Weg machte. Die Lichter der entsprechenden Ortungspunkte wurden abwechselnd angezeigt. Eben blinkte Paris, als dieses auch schon wieder erlosch und quer über den Nordatlantik erneut aufblinkte. Es war Washington.

Die Ausrichtung des Satelliten bedurfte nur mehr der Koordinaten, an denen die Ortung landen würde. Diese wurden sofort und direkt an den Satelliten übermittelt, der dann punktgenau diese Stelle anzeigen würde.

Plötzlich ging das Licht aus. Die Verbindung war unterbrochen, und der Leiter des SIOC ahnte, was nun auf ihn zukommen würde.

Gegenwart. Washington D.C.

Nico hatte die Flucht aus dem kleinen Einfamilienhaus in Georgetown nicht wahrgenommen. Er hatte nur Tina hochgezogen, seinen Arm unter ihre Achsel geschoben und sie mit sich gezerrt. Die Trance des Todes hatte ihn noch immer eingehüllt.

Die Häuserfronten zogen während der Fahrt an ihm vorbei und wechselten sich mit dem satten Grün der Bäume und Parkanlagen. Tina lehnte sich an ihn, und Nico hatte seinen Arm um sie gelegt.

Sie hatten die Limousine gegen einen Geländewagen getauscht und waren dann nochmals in ein anderes Fahrzeug umgestiegen. Beide waren dem Mann willenlos gefolgt. Ohne Fragen, ohne weitere Informationen. Sie taten einfach, was man ihnen sagte. Zwischendurch hatten sie kurz gestoppt, als Tina sich übergeben musste.

Der Nachmittag neigte sich dem Ende zu, und die Sonne stand bereits tief am Horizont.

Nicos Gedanken schwiegen. Eine eigenartige Leere herrschte in seinem Kopf, und selbst die eindrucksvollen Bilder Washingtons, die an ihm vorbeirauschten, verfehlten ihre Wirkung. Sie saßen auf dem Rücksitz eines Mercedes, dessen Scheiben abgedunkelt waren, und fuhren scheinbar planlos durch die Stadt.

Der Mann mit dem Sonnenhut, der nun schon einige Tage ihr ständiger Begleiter war, telefonierte ab und an und informierte sich über die Ortungsanfrage des FBI. Die SIM-Karte des Smartphones, auf dessen Display sie Velimir das letzte Mal gesehen hatten, hatte er längst aus dem Fenster geworfen. Er legte den Akku ein und startete das Gerät. Mit dem Zeigefinger tippte er ein paar Mal auf den Touchscreen und wirkte mit einmal verblüfft.

»Sie haben es aufgezeichnet?«, drehte er überrascht den Kopf seitlich nach hinten.

Nico sah ihn an, und obwohl sich die Lippen des Mannes bewegten, hörte er nichts.

»Was …?«, krächzte er hervor.

»Das Gespräch«, wiederholte der Mann, »… Sie haben es aufgezeichnet!«

Ohne eine Antwort abzuwarten, startete er die Aufnahme und bewies wenigstens so viel Feingefühl, den Ton abzustellen. Vielleicht konnte er die Gestalt im Hintergrund, die sich in der Glaswand spiegelte, erkennen, doch es war aussichtslos. Der Raum war zu düster.

»Was passiert jetzt?«, meldete Tina sich mit einem Mal zu Wort und holte selbst Nico wieder aus seinem geistigen Koma.

»Wir ziehen die Sache trotzdem durch!«, erklärte der Mann entschlossen.

Nico sah ihn mit todernster Mine an: »Der Einzige, der dabei mitmachen wollte, ist tot!«

Der Mann presste die Lippen zusammen, ehe er antwortete.

»Es ist die einzige Chance … damit das alles ein Ende hat.«

Nach einer weiteren Stunde Autofahrt hatte die Dämmerung bereits eingesetzt, und die hereinbrechende Finsternis unterstrich die Stimmung, die im Wagen herrschte.

Nico war sich bewusst, dass der Mann recht hatte. Er musste die Sache zu Ende bringen. Es gab keinen anderen Ausweg aus dieser Situation. Wenn er diesen Apparat mithilfe des Notizbuchs wirklich fertigstellen könnte, müsste er nur mehr dafür sorgen, dass er nicht der Einzige war, der diese Information besaß. Es war eigentlich ganz logisch.

Aber wie sollte er den Plan, den sie geschmiedet hatten, nun in die Tat umsetzen? Ohne Velimir, ohne die Black Hats und ohne dabei gefasst zu werden …?

Und welche Rolle spielten dieser Mann und seine Vereinigung? Was waren ihre Interessen? War er nur eine Marionette für ihre Ziele? Er konnte niemandem mehr trauen – außer Tina. Seine Angst war mittlerweile verflogen. Er fühlte nur noch Wut und Trauer.

Sie fuhren die Mayo Road in Maryland in Richtung Südosten, und die Häuser standen nun in immer weiteren Abständen. Wald wechselte sich mit weiten Feldern, deren Umrisse die Dämmerung nur noch spärlich preisgab. Als sie nach links in die Shoreham Beach Road einbogen, wurde es düster, und die Baumkronen des Waldes ragten über ihnen auf die Straße. Nach zwei engen Kurven und einem weiteren Waldstück waren sie an ihrem Ziel angelangt.

Auf einer großen rechteckigen Wiese, die an drei Seiten von Wald umgeben war, stand ein prächtiges Landhaus mit einer über die ganze Breite führenden Veranda. Über der Veranda gab es eine überdachte Terrasse. Die vierte Seite des Grundstücks führte zum Sandstrand der Chesapeake Bay, und rechts davon grenzte der Beverly Beach Park mit seinem Strand an. Es gab keine Nachbarn.

Sie rollten die Einfahrt entlang zum Haus. Der Fahrer wartete, bis sie ausgestiegen waren, und fuhr wortlos wieder davon.

Der Mann mit dem Sonnenhut ging die Stiegen hinauf zur Veranda und hob die Fußmatte vor der Eingangstür hoch. Mit wenigen Handgriffen hatte er aufgesperrt und drehte sich zu ihnen, während er die Arme ausbreitete.

»Treten Sie ein.«

»Wo sind wir hier?« Nico sah sich nach allen Seiten um. Die Dämmerung enthüllte zaghaft einige Details, und nur das Rauschen der Bay drang zum Haus herauf.

»Wo uns niemand findet!«

Tina folgte dem Mann ins herrschaftliche Landhaus. Sogleich stand sie in einem riesigen Wohnraum, der über mehrere Ebenen führte. Links in dem Raum gab es eine offene Küche auf der gleichen Ebene wie der Eingang, und rechts ging es über drei Stufen in den Wohnbereich, dessen Ebene nur etwa einen halben Meter nach unten versetzt war. Geradeaus führte eine Treppe nach oben, wo es neben drei Bädern auch noch sechs Schlafzimmer gab. Das Haus war geradlinig eingerichtet.

Nico stand noch einen Moment lang nur da, dann folgte er ihnen.

Gegenwart. Washington.

»Das ist nicht dein Ernst!«, konnte Leoš die neuen Informationen nicht glauben. »Seid ihr euch da sicher?«

»Es gibt keinen Zweifel. Die wollen anscheinend die Daten des FBI hacken!«, gab sein Mann in Prag die Bestätigung. »Er hat unter seinem Nickname einen Aufruf an alle Black Hats gestartet. Bisher hat sich da aber nicht viel getan, soweit wir wissen.«

»Und das FBI hat keine Ahnung?« Leoš war von den Vorgängen vollkommen überrascht.

»Sicher nicht. Ohne den Nickname des Jungen hätten wir ebenfalls keine Ahnung. Man muss schon einiges auf dem Kasten haben, um zu wissen, wo man solche Sachen überhaupt findet. Das ist eine eigene Szene, und die kommunizieren untereinander auf den unterschiedlichsten Kanälen.«

»Und wann soll die Attacke starten?«

»Darüber haben wir nichts gefunden. Entweder geben sie diese Information in anderen Foren und unter anderen Nicknames weiter, oder es gibt noch keinen Termin.«

»Ihr bleibt an der Sache dran und verständigt mich unverzüglich, sobald sich etwas Neues ergibt.«

Leoš strich sich übers Kinn. Was hatte das zu bedeuten? Hatte es etwas mit diesem Buch zu tun? Er kannte den Inhalt nicht. Der Oberst hatte sich diesbezüglich in Schweigen gehüllt, als er ihm den Auftrag erteilt hatte.

Die Angelegenheit wurde immer verworrener. Er sollte eigentlich nur das Buch in Wien besorgen und dem Oberst aushändigen. Und nun stand er vor dem J.-Edgar-Hoover-Gebäude in Washington D.C. und konnte nur warten.

Mittlerweile wusste er nicht einmal mehr, auf was. Denn wenn er richtiglag, waren die beiden dem FBI offensichtlich entwischt.

Gegenwart. Mayo, Maryland.

Die Lichter des Landhauses, das ungefähr eine Autostunde von Washington D.C. entfernt war, warfen ihre Strahlen über das satte Grün der Wiese. Nico hatte sich das Smartphone des Mannes geschnappt, auf dem er das letzte Gespräch mit Velimir aufgezeichnet hatte und schlenderte in Richtung Strand. Tina wollte erst noch unter die Dusche und später nachkommen. Der Mann mit dem Sonnenhut saß auf der Veranda und rauchte eine Zigarette. Beinahe idyllisch. Es war das komplette Kontrastprogramm zur New Yorker Großstadthektik.

Das Rauschen des Wassers war wie Balsam für seine Seele, als er unten angekommen war. Die Wellen rollten ganz sanft an den Strand, und das Plätschern spielte seine eigene Symphonie. Nico blickte über die Bay, deren Wogen gemächlich auf und ab tanzten.

»Die Ruhe vor dem Sturm …«, dachte er, als er sich langsam in den Sand niederließ.

Der Platz hatte Magie. Die Ruhe und Gelassenheit, die dieser Flecken Erde ausstrahlte, hatte etwas ganz Spezielles. Nico hielt das Smartphone in der Rechten, doch er konnte sich nicht überwinden, das Video nochmals anzusehen. Die Erinnerung an diese Bilder war ungetrübt. Nach Graz hatte er geglaubt, dass der Tod ein eigenes Gesicht hatte, doch mittlerweile wusste er, dass der Tod viele Gesichter hatte. Und Velimirs Todesgesicht würde ihn mit Sicherheit sein Leben lang begleiten.

Nico sah zum Himmel. Sollte er aufgeben? Sich einfach stellen und zugeben, dass er nicht das Genie war, für das man ihn offenbar hielt? Diese Leute hatten keine Skrupel. Warum also sollten sie ihn am Leben lassen, wenn sie keine Verwendung für ihn hätten?

Er konnte es drehen und wenden, wie er mochte. Der Mann hatte recht. Es gab nur einen Ausweg – er musste die Lösung des Rätsels finden, wenn er überleben wollte.

Ein Knacksen hinter ihm ließ ihn blitzschnell hochfahren. Der Mann mit dem Sonnenhut war ihm zum Strand gefolgt, und Nico vermochte ihn nur an der Glut seiner Zigarette erkennen, bis er bei ihm war.

Ohne Worte stellte er sich neben ihn und blickte über das Wasser, während er den Rauch aus seinen Lungen blies. »Darf ich Ihnen eine Frage stellen?«, brach er schließlich die Stille.

»Haben Sie gerade«, antwortete Nico, ohne sich der Ironie bewusst zu sein.

»Fürchten Sie den Tod?«

Nico war darauf nicht vorbereitet gewesen. »Den Tod?«, kam seine überraschte Gegenfrage, der eine lange Pause folgte. »Eigentlich nicht«, gab er schließlich ehrlich zu. »Und Sie?«

Der Mann lächelte, nahm noch einen Zug und schoss den Zigarettenstummel mit zwei Fingern weit von sich. »Ich glaube nicht. Aber mit Gewissheit kann man das erst sagen, wenn er vor einem steht.«

»Das wird wohl noch ein Weilchen dauern«, entgegnete Nico.

»Bei Ihnen vielleicht«, lächelte der Mann, ohne ihn anzusehen.

»Wie meinen Sie das?«

Nico wusste nicht so recht, was diese Andeutung sollte.

»Lungenkrebs«, antwortete der Mann. »Unheilbar.«

Nico lief ein Schauer über den Rücken. Die Offenheit des Mannes passte irgendwie nicht ins Bild. Seit ihrem ersten Treffen hüllte der Mann einen Schleier über all seine Informationen, und nun legte er seine intimsten Geheimnisse auf den Tisch.

»Wie lange noch?«, war die einzige Frage, die ihm darauf einfiel.

»Vier, fünf Monate ... ein halbes Jahr ... wer weiß das schon.«

Sein Lächeln war bei diesen Worten ungebrochen.

»Und Sie haben wirklich keine Angst?«

»Ich habe keine Angst vor dem Ende meines Lebens, Mr. Rims«, wiegelte der Mann nüchtern ab. »Aber ich fürchte mich vor der Bilanz meines Lebens ...«

Schweigend standen sie am Strand und blickten über die Wogen der Chesapeake Bay. Der Mond erschien am Firmament und warf sein Licht ganz sanft übers Wasser.

»Wie heißen Sie eigentlich?«, fiel Nico plötzlich ein, dass er noch nie nach seinem Namen gefragt hatte.

»Paul«, antwortete der Mann, ohne jedwede Anstalten zu machen, auch seinen Nachnamen zu nennen.

Nico lächelte ob seiner Geheimniskrämerei und beließ es dabei.

»Und?«, rückte Paul nach einer Weile mit der nächsten Frage heraus, nachdem er sich wieder eine Zigarette angesteckt hatte.

»Haben Sie sich schon entschieden?«

Nico wusste, worauf er abzielte.

»Wir ziehen das durch und machen denen die Hölle heiß!«, antwortete er ruhig, doch voller Überzeugungskraft.

»Ich hoffe nur, Sie halten durch.«

Pauls Lächeln kehrte augenblicklich wieder zurück, nachdem er Nicos Worte vernommen hatte. Ein anerkennendes Nicken begleitete dies.

»Wenn Sie versagen, junger Mann, bin ich ohnehin am Arsch ...«

»Sie? Wieso Sie?«, konnte Nico seiner Schlussfolgerung nicht ganz folgen.

»Ich bin die einzige Verbindung zu Ihnen, Mr. Rims. Wenn das FBI Sie schnappt, wird meine Organisation den Beweis dieser Verbindung ohne Zögern beseitigen«, erklärte er völlig ruhig im Weggehen. »Mein restliches Leben liegt also in Ihren Händen.«

Vergangenheit. Östlich von Lhota.

Trotz seiner behäbigen Statur hatte er die Bibliothek des Anwesens binnen kürzester Zeit komplett durchwühlt. Die Hoffnung, das wichtigste Kleinod, das er besaß, vielleicht wiederzufinden, war versiegt. Es war weg. Sein Büchlein war gestohlen worden.

Die Leiche des Ministers hatten seine Schergen bereits im Heizraum des Anwesens beseitigt, und die Kinder, die er in den steinernen Löchern des Kellers gefangen hielt, hatte man in verschiedenen Lastwagen abtransportiert.

Nichts sollte auf die Machenschaften hindeuten, die in diesem Anwesen vor sich gingen. Oder gegangen waren. Denn durch die jüngsten Ereignisse hatte sich alles verändert. Er zog jetzt nicht mehr die Fäden, sondern sein eigenes Leben hing nun an einem seidenen Faden.

Er hatte alle seine Komplizen und Schicksalsgefährten auf das Kind angesetzt, das geflüchtet war. Doch niemand hatte eine Spur entdeckt. Es blieb spurlos verschwunden.

Seine Hände zitterten, als er die Schubladen des riesigen Schreibtisches zum x-ten Mal öffnete und die darin liegenden Papiere durchstöberte. Wo konnte es nur sein?

Die Ahnung trieb ihm den kalten Schweiß auf seine fettige und faltige Stirn, die von stinkenden Schweißtropfen übersät war. Bei aller Sorgfalt, die er sonst bei seinen Aktivitäten walten ließ – dies hatte er wahrlich nicht bedacht.

»Das werden sie büßen!«, schäumte er in Gedanken, und die Zornesröte überzog sein rundes, schweißnasses Gesicht.

»Das werden sie büßen!«

Gegenwart. Mayo, Maryland.

Das Smartphone kreiste zwischen Nicos Fingern. Seine Ellbogen hatte er auf dem Tisch der Terrasse im Obergeschoss des Landhauses abgestützt, und er blickte gedankenverloren in Richtung Strand. Tina saß neben ihm auf der Bank und hatte sich bei ihm eingehakt. Ihr Kopf lehnte an seiner Schulter.

Die Wellen tanzten und warfen ihre Schatten im Zauber des nun grellen Mondlichts, und ganz leise spielte das Wasser seine Melodie. Sie hatten die beiden Zimmer, die zur Terrasse führten, genommen, und Paul hatte sich in einem der Schlafzimmer auf der anderen Seite des Korridors einquartiert. Eine halbe Stunde zuvor hatte er sich bereits zurückgezogen. Nico und Tina konnten nicht einschlafen und lauschten auf der Terrasse den Klängen der lauwarmen Nacht.

»Velimir hätte uns grinsend in den Arsch getreten!«, lächelte Tina nachdenklich und hob ihren Kopf. Als ob sie ihn zwischen den Sternen am Himmel ausfindig machen könnte, sah sie nach oben.

»Trotz der schrecklichen Bilder, die wir gesehen haben, ist mir nur sein Grinsen in Erinnerung«, erwiderte Nico. »Komisch …«, dachte er halblaut vor sich hin.

»Unser wahres Gesicht kann niemand auslöschen. Auch nicht durch den größten Schmerz.« Tina sah bei den Worten unverändert zum Himmel, und die feinen Konturen ihres wunderschönen Gesichts wurden vom Mondlicht sanft erhellt.

»Also? Was ist MEIN Job?«, stieß sie Nicos leichte lethargische Körperhaltung mit der Schulter an.

Unbewusst richtete er seinen Oberkörper gerade auf. Dann sah er sie an und sagte:

»Du wirst mir den Rücken frei halten!«, erklärte er mit einer Sicherheit, so als hätte er schon alles bis ins kleinste Detail durchdacht.

»Ich weiß nicht, ob wir Paul wirklich trauen können.«

Er öffnete seine Laptoptasche, die Paul freundlicherweise mitgenommen hatte, und nachdem er sein MacBook hochgefahren hatte, verband er das Smartphone via Bluetooth mit seinem Rechner. Es dauerte eine Weile, bis er das Video kopiert hatte.

»Was willst du damit machen?«, beobachte Tina interessiert seine Arbeitsschritte.

»Velimirs Tod wird nicht umsonst gewesen sein«, antwortete er kryptisch. »Die haben nicht bedacht, was sie sich mit diesem Mord eingehandelt haben.«

»Wovon sprichst du?«

»Jetzt werden die Black Hats in die Schlacht ziehen!«, formulierte Nico seine kühle Überlegung mit pathetischen Worten. »Velimirs Hinrichtung wird sie nicht kaltlassen!«

Mit wenigen Klicks hatte er sich mit dem WLAN-Netzwerk des Landhauses verbunden und platzierte das Video über das Tor-Netzwerk im Darknet in den dunkelsten Foren der tiefsten Undergroundszene. Velimirs Nickname und sein Ruf als Hacker würden ihre Wirkung nicht verfehlen. Die Black Hats rund um den Globus würden es bald gefunden haben, das wusste er.

Paul weckte sie am frühen Morgen, indem er an ihre Zimmertür klopfte. Ohne einzutreten. Der reifere Herr hatte Stil.

Zu dritt saßen sie auf der Veranda im Erdgeschoss und frühstückten. Die Sonne war noch hinter dem Wald versteckt und blitzte nur manchmal hindurch, wenn ein Windstoß durch die Bäume fuhr.

Paul nippte an seinem Kaffee, und seine Augen blitzten neugierig unter dem Sonnenhut hervor. »Wie sieht unser Plan aus, Mr. Rims? Velimir hat nur vage Andeutungen gemacht.«

»Die einflussreichen Leute aus Ihrer Organisation rufen beim FBI an und lassen sich Teslas Notizbuch bringen. Ich werfe einen Blick rein, und wenn wir in Sicherheit sind, verrate ich Ihnen die Lösung!«

Nicos schelmischer Blick passte zu seinen Ausführungen.

Paul prustete hervor und verschluckte sich beinahe an seinem Kaffee. »Meine Organisation wird jeden Verdacht einer Verstrickung in diese Angelegenheit im Keim ersticken, Mr. Rims. Niemand kennt Sie. Niemand hat Sie gekannt, und es wird Sie auch niemand kennenlernen. Sie haben nur mich und meine bescheidenen Möglichkeiten«, grinste Paul wohlwollend.

»Wie bescheiden sind Ihre Möglichkeiten, Paul?«

»Ich verschaffe Ihnen die Eintrittskarte ins Hoover Building und gebe Ihnen alle Informationen, wie Sie an das Notizbuch rankommen. Aber das war's schon. Den Rest müssen Sie alleine auf die Reihe kriegen.«

»Und wenn ich es habe?«, war Nico von Pauls angebotenen Leistungen sichtlich enttäuscht.

»Dann bringe ich Sie in Sicherheit. Dass ich das kann, haben Sie ja mittlerweile schon erlebt.«

»Wie lange brauchen Sie, um alles zu besorgen?« Nico wollte sein angedachtes Zeitfenster herausfinden.

»Ich bin jederzeit bereit, Mr. Rims! Sie bestimmen, wann es losgehen soll.«

Nico sah ihn an und verzog keine Miene. Sein Mund spitzte sich leicht zu, während er versuchte, in Pauls Augen etwas ablesen zu können. Zweifel, Gewissheit, Ängste oder Zuversicht – nichts konnte er in den kalten braunen Augen erkennen.

»Mit Velimirs Hilfe werden wir hoffentlich schon bald stark genug sein … dann geht's los!«, erwiderte Nico in der Gewissheit, dass er nicht alle Karten auf den Tisch legen durfte.

Seine Asse musste er noch im Ärmel behalten.

Gegenwart. Washington D.C.

Das SIOC war wie das ganze Land in Aufruhr. In allen Ecken des Staates suchte das FBI nach den Flüchtigen, drehte jeden Stein um und zapfte alle Verbindungen an, die vielversprechend schienen.

Das Misstrauen in den eigenen Reihen wurde durch Gerüchte geschürt, dass es einen Maulwurf an vorderster Front des FBI geben musste. Wie sonst ließen sich die bisherigen Ereignisse in diesem Fall erklären? Vor allem, da das ganze FBI nur noch an diesem Fall zu arbeiten schien.

Die Runde in seinem Büro war davon nicht beeindruckt. Seit Bekanntwerden der Identität des Jungen gab es für das FBI nur Misserfolge. Dennoch wussten alle Beteiligten, dass es hier noch weitere Mitspieler auf höchster Ebene geben musste. Zu viele vertrauliche Informationen waren bisher nach außen gedrungen. Doch wer wusste noch von ihrem Projekt?

»Meine Herren – wir haben ein Sicherheitsleck!«, spielte Bennett den Ball an alle anderen Beteiligten weiter.

Ein Affront, den sich die anwesenden Männer als Vertreter ihrer Zunft nur widerwillig um die Ohren schmeißen ließen.

Die Navy, die Airforce oder Westinghouse Nuclear waren schließlich berühmt dafür, dass Informationen über die geheimsten Projekte mit Sicherheit nicht nach außen getragen wurden. Zudem wussten nur wenige Eingeweihte über ihr gemeinsames Treiben Bescheid. Wo also konnte der Maulwurf sitzen?

»Das Projekt läuft seit den 80ern außerhalb jeder Sicherheitsstufe! Nicht einmal der Präsident der Vereinigten Staaten hat davon Kenntnis!«, protestierte der altgediente Fleet Admiral mit inbrünstiger Entrüstung. »Seit Hoover arbeiten wir an Teslas Ideen.«

»Aber die beiden sind fast noch Kinder!«, argumentierte Bennett gelassen. »Ohne die Hilfe einflussreicher Leute hätten wir sie längst gefasst. Irgendjemand versucht, uns hier in die Suppe zu spucken, und ohne Zweifel hat dieser Jemand erstaunliche Informationen und erstaunliche Möglichkeiten. Aber woher kommen diese Informationen?«

Die Männer in der Runde sahen einander ratlos an. Für jeden war es unvorstellbar, dass das Leck in seinem Bereich zu finden war.

Gegenwart. Mayo. Maryland.

Nur der Sonnenhut blinzelte über den Rand des gelben Liegestuhls am Strand, der von der Veranda des Landhauses aus zu sehen war. Nico stand am Tisch der Veranda und beugte sich zum Monitor.

»Yeah!!«, ballte er die Faust und schrie seine Erleichterung mit aller Kraft hinaus.

Er hatte gehofft, aber nicht zu träumen gewagt, dass sein Plan aufgehen würde. Und er hatte recht behalten. Seit er nach dem Frühstück sein MacBook gestartet hatte, war er wie von den Socken. Die Veröffentlichung des Videos schlug in der Szene ein wie eine Bombe. Velimirs Ruf war besser, als er selbst gedacht hatte. Die Welle war im Anrollen und baute sich immer mehr auf. Nickname für Nickname von Hackern rund um den Globus schloss sich seinem virtuellen Feldzug an. Im Minutentakt stiegen die Anzahl seiner Cybersoldaten und die Zahl genialer Freaks, die sich seiner Mission verschrieben. Und er brauchte beides – Quantität und Qualität.

Niemand von ihnen wusste, dass das eigentliche Ziel ein anderes war – doch sie alle verband der Kampf gegen die Obrigkeit. Gegen jene Mächte, die unser Leben nach den von ihnen auferlegten Normen bestimmen. Uns erzählen, dass ihre Wahrheit die einzig wahre ist, und uns mit ihren Lügen zum Narren halten. Die jeden Menschen auf dieser Welt ohne Skrupel töten, wenn er ihre Wahrheit nicht anerkennt. Sie hatten nun alle genug. Es reichte.

Das Video mit Velimirs Hinrichtung war der kleine Funken, der nun alles in Brand setzte. Das Darknet begann, sich zu formieren, und verhielt sich dabei so unauffällig, als ob es diese digitale Schattenwelt nicht gäbe. Alle waren vorsichtig und wussten: Wenn ihre Armee den entscheidenden Angriff starten würde, müsste das Überraschungsmoment auf ihrer Seite sein.

Nico lief ein Schauer über den Rücken. Wie ein leises Flüstern verbreitete die Nachricht sich unter den Black Hats, und er kannte niemanden von all denen, die ihn nun in seinem Kampf begleiteten. Er würde keiner seiner Kriegerinnen und keinem seiner Krieger in die Augen sehen können, wenn sie loslegen würden und damit ihr Leben aufs Spiel setzten. Doch zugleich wusste er auch – jetzt gab es kein Zurück mehr. Seine Gemeinschaft würde schon bald bereitstehen.

Das FBI bis aufs letzte Bit lahmzulegen, war mit Sicherheit keine leichte Aufgabe. Nico hatte noch immer keine Vorstellung, wie seine Strategie aussah. Wo und wie sollten sie gemeinsam zuschlagen? Die Zeit war knapp, und bisher war ihm keine ruhige Minute geblieben, um sich darüber Gedanken machen zu können.

Er setzte sich an den Tisch der Veranda, und ein leichtes Unbehagen überfiel ihn angesichts der Aufgabe, die vor ihm lag. Die Zahl der Mitstreiter stieg und stieg, und Nico rührte der Respekt, der Velimir damit entgegengebracht wurde. Sie ehrten sein Andenken auf ihre Weise.

Velimirs Grinsen erschien vor seinem geistigen Auge, und im selben Moment hallten ganz hinten in seinem Kopf die Worte, die ihn blitzartig durchfuhren:

»… trotz des genialen Programms, das ich geschrieben habe …«

Nico erinnerte sich. Velimir hatte nur eine kleine Andeutung gemacht, doch Nico war sich sicher, er hatte schon zwei Schritte weiter gedacht.

Er startete den Tor-Browser und suchte nach einem ganz speziellen Forum im Darknet: »11! |< 01373513« – das Leetspeak-Synonym für »Nikole Tesle«.

Nach wenigen Sekunden erschien der Eintrag, der die Existenz des Forums bestätigte. Nico schloss mit einem Lächeln die Augen und dachte an diesen serbischen Harlekin und seine ausgefuchste Genialität. Dann öffnete er das Forum und fand, was er zu finden hoffte. Velimir hatte in dem Forum eine komprimierte Datei hinterlegt, die ein Programm enthielt. Ein kurzer Videofile war ebenfalls in dem verpackten Ordner, der automatisch startete. Velimir grinste in dem teils wackeligen Video in die Kamera seines Smartphones.

»Nun ja, mein Freund!«, begann er, ohne sein Grinsen abstoppen zu können. »Nachdem du dieses Video hier siehst, habe ich wohl einen Fehler gemacht … Shit happens!«

Nico trocknete sein geöffneter Mund aus.

»Aber wenn du noch immer genügend Eier in der Hose hast und deinen Plan durchziehen willst, du verdammter Idiot, dann kannst du den Säcken mit diesem Programm ganz gewaltig in die Ärsche treten«, lachte er voll Freude auf.

»Auf genügend Rechnern installiert, hört das ganze World Wide Web auf dein Kommando. Wenn du die Zielrechner definiert hast, werden automatisch alle notwendigen Ressourcen gebündelt, um den Zugang zu diesen Rechnern zu knacken. Je aufwendiger die Verschlüsselung ist, desto mehr Rechenleistung wird aus dem Web abgezogen. Ganz egal, ob über Satellit, Datenleitung, Telefon, Handynetz, WLAN oder die Stromleitung. Alles, was auf dieser Welt vernetzt ist, wird zu deinem Verbündeten, mein Freund! Du musst nur noch das Programm als Erster installieren und den Downloadlink an die Black Hats verschicken, damit sie das Programm verteilen …«

Sein Grinsen ebbte nur leicht ab, als er mit dem rechten Auge zwinkerte und anfügte: »Echt abgefahrene Geschichte! Also, enttäusch' mich nicht, mein Freund!«

Der Player stoppte am Ende des Videos, und Nico versuchte zu schlucken.

»Dieser … unglaubliche Arsch …«, dachte er voll innigster Verbundenheit zu diesem Menschen, den er nicht einmal richtig kennengelernt hatte. Ein Gefühl der Stärke kam in ihm hoch, und er wusste, dass seine Situation nicht mehr aussichtslos war. Velimir hatte ihm eine Waffe in die Hand gegeben, die weitaus mächtiger war als alle Bomben und Raketen auf diesem Planeten.

Denn auch die konnte er nun lahmlegen.

Mit einem Doppelklick installierte er das Programm auf seinem MacBook und hinterlegte eine Kopie der verpackten Datei auf einer Datenspeicher-Plattform. Die Daten wurden verschlüsselt gespeichert, und nur derjenige, der sie auf deren Server lud, kannte den Inhalt.

»Unglaublich«, murmelte Nico vor sich hin, als Tina auf die Veranda trat.

»Was ist unglaublich?«, wollte sie wissen, als sie auf ihn zukam.

»Dieses serbische Schlitzohr hält auch nach seinem Tod noch immer die Zügel in der Hand«, lächelte er ihr entgegen, bevor er ihr das Video zeigte, das sie ebenso aufmunterte wie ihn.

»Und was heißt das jetzt?«, sah sie seine Entschlossenheit in seinen Augen.

»Wir holen uns das verdammte Notizbuch! Aber wir erzählen Paul nichts von dem Programm!«

Eine halbe Stunde später saßen sie mit Paul auf der Veranda, und Nico skizzierte sein Vorhaben.

»Der Angriff der Black Hats muss punktgenau erfolgen, wenn es klappen soll. Kurz bevor ich das Gebäude betrete, muss der Hack starten und alle Sicherheitssysteme im Hoover Building lahmlegen. Alle Server, Datenbanken, die Gesichts- und Stimmerkennung, Fingerprint-Systeme, Videoüberwachung, Telefonanlagen – wir kappen einfach alles! Dafür sorge ich!«

»Die FBI-Ausweise bringen Sie zwar ins Gebäude, doch genauer überprüft werden dürfen Sie nicht!«, wandte Paul ein, während er die beiden kleinen Plastikkarten lässig auf den Tisch warf.

Auf den Ausweisen prangten die Fotos, die Velimir in Belgrad von ihnen gemacht hatte. Ausgestellt waren sie auf die Namen James Taylor und Ann Crocker.

»Mit diesem Sicherheitslevel kommen sie allerdings problemlos bis ins Archiv.«

»Einer reicht!«, entgegnete Nico, nachdem er den Ausweis ganz genau in Augenschein genommen hatte.

»Dann brauche ich nur noch die Informationen, wie ich ins Archiv und an Teslas Unterlagen komme«, setzte er, zu Paul gewandt, fort.

»Sie werden das Gebäude über den rechten Eingang des Hoover Buildings betreten, wo Sie zuerst durch die Sicherheitsschleuse müssen. Wenn die Sicherheitsleute mit ihren ausgefallenen Systemen beschäftigt sind, werden sie den Ausweis nicht genau kontrollieren. Hinter der Sicherheitsschleuse gehen Sie den linken Gang entlang, bis Sie nach der zweiten Glastür zum Aufzug kommen. Mit diesem fahren Sie bis ins dritte Untergeschoss, wo sich die Archive befinden.«

Paul bückte sich zu seiner braunen Ledertasche, die er rechts neben sich auf den Boden gestellt hatte.

»Der Administration Service der Archive ist gleich gegenüber dem Aufzug, wo Sie auch noch DAS hier brauchen werden!« Mit einem triumphierenden Grinsen zog er ein Blatt Papier aus der Ledertasche und legte es behutsam vor sich auf den Tisch.

»Was ist das?« Nico beugte sich nach vorne, um das amtlich aussehende Schriftstück zu mustern.

»Das ist das Anforderungsformular für Nikola Teslas Archivmaterial!«, zwinkerte er Nico lässig zu und legte sein Ass auf den Tisch.

»Unterschrieben vom FBI-Direktor persönlich!«

»Puuh!«, schnaufte Nico nervös durch. Je mehr Details sie besprachen, desto mulmiger wurde ihm.

»Ihr Auftreten wird entscheiden, Mr. Rims!«, grinste Paul mit zuversichtlicher Miene. »Wenn Sie nervös zu zappeln beginnen, wird man Ihnen den FBI-Mann nicht abkaufen. Ausweis hin oder her!«

Nico sah ihm in die Augen und wirkte ganz cool, obwohl er innerlich vor Aufregung zerbarst! Doch er konnte sich beherrschen.

»Keine Angst, Paul!«, lächelte er zurück. »Ich scheiß mir nicht in die Hosen!«

»Auch das wäre dann äußerst auffällig«, konterte dieser amüsiert. »Obwohl ich Sie verstehen würde«, fügte er mit breitem Grinsen hinzu.

»Hey, Leute! Was mache ich?«, unterbrach Tina die aufmunternde Konversation der beiden.

»Du überwachst für mich die Hackattacke und gibst mir sofort Bescheid, wenn Probleme auftauchen. Die Sache funktioniert nur, wenn der Angriff nicht unterbrochen wird, solange ich noch im Gebäude bin!«

Nico fasste die Dringlichkeit von Tinas Part gekonnt zusammen, ohne dabei Velimirs Programm auch nur ansatzweise zu erwähnen.

»Wie das funktioniert, zeige ich dir noch auf meinem MacBook.«

Gemeinsam mit Paul ging er nochmals die Details durch. Er wollte für alle Eventualitäten gerüstet sein. Zwei Stunden lang dauerte das Prozedere, ehe sie alles durchgekaut hatten und Nico sich für seinen Auftritt gewappnet fühlte.

»Wann soll das Ganze über die Bühne gehen?«, erkundigte Paul sich, als sie an dem finalen Punkt angelangt waren, an dem es ansonsten keine Fragen mehr gab.

»High Noon!«, antwortete Nico ungerührt. »Morgen um 12 Uhr Ortszeit!«

»Dann werde ich alle notwendigen Schritte für Ihre Flucht und einen sicheren Zufluchtsort vorbereiten«, erklärte Paul im Aufstehen, schnappte sein Mobiltelefon und verschwand in Richtung Strand.

Tina und Nico blickten einander ernst an.

»Bist du sicher, dass dein Plan funktioniert?«, rückte Tina mit ihrer Unsicherheit als Erste heraus.

»Sicher?«, schmunzelte Nico, ohne dass ihm dabei zum Lachen zumute war. »Wir brauchen Glück ohne Ende, wenn das klappen soll! Aber mit Velimirs Programm haben wir die perfekte Waffe für unseren Plan!«, zwinkerte er ihr zu.

»Daher darf niemand das MacBook in die Finger kriegen, wenn ich da drin bin! Hast du verstanden?«, forderte er Tinas vollste Aufmerksamkeit. »Dieses Programm ist vielleicht mehr wert und noch gefährlicher als Teslas Apparatur!«, flüsterte er ihr leise ins Ohr und machte ihr die Wichtigkeit ihres Auftrags bewusst. »Nur wir zwei wissen davon, und das muss auch unter allen Umständen so bleiben. Auch für den Fall, dass etwas schiefgeht.«

Tina ahnte, wovon er sprach, obwohl ihr die Dimensionen und die Möglichkeiten des Programms nicht klar waren. Auf jeden Fall war es gefährlich. Für wen auch immer.

Nico bootete das MacBook und gab Tina genaue Anweisungen, wie sie vorzugehen hatte. Schritt für Schritt erklärte er ihr den Ablauf und wann sie was zu tun hatte.

»Genau um 11:58 Uhr startest du dann das Programm und überwachst die Verbindung, bis ich wieder aus dem Hoover Building raus bin. So lange darf sie nicht unterbrochen werden.«

Tina wiederholte seine Anweisungen Punkt für Punkt, und Nico atmete angesichts ihrer schnellen Auffassungsgabe innerlich auf.

»Ich werde bis morgen früh noch alle Spezifikationen des Programms vornehmen. In der Zwischenzeit könntest du mit Paul noch einige Dinge besorgen, die wir brauchen werden.«

Eine halbe Stunde später fuhren Paul und Tina mit dem Wagen, der in der Garage stand, vom Anwesen. Nico hatte ihnen einen Einkaufszettel mitgegeben und Paul hämisch gefragt, ob er inzwischen die Rechnung übernehmen könnte.

Unermüdlich platzierte er inzwischen den Downloadlink in den Darknet-Foren und informierte alle Nicknames, die sich auf ihren Aufruf gemeldet hatten. Er selbst verwendete Velimirs Nickname, unter dessen Patronanz die ganze Aktion lief. Minütlich tauchten die Bestätigungen in den Foren auf.

Wie ein Lauffeuer verbreiteten die Black Hats das Programm auf den Rechnern rund um den Globus. Jeder Hacker auf seine Weise.

Velimirs Programm hatte den großen Vorteil, dass er keine weiteren Dienste von den Black Hats benötigen würde. Sein MacBook, das vor ihm stand, war die Kommandozentrale für den Angriff, wenn das Programm erst auf genügend Rechnern installiert war – gewollt oder ungewollt. Und dafür würden die Black Hats garantiert sorgen. Auch wenn es nicht einmal mehr vierundzwanzig Stunden waren, die dafür blieben.

Nico durchforstete Velimirs Programm und staunte über dessen unermessliche Genialität, die zwischen den Programmierzeilen hervorblitzte. Der Sourcecode war so simpel wie genial und vereinte alle Rechner dieser Welt zu einem Supercomputer, sofern sie mit dem World Wide Web verbunden waren. Egal, ob Heim-PCs, Firmen-Rechner, Tablets, Smartphones, Bankomatkassen oder moderne Kühlschränke.

Dadurch wurde eine ungeahnte Zahl an Rechenoperationen möglich, für die es nach derzeitigem Stand der Technik keine Computer gab. Die stärksten Hochleistungsrechner, wie der europäische Super-MUC oder IBMs Sequoia, wirkten dagegen wie ein Commodore 64. Jeder Computerbesitzer dieser Welt würde also ein Teil von Nicos Angriff werden, auch wenn er davon nicht die geringste Ahnung hatte.

»Sie werden sich nur über ihre langsamen Rechner wundern«, dachte Nico. »Aber mit dieser Schlagkraft müsste es funktionieren!«

Gewissheit hatte er nicht. Er musste Velimir und seinen Fähigkeiten vertrauen, denn sicher hatte noch niemand dieses Programm getestet. Morgen würde es passieren.

Zwei Stunden lang ergänzte er Velimirs Code für seine Zwecke noch um einige Programmzeilen, dann kamen Paul und Tina von ihrer Einkaufstour zurück, wobei Tina im Wagen hatte warten müssen.

Paul legte die Einkäufe auf den Tisch der Veranda. Nico lud sogleich die Akkus der neuen iPhones und legte die Prepaid-Karten ein. Ein dunkelgrauer Anzug war ebenfalls bei den Einkäufen, der Nico ausgezeichnet stand. Einzig allein die Krawatte und das Hemd schnürten ungewohnt seinen Hals zu. Die schwarzen Schuhe ergänzten seine Verkleidung, die Paul noch mit einem weiteren Accessoire perfektionierte: eine schwarze Sonnenbrille von Ray-Ban!

Bis kurz vor Mitternacht unterhielten sie sich auf der Veranda über ihr Vorhaben und gingen die Details der Flucht ganz genau durch. Nico hatte via Google Earth ein Hardrock Café ausgemacht, das gleich gegenüber dem Hoover Building an der Ecke E Street und 10th Street lag.

Dort würde Tina den Hackangriff überwachen und Nico sie dort abholen, nachdem er wieder aus dem FBI-Hauptquartier gekommen war. Paul sollte den Wagen in der Nähe parken und sie dann in Sicherheit bringen.

Alles klang ganz einfach.

Gegenwart. Washington.

Leoš wartete nun schon den vierten Tag im dritten Stock des Hotel The Caucas Room gegenüber dem J.-Edgar-Hoover-Gebäude, das in der D Street Northwest Ecke 9th Street lag. Seine Geduld war bereits überstrapaziert, und das Warten auf irgendeinen Zufall zermürbte auch seine Leute.

Er machte sich nichts vor. Sie hatten nicht den blassesten Schimmer, ob das FBI das Mädchen und den Jungen noch immer gefangen hielt. Sie hatten keine Gewissheit. Deswegen waren sie noch da und warteten.

Seit sieben Uhr morgens beobachtete er den rechten Eingang des Hoover Buildings, von der Pennsylvania Avenue aus betrachtet, nachdem er sich erst nach Mitternacht ein paar Stunden schlafen gelegt hatte. Abwechselnd behielten er und seine Leute an den zwei Eingängen und der Ausfahrt das Gebäude im Auge.

Das hellbraune Steinmonument, das mit seinen Hunderten von quadratischen Fenstern und mächtigen Überbauten die Gelassenheit der Macht ausstrahlte, vermittelte nicht den Eindruck, dass man von hier aus Länder ins Chaos stürzte oder Menschen ins Jenseits beförderte. Es thronte ganz ruhig, nur wenige hundert Meter vom Washington Monument entfernt, an der achtspurigen Pennsylvania Avenue Northwest und galt als eines der wichtigsten Machtzentren der Welt.

Die am Zenit stehende Sonne knallte auf den kleinen Vorplatz des Eingangs, und die kleinen Bäume, die entlang des Gebäudes auf dem Gehsteig gepflanzt waren, warfen nur spärlich ihre Schatten.

Leoš beobachtete die Leute, die über den kleinen Platz gingen. Die ersten Mitarbeiter kamen bereits aus dem Hoover Building und machten sich in die Mittagspause auf. Die Pennsylvania Avenue hinter dem kleinen Platz war freitags wie üblich stark befahren.

Gemächlich nahm Leoš eine weitere Zigarette aus der Packung, die auf dem Tisch lag und betrachtete den überquellenden Aschenbecher. Seine Armbanduhr zeigte drei Minuten vor zwölf. Die Sonne brannte ihm ins Gesicht, und er senkte für einen Augenblick seine Augenlider, ehe er die Zigarette in den Mund nahm und anzündete. Über die Flamme des Feuerzeuges hinweg fiel sein Blick hinaus zum Fenster auf den Vorplatz, und sogleich erstarrte er.

Im ersten Moment war er sich nicht sicher, ob seine Sinne ihm nach all den langen Tagen einen Streich spielten. Deshalb kniff er die Augen zusammen und fokussierte sich ganz genau auf einen Punkt.

Auf der 9th Street war ein Wagen rechts rangefahren und hatte gehalten. Ein junger Mann in einem schicken dunklen Anzug war aus dem Wagen gestiegen, der anschließend unverzüglich weiterfuhr und nach rechts in die Pennsylvania Avenue einbog.

Der junge Mann trug eine Sonnenbrille, doch Leoš glaubte schon nach Sekundenbruchteilen, das Gesicht zu erkennen. Unzählige Stunden hatte er sich die Fotos, die seine Leute in Belgrad geschossen hatten, angesehen. Der junge Mann blieb auf der Mitte des Vorplatzes stehen und blickte in seine Richtung die 9th Street hinab. Leoš' Aufregung wuchs, als er dem jungen Mann direkt ins Gesicht sah und sich nun absolut sicher war. Sein Jagdinstinkt war geweckt.

Dann drehte sich der junge Mann nach links und ging auf den Eingang des Hoover Buildings zu.

Gegenwart. Washington. J. Edgar Hoover Building.

Nicht nur das Hemd und die Krawatte schnürten Nico die Kehle zu, es war die Situation insgesamt. Sogar die Schuhe rieben an seiner rechten Ferse, doch er spürte den Schmerz in diesem Moment nicht. Sein Puls trommelte mit der Präzision von Schlagzeugern wie Curt Cress oder Vinnie Colaiuta in seinen Schläfen. Minimum Zweiunddreißigstel.

Obwohl er nicht zu Schweißanfällen neigte, zeigten sich leichte erste Anzeichen auf seiner Stirn.

»Bleib cool, Mann!«, trichterte er sich selber ein.

Schon seit der Abreise aus dem Landhaus in der Chesapeake Bay hatte er sich betont cool gegeben, ohne seine innere Anspannung preiszugeben. Die Schauspielerei hatte er wie vieles andere bei seinen Pflegeeltern gelernt, als er die Schläge des Vaters ohne ein Anzeichen von Schmerz oder Verletztheit hingenommen hatte. Er hatte sie einfach ignoriert. Das würde er auch jetzt mit seiner Angst tun.

Er blickte die Straße entlang vorbei am Hoover Building zu seiner Linken und den ebenso hellbraunen Steingebäuden zu seiner Rechten. Tief saugte er die Luft in seine Lungen, als beim Ausatmen der Signalton seines iPhones ertönte. Es war 11:58 Uhr.

»Showtime!«, dachte Nico, und von einer Sekunde auf die andere veränderten sich sein Blick unter der Sonnenbrille und seine ganze Haltung. Dann drehte er sich nach links und steuerte auf den Eingang des Hoover Buildings zu.

Tina saß schon seit zehn Minuten im hinteren Teil des vollen Hardrock Cafés, das in seiner Buntheit und schier unglaublichen Menge an kitschigen Accessoires nicht zu übertreffen war. Sie hatte das MacBook gestartet, doch seit geschlagenen fünf Minuten wartete sie auf den Kellner, der seinen ersten Arbeitstag hatte und die WLAN-Verbindung neu starten musste. Ihr iPhone zeigte bereits 11:58 Uhr, als sie online war. Ohne zu zögern, wählte sie die eingespeicherte Nummer von Nico, der gerade im Begriff war, die Eingangstür zum Hoover Building zu öffnen. Sofort stoppte er beim ersten Klingeln und nahm das Gespräch an.

»Was ist los?«

»Ich konnte das Programm noch nicht starten! Ich brauche noch eine Minute!«, informierte Tina ihn aufgeregt in kurzen Sätzen.

»Ist OK! Bleib ruhig«, antwortete er ohne Hektik. »Sag mir, wenn du so weit bist.«

Nico ging einige Schritte vor dem Eingang auf und ab und vermittelte dabei den Eindruck, als führe er ein geschäftliches Gespräch. Dann kam das OK von Tina, und er beendete das Gespräch mit den Worten: »Ich liebe dich!«

Die Bestätigung von Tinas Seite hörte er nicht mehr.

Er drehte sich um, öffnete die Eingangstür und trat mit der Selbstverständlichkeit eines Mitarbeiters ins Innere des Hoover Buildings. Die Sicherheitsleute an der Schleuse waren sofort aufmerksam, als er auf sie zukam. Die Gesichtserkennung, die über die Überwachungskameras lief, war aktiv und scannte ihn von allen Seiten. Nico wartete auf den großen Crash, auf einen Aufschrei oder auf eine ausbrechende Hektik, doch nichts davon geschah. Die Männer sahen ihn nur aufmerksam an, wie er sich ruhigen Schrittes der Sicherheitskontrolle näherte, die Sonnenbrille abnahm und dabei seinen Ausweis aus der Tasche zog. Diesen hielt er dem Beamten am Pult unter die Nase, der den Ausweis ganz genau betrachtete. Auf den Monitoren hinter dem

Pult startete die Auswertung des Gesichtserkennungsscans. Zwei Minuten waren der Durchschnitt, bis alle Datenbanken abgeglichen waren. Auch die internationalen.

»OK, Sir!«, entgegnete der Sicherheitsmann freundlich bestimmt und zeigte in Richtung des Metalldetektors. Nico ließ sich nichts anmerken und lächelte dem Mann mit einem Nicken zu. Seine innere Unruhe stieg ins Unermessliche, als er auf den Metalldetektor zuging und dahinter das Gerät für den Fingerprint sah.

»Verdammte Scheiße! Was zum Teufel ist los?«, dachte er, während er seine persönlichen Dinge aus den Taschen kramte und auf den Tisch neben dem Metalldetektor legte. Das Gerät gab keinen Pieps von sich, und Nico warf noch einen Blick auf die Uhr seines iPhones und startete die App, die jeglichen Mobilfunk in seiner Nähe unterbinden würde, ehe er seine Sachen wieder in seinen Anzugtaschen verstaut hatte.

Es war Punkt 12 Uhr, und der Hack hatte noch immer keine Wirkung gezeigt. Versagte das Programm? Ein falscher Beistrich genügte, und er wäre schon an der ersten Hürde gescheitert.

Die Fingerprint-Analyse wurde von einem weiteren Beamten überwacht, der Nico bereits erwartete. Er war nur wenige Schritte von diesem Punkt entfernt, an dem gleich alles auffliegen würde.

»Sie kennen das ja …«, empfing der Beamte ihn ebenso freundlich wie sein Kollege zuvor. »Natürlich«, antwortete Nico in breitem Slang. Er schluckte.

Das viereckige Kästchen sah aus wie das kleine Gerät im Supermarkt, um per Bankomat zu zahlen, nur ohne Tastatur. Stattdessen mit einer ebenen Glasfläche, aber ebenso auf einem schwenkbaren Arm montiert. Nico starrte auf die Glasfläche, in deren Mitte mit Linien ein Quadrat eingezeichnet war, das den Bereich definierte, den man berühren musste.

»Der Zeigefinger der rechten Hand!«, hatte Paul ihm erklärt.

Nico streckte die Hand aus, um das Hemd ein wenig nach hinten zu ziehen, und im selben Augenblick, in dem er die Glasfläche berührte, schloss er die Augen. Vor seinem geistigen Auge begann er, sich sein nun kommendes Auffliegen auszumalen.

»Piep, piep, piep, piep ...«, kreischte plötzlich der Metalldetektor hinter ihm, und die Sicherheitsbeamten des Hoover Buildings sahen sich aufgeschreckt und ratlos an.

Die Fingerprint-Analyse brach sofort ab, und auf den Monitoren war nur ein kurzes Flackern auszumachen.

Dann blieben diese schwarz.

»Einen Moment, Sir!«, beruhigte der Beamte Nico mit einer Handbewegung und versperrte ihm zugleich den Weg.

Nico verzog keine Miene, was ihm angesichts der Freude und Erleichterung äußerst schwerfiel.

»Es klappt!«, jubelte er innerlich und wartete auf eine weitere Reaktion des Beamten.

Hektisch versuchten zwei von ihnen, das kreischende Piepsen des Metalldetektors abzustellen, während einer auf die dunklen Monitore starrte und ein anderer die Rechner unter dem Pult überprüfte. Einer hantierte an der Telefonanlage und versuchte eine Nummer nach der anderen. Erfolglos. Alle Sicherheits- und Kommunikationssysteme des J. Edgar Hoover Buildings waren runtergefahren.

Shutdown!

»Was ist jetzt?«, fuhr Nico den Beamten ungeduldig an. »Ich habe einen Termin beim Direktor. Sie können das gerne überprüfen!«

Die Unsicherheit war dem Beamten ins Gesicht geschrieben, als er das Wort Direktor hörte.

»Ben!«, rief er über Nicos Schulter hinweg nach hinten. »Der Mann wird vom Direktor erwartet.«

Für Sekunden abgelenkt von dieser Erklärung, warf der Mann einen kurzen Blick zu Nico und dem Beamten und raunte: »Er kann passieren ...«

Gegenwart. Washington. J. Edgar Hoover Building.

Die Männer im SIOC im zweiten Stock des Gebäudes sahen einander ratlos an. Keiner von ihnen hatte dies jemals erlebt. Von einer Sekunde auf die andere waren alle Systeme zusammengebrochen. Ein Zustand, der nie stattfinden dürfte. Ganz egal, was auf diesem Planeten geschehen würde. Alle Server, jeglicher Zugriff auf ihre Datenbanken, die Telefone, Sicherheitssysteme, Satellitenverbindungen und jeglicher Kontakt nach draußen sowie alle Back-up-Systeme waren tot. Lahmgelegt. Gekappt.

Im Hoover Building arbeitete eine ganze Heerschar an Leuten, die genau diesen unvorstellbaren Supergau verhindern sollten, und das FBI hatte seine ganz eigene Cyberarmee. Doch nun hatte man diese Armee ganz einfach entwaffnet.

Via Mobiltelefon wurde zwischen den Abteilungen hin und her telefoniert, und jeder vermutete die Fehlerquelle beim anderen. Niemand hatte eine Erklärung für diese Situation, die nunmehr schon bald zwei Minuten dauerte.

Nur die Stromversorgung funktionierte noch.

Eigentlich war der Shutdown dieselbe Strategie, die das FBI verfolgte, sollte es entgegen jeder Vernunft gelingen, in dessen System einzudringen. Der ausgeklügelte Notfallplan des mächtigen Federal Bureau of Investigation sah bei einer solch unvorstellbaren Hackerattacke lediglich vor, einfach alles auszuschalten, runterzufahren. Nun hatte das ein anderer für sie erledigt, und niemand wusste, wer.

Dass es jemandem gelingen sollte, die Verschlüsselungscodes zu knacken, war angesichts des technischen Aufwandes schon absurd, aber dass sich selbst die Back-up-Systeme, die auch einem Atomangriff standhielten, nicht wieder hochfahren ließen, sorgte endgültig für totale Verwirrung im SIOC. Das Netz der Spinne hatte sich aufgelöst, und die Spinne fiel ins Bodenlose.

Das Undenkbare war geschehen. Das FBI wurde gehackt.

Das ganze Gebäude schien in Bewegung zu geraten. Die Mitarbeiter traten ratlos auf die Gänge und schauten sich um. Niemand konnte mehr seinen Job erledigen.

Und vom Büro des Direktors aus wütete der größte Sturm durch die Abteilungen, den das Gebäude seit dem Einzug der ersten Mitarbeiter anno 1974 erlebt hatte.

Gegenwart. Washington. J. Edgar Hoover Building.

Nico stand mit einem Mann und einer Frau im Aufzug und zählte gedanklich die Stockwerke nach unten. Seine Hände waren ein wenig feucht. Die Mitarbeiter schienen äußerst nervös, doch keiner von ihnen sprach ein Wort. Sie standen nur da, sahen geradeaus und warteten.

Im zweiten Untergeschoss machte der Aufzug halt, die Agenten stiegen aus, und jeder ging hastig in eine andere Richtung des Ganges. Die Tür schloss sich, und der Lift setzte sich wieder in Bewegung. Nico atmete nochmals tief durch, als er auf das neuerliche Öffnen der Türe wartete. Er war im dritten Untergeschoss angekommen.

Die Türflügel schoben sich auseinander, und der von LED-Lampen erleuchtete Gang blendete ihn beinahe, als er aus dem Lift trat. Auf der Glastür gegenüber dem Lift las er: Administration Service. Er zog das Anforderungsformular von Paul aus der Innentasche seines Jacketts und ging hinein.

Die Hektik, die in allen oberen Stockwerken herrschte, war mittlerweile auch hier im Keller angekommen, und es dauerte einen Moment, ehe man Nicos Eintreten realisiert hatte.

»Sir! Bitte kommen Sie in einer halben Stunde wieder. Wir haben zurzeit ein kleines Problem mit unseren Systemen«, wollte ein Beamter Nico abwimmeln.

»Ich weiß!«, antwortete Nico.

»Deswegen bin ich auch persönlich hier. Der Direktor braucht dringend diese Unterlagen!«

Er hielt dem Mann das Anforderungsformular hin und wartete ohne weitere Erklärungen.

Der Mann überflog kurz das Formular und sah gleich auf Namen und Unterschrift des Auftraggebers, die ihm sofort Respekt einflößten. Dennoch schien er zu zögern.

»Sie können das gerne überprüfen!«, hakte Nico, lässig ans Pult gelehnt, fordernd nach.

»Rufen Sie ihn an!«

»Ääh … unsere Telefonanlage ist ebenfalls gestört, Sir! Aber das wird nicht notwendig sein. Sie haben ja das Formular!«, beschwichtigte der Beamte.

»Ich muss nur den Zentralschlüssel holen, da wir die Archivboxen zurzeit nur per Hand öffnen können. Einen Moment, Sir!«

Nico zweifelte, ob der Beamte ihn nur hinhalten wollte, doch es blieb ihm keine andere Wahl, als zu warten. Nach zwei Minuten kam der Mann wieder und meinte: »Bitte folgen Sie mir!«

Er führte Nico durch die Räumlichkeiten des Administration Service, die sowohl auf der rechten als auch auf der linken Seite über zwei Ausgänge verfügten. Sie nahmen den rechten Ausgang, und nach einer Luftschleuse betraten sie einen langen Raum, in dem endlose Metallkästen in mehreren Reihen angeordnet waren. Das Licht ging beim Betreten automatisch an. Nico entdeckte sofort die Kameras. Der Beamte suchte auf dem Anforderungsformular nach der Archivnummer und bog nach links zur zweiten Reihe der Metallkästen ab.

»Nummer 121221 … Hier ist es!« Der Mann war Nico zwei Schritte voraus, als sie zwischen die Kastenreihen kamen. Im Nu hatte er die Tür zur Archivbox in Brusthöhe aufgesperrt und die darin liegende Metallkiste herausgezogen, die im Anschlag einrastete.

»Hier sind Ihre Unterlagen, Sir!«

Nico trat an die Kiste, die etwa einen Meter lang und einen halben Meter breit war. In der Höhe maß sie etwa vierzig Zentimeter. Er schob den Deckel nach hinten.

Unzählige Papierordner und Akten im vorderen Teil der Kiste waren das Erste, das Nico zu sehen bekam. Dahinter war eine weitere kleinere Box, die den restlichen Platz der Metallkiste einnahm. Ungefähr fünfzig mal fünfzig Zentimeter.

»Puuh!«, stöhnte Nico lautstark auf. »Das wird dann wohl ein wenig dauern, bis ich das alles durchforstet habe«, klärte er den Beamten auf, während er den Papierstapel aus der Kiste hob.

»Da vorne ist ein Tisch, Sir!«, zeigte der Beamte ums Eck der Kastenreihe. »Kann ich Sie inzwischen alleine lassen?«, erkundigte er sich etwas unsicher.

»Ja, ja«, raunte Nico, auf die Arbeit konzentriert wirkend, woraufhin der Mann umgehend wieder verschwand.

Nico stellte den Stapel auf den Boden und blätterte in den Akten, die in den ersten Ordnern einen umfangreichen Bericht über Tesla enthielten. Seine Lebensumstände, Tagesabläufe, Finanzen, Arbeitsbereiche, Hobbies, Freunde, Bekannte, Verbindungen, Geschäftspartner, Einschätzungen von Agenten. Der mit einer Schreibmaschine verfasste, penible Bericht war ein wahres Konvolut an Geschreibsel über Nikola Tesla.

Dann folgten unzählige Seiten mit Teslas persönlicher Handschrift. Seine privaten Aufzeichnungen.

Nico spürte so etwas wie Ehrfurcht, als er das jahrzehntealte Papier betrachtete.

Doch er hatte nicht die Zeit, den Papierstapel ordentlich zu durchforsten. Er schlug die unzähligen Umschläge willkürlich ausgewählt auf und las die darin befindlichen Seiten stichwortartig durch.

»Das dauert zu lange!«, dachte Nico.

Kurzentschlossen drehte er den Stapel um und schlug den letzten Aktenordner auf. Darin befand sich nur eine Seite. Ein Antragsformular, wie er selbst es von Paul bekommen hatte. Unterschrieben war es von einem John Gesker, HAARP.

Er ließ den Stapel umgedreht auf dem Boden liegen und richtete sich zur Archivbox hin auf. Mit beiden Händen hob er die kleine Box im hinteren Teil der Metallkiste heraus und stellte sie neben den Papierstapel auf den Boden. Er blickte sich um, doch niemand sonst war in dieser unterirdischen Lagerhalle anwesend. Und die Kameras waren hoffentlich noch im Off-Modus.

Nico öffnete den Deckel der Box. In durchsichtigen Plastiktüten waren darin die verschiedensten Gegenstände dicht nebeneinander einsortiert, und er konnte nicht erkennen, um was es sich handelte.

Stück für Stück hob er aus der Box und legte die Tüten nach kurzer Betrachtung neben sich. In seiner Vorstellung hatte er uralte Utensilien erwartet, die er erst vom Staub hätte befreien müssen, und jetzt wühlte er sich durch sterile Plastiktüten. Schlüssel, eine Taschenuhr, ein Kamm und sogar eine Haarsträhne waren dort verpackt.

Dreiundzwanzig Tüten später hielt er schließlich in den Händen, was er nicht zu träumen wagte: Teslas Notizbuch!

Ganz langsam zog er es aus der Plastiktüte und befühlte den rauen alten Einband. Sorgsam legte er das kleine schwarze Buch auf den Boden, öffnete es und zog sein iPhone aus der Jackentasche.

Gegenwart. Washington. J. Edgar Hoover Building.

Leoš stand auf der anderen Straßenseite auf dem Gehsteig und ließ den kleinen Vorplatz keine Sekunde aus den Augen. Seine Leute hatte er an den anderen Ausgängen postiert. Ihr Warten hatte ein Ende. Er hatte nur keine einzig plausible Erklärung dafür, was der Junge freiwillig beim FBI wollte. War er einer von ihnen?

Das Läuten seines Smartphones riss ihn aus seiner Konzentration.

»Ahoj!«

»Leoš! Wir haben bisher noch keinen Zeitpunkt für den Angriff in Erfahrung bringen können«, informierte ihn der Leiter seines IT-Teams aus Prag. »Wir haben in den Foren keine Anhaltspunkte darauf gefunden und sitzen schon die ganze Nacht.«

»Vielleicht haben sie kalte Füße bekommen«, überlegte Leoš.

»Oder sie haben den Zeitpunkt schon fixiert, ohne dass wir es bemerkt haben.«

Leoš sah zum Eingang des Hoover Buildings, und hinter seinen Schläfen ratterten die Gedanken auf und ab. Gab es da einen Zusammenhang? Hatte der Hackangriff etwas mit dem Auftauchen des Jungen zu tun?

»Sollen wir weitersuchen?«, unterbrach der Mann in Prag seine Gedankengänge.

Leoš brauchte nur einen kurzen Moment, um zu entscheiden.

»Wartet auf meine Anweisungen!«, gab er schließlich seinen Befehl und legte sofort auf, als die Eingangstür sich öffnete.

Der Junge kam wieder aus dem Gebäude. Bestimmt, doch ohne Eile, marschierte er nach links über den kleinen Vorplatz dem Gebäude entlang die 9th Street hinunter.

Leoš folgte ihm und ging eine Spur schneller, als er die Straßenseite wechselte. Nur noch etwa zehn Meter fehlten ihm auf den Jungen, der gerade dabei war, etwas aus seiner Jackentasche zu nehmen.

Sechs Atemzüge später hatte er ihn eingeholt und auf gleicher Höhe seinen Arm um ihn gelegt, während er ihm seine Waffe, eine CZ75 9 mm, unauffällig in die Seite drückte und ihn mit einem Ruck aufforderte, weiterzugehen.

Nico war noch immer die Anspannung ins Gesicht geschrieben, doch nun war er völlig aus der Fassung.

»Was … was will der Typ?«, rang er in Gedanken um eine Erklärung. Hatte man ihn entdeckt? Das FBI? Nico überfiel Panik.

Der Fremde verzog keine Miene, als er ihn von der Seite ansah.

»Wo ist das Mädchen?«

Bei der Frage bohrte er Nico die Mündung seiner Waffe noch tiefer ins Fleisch.

»We… welches Mädchen?«, stotterte er, während er sich von dem Mann den Gehsteig der 9th Street entlangschieben ließ. Zu ihrer Linken war das Hoover Building, in dessen Büros ebensolche Verwirrung herrschte wie bei Nico.

Rechts von ihnen säumten die kleinen Bäume den Gehweg, der etwa siebzig Meter weiter vorne die E Street kreuzte.

»Ich habe keine Zeit für Spiele«, entgegnete der Mann unbeeindruckt. Er senkte seinen Arm, den er um Nicos Schulter gelegte hatte und kramte in der linken Tasche seiner Anzugjacke. Im Nu hatte er Nicos iPhone aus der Tasche gezogen.

Beide blieben stehen.

»Was wollen Sie von mir?«, schrie Nico den Unbekannten an, der die Anrufliste aufrief. Es gab nur eine Nummer. Sofort wählte er diese und wartete.

»Ja?«, hob Tina ungeduldig wartend ab.

»Wo bist du?«, flüsterte Leoš ins Telefon und versuchte dabei, sein Deutsch so akzentfrei wie möglich zu gestalten.

»Noch immer im Hardrock Café«, erklärte Tina etwas überrascht.

»Ich komme«, flüsterte Leoš ins Telefon und beendete das Telefonat.

»Vorwärts!«, gab er Nico mit einem Kopfnicken den Befehl und steckte seine Waffe in die rechte Jackentasche und Nicos iPhone in die Linke.

»Und machen Sie keinen Fehler!«

Nicos Adrenalinpegel schoss über alle Grenzen hinaus und zerstreute seine Gedanken in alle Himmelsrichtungen. Wie in Zeitlupe flogen die Bilder an ihm vorbei, als sie nach links in die E Street einbogen. Es waren noch etwas mehr als hundert Meter bis zum Hardrock Café, das auf der anderen Straßenseite, an der Kreuzung zur 10th Street, in einem Eckhaus residierte.

Auf dem Weg dorthin telefonierte der Mann, doch Nico verstand kein einziges Wort von dem Gespräch. Er konnte nicht einmal die Sprache einordnen. Dessen drahtiger Körper war in Lauerstellung, und seine Sehnen traten während des Telefonats an seinem Hals hervor.

»Keine Chance«, dachte Nico bei dem Gedanken an Flucht, die ohnehin sinnlos war, da der Mann wusste, wo er Tina finden würde.

Vor dem Hardrock Café, vor dessen Eingang einige Rastas bunte T-Shirts, Flaggen, Shorts und Kleinkram verkauften, blieb der Mann kurz stehen und wiederholte: »Machen Sie keinen Fehler!«

Er öffnete die braune Eingangstür aus Holz und ließ Nico den Vortritt. Rechts des Eingangs wehte die amerikanische Flagge im Wind, und auf der Linken hatte man die Fahne des Hardrock Cafés platziert. Das Lokal war bis auf wenige Plätze voll, und Tina, die links neben der Bar im Erdgeschoss saß, gab ihm intuitiv per Hand ein Zeichen. Der Mann war nur wenige Schritte hinter Nico, in dessen Kopf alle Möglichkeiten und Varianten kreuz und quer spukten. Er konnte sich nicht erklären, was dieser Typ von ihnen wollte. Tina registrierte den Mann nicht.

Erst als er Nico mit einem Nicken zu verstehen gab, er solle sich setzen, sah sie überrascht zwischen ihnen hin und her.

»Was ist los?«

Tina war verwirrt. Sie hatte den Mann noch nie gesehen. Wie selbstverständlich setzte er sich an ihren Tisch.

»Wo ist das Buch, Tina?«, stellte er ganz ruhig die Frage, und nach einer kurzen Pause fügte er auf Tschechisch hinzu: »Oder sollte ich

Alenka sagen?!«

Tinas Gesicht verlor schlagartig seinen sanften Glanz, und der Schrecken riss ihr das Strahlen aus den Augen. Mit geöffnetem Mund und weit aufgerissenen Augen starrte sie den Fremden an.

»Sie … Sie müssen uns verwechseln«, schnellte Nico aufgebracht nach vorn.

Der Mann hatte seine rechte Hand noch immer in der Jackentasche. »In meinem Job sind Verwechslungen tödlich, Mr. Rims.«

Nico sah verzweifelt zu Tina und las an ihrem Gesichtsausdruck ihr Entsetzen ab. Sie schien kurz davor, ohnmächtig zu werden, und zitterte am ganzen Körper.

»Alenka! Ich will das Notizbuch, das du gestohlen hast«, ließ der Mann sich nicht beirren und hatte wieder ins Deutsche gewechselt.

»Alenka? Was meint er mit Alenka …?«

Nico hoffte noch immer ein wenig, dass es sich um eine Verwechslung handelte, doch Tina starrte den Mann nur ungläubig an und brachte kein Wort hervor.

»Wir haben kein Notizbuch!«, fuhr Nico den Mann verzweifelt an. »Es war nicht im FBI-Archiv!«

Leoš sah zu Nico und wusste dessen Aussagen nicht zu deuten. Warum hatte er das Buch im FBI gesucht? Hatte das Mädchen das Buch verkauft? Oder einfach weggegeben? Er wusste einfach zu wenig über den Inhalt.

»Ein kleines schwarzes Notizbuch. Alt, mit handschriftlichen Aufzeichnungen«, hatte der Oberst ihm geheimnisvoll erklärt.

»Das Mädchen hat es gestohlen, und ich will es unbedingt wieder zurück.«

Das war alles.

Nico wusste keinen Ausweg aus dieser Situation. Er wusste nicht, warum der Mann sich so auf Tina versteifte, und noch weniger, warum er sie mit Alenka ansprach. Aber er wollte Teslas Notizbuch! Er konnte keinen klaren Gedanken fassen, und Tina schien völlig weggetreten zu sein. Sie reagierte nicht und saß wie versteinert da.

Zwei Männer tauchten im Eingangsbereich auf und nickten leicht mit dem Kopf in Richtung des Mannes an ihrem Tisch.

»Sie werden mich jetzt begleiten! Packen Sie Ihre Sachen und kommen Sie mit!«

Nico nahm das MacBook, das auf dem Tisch stand, beendete das laufende Programm und schnappte Tina am Arm, nachdem er das Notebook unter seine Achsel geklemmt hatte. Der Mann stand da und wartete auf sie.

»Haben Sie zu lange gewartet?«, erkundigte sich der Kellner des Hardrock Cafés, als er an den Tisch kam.

»Ähh … nein, nein«, wiegelte Leoš den Kellner ab. »Was macht das?«

Nach dem Bezahlen ging er hinter Nico und Tina her, die von seinen Leuten im Eingangsbereich des Cafés unauffällig in Empfang genommen wurden. Vor dem Hardrock Café parkte ein großer schwarzer Geländewagen, in dem einer von Leošc Männern am Steuer wartete.

Die bulligen Typen gingen voran nach draußen und öffneten die Türen des Geländewagens, als Nico und Tina auf den Gehsteig traten.

Leoš folgte ihnen und hielt noch die geöffnete Eingangstür des Hardrock Cafés zur Seite, als ein Sonnenhut hinter ihm auftauchte. Leoš spürte das Metall an den hinteren Rippen.

»Die zwei gehören mir«, flüsterte eine Stimme in sein Ohr.

Sofort war er stehen geblieben und in der Position verharrt.

»Die Waffe in meiner rechten Jackentasche ist auf den Jungen gerichtet«, erklärte Leoš trocken, ohne sich umzudrehen.

»Dann werden wir alle hier sterben, wie's aussieht«, ließ der Fremde sich nicht aus der Fassung bringen und fischte Nicos iPhone aus Leoš' Jackentasche.

»Ich will nur das Notizbuch. Die beiden können Sie haben«, schlug Leoš nüchtern einen Deal vor.

»Warum sollte ich mit Ihnen teilen?«

»Damit wir hier nicht alle sterben!«

Leoš, der die Eingangstür noch immer zur Seite geöffnet hielt, nickte nur kurz, und seine Männer machten sich mit einem Griff an die Waffe bereit. Nico blickte zwischen den Kontrahenten hin und her und spürte die Funken, die in der Luft lagen.

»Aus! Stop!«, schrie er plötzlich zu dem Mann, der von Paul in Schach gehalten wurde. »Sie bekommen das Buch!«

»Sind Sie verrückt?!« Paul war von Nicos Einlenken überrascht und drückte Leoš die Waffe noch fester an die Rippen. Dessen Leute waren kurz davor, die Waffen zu ziehen.

»Paul!«, rief Nico nochmals. »Wir werden nicht für dieses Buch sterben!«, schüttelte er, zu ihm gewandt, den Kopf, und mit einer Handbewegung hatte er das kleine schwarze Notizbuch hervorgezogen, das er unter der Anzugjacke in den hinteren Hosenbund gesteckt hatte.

»Hier!«, hielt er das Buch zu Leoš hin. »Hier haben Sie das Buch!«

Leoš' Augen blitzten, als er das kleine schwarze Buch sah. Ganz langsam setzte sich der Mann in Bewegung, nachdem Paul ihm durch einen leichten Stoß mit der Waffe das OK gegeben hatte. Nico drehte sich nach links zu Tina. »Los! Geh zu Paul!«

Zögerlich folgten Tinas erste Schritte, dann drängte sie sich an dem Mann vorbei zurück ins Hardrock Café. Seine Augen funkelten sie an.

Nico blieb auf dem Gehsteig stehen und sah kurz nach rechts zum Hoover Building. Leoš kam langsam auf ihn zu.

Paul, der im Eingang des Hardrock Cafés stand, in dessen Inneren niemand etwas von dem Vorfall bemerkte, zielte genau auf ihn. Tina stand bereits hinter ihm.

Mit einem Lächeln machte Leoš bei dem Jungen halt und sah auf das Notizbuch, das dieser ihm entgegenhielt.

»Danke!«, bemerkte er schnippisch und schnappte sich das Buch. Er warf einen Blick über die Seiten: »Das ist es!«, dachte Leoš.

Vorsichtig näherte Nico sich seitlich dem Eingang, ohne die Männer dabei aus den Augen zu verlieren.

Ebenso vorsichtig und jederzeit zum Angriff bereit stiegen diese in den Wagen und fuhren davon. Sogleich lotste Paul sie durch das Hardrock Café zum Hinterausgang, wo ein Lieferwagen auf sie wartete.

Gegenwart. Washington. J. Edgar Hoover Building.

Seit ungefähr fünf Minuten war die digitale Infrastruktur des FBI-Hauptquartiers wieder von den Toten auferstanden. Der Supergau war wie ein Orkan durch das gesamte Hoover Building gefegt. »Der Tag, der niemals kommen wird« hatte eine der mächtigsten Organisationen, ausgestattet mit Milliarden von Dollar, maßgeschneiderten Gesetzen und Tausenden von Mitarbeitern, eines Besseren belehrt. Sie waren nicht unbesiegbar.

Sofort vermuteten die zuständigen Abteilungen hinter der noch nie dagewesenen Hackerattacke chinesische Akteure, die sich von Kunden aus aller Welt bezahlen ließen. Man räumte allerdings ein, dass es sich dabei auch um Hacker aus den ehemaligen Ostblockstaaten handeln könnte – das FBI wusste einfach noch gar nichts, und sein digitales Spielzeug funktionierte erst wieder seit wenigen Minuten.

Den Shutdown aller Datensysteme konnten sich die FBI-Spezialisten nicht erklären. Um überhaupt eine Chance auf den Hack zu haben, müsste man über eine Technologie verfügen, auf die selbst das US-Militär keinen Zugriff hatte. Die Verschlüsselung der Datenserver, die drei Stockwerke unter den FBI-Archiven aufgestellt waren, konnte nach menschlichem Ermessen nicht gehackt werden. Dass man zugleich auch die Back-up-Systeme lahmlegen konnte, setzte diesem Supergau die Krone auf.

Die ersten Auswertungen der Systemanalyse wurden von den Abteilungen direkt in die FBI-Direktion übermittelt. Doch die Ergebnisse zeigten, dass keine nennenswerten Auswirkungen durch die Hackattacke gefunden wurden. Obwohl diese erste Systemanalyse nur oberflächlich erfolgt war.

Das Läuten des Telefons unterbrach Bennett beim Lesen des Berichts.

»Was ist?«, keifte er in Richtung der Videoanlage.

»Sir! Supervisory Special Agent Miller hat interessante Neuigkeiten im Fall Rims«, klärte seine Sekretärin den Grund der Störung auf.

»Jetzt nicht«, wimmelte Bennett den Besuch des Mannes angesichts der aktuellen Vorfälle ab.

»Es ist wirklich dringend, Sir!«, drang die Sekretärin weiter, sodass er schließlich nachgab.

»Also, was ist?«, raunte er Agent Miller an, als dieser eingetreten war.

»Sir! Wir haben den Jungen über die Gesichtserkennung geortet«, platzte Miller heraus.

»Und wo ist er?«, stellte der Direktor ungeduldig die Frage.

»Er war hier!«

»Wo hier?«, schoss es entgeistert hinter dem Schreibtisch hervor.

»Hier. Im Hoover Building!«

»Sie sind verrückt!« Der Direktor starrte ihn mit offenem Mund an. »Wann war das?«

»Die Videokameras im Eingangsbereich haben ihn aufgenommen, kurz bevor … äh … der Ausfall der Systeme geschah«, präzisierte der Mann.

Bennett traute seinen Ohren nicht. Der Junge war hier gewesen? Was hatte er gewollt? Hatte der Ausfall der Systeme mit seinem Eindringen zu tun?

»Schicken Sie die Aufnahmen an alle Abteilungen. In einer Viertelstunde will ich wissen, wo der Junge genau war und was er dort gewollt hat!«, tobte der Direktor zu seiner Sekretärin.

»Und Sie überprüfen alle Videoaufzeichnungen vor und nach dem Crash der Systeme!«, gab er Miller gleich daraufhin den Befehl.

»Vor allem die Außenaufnahmen. Er muss das Gebäude ja wieder verlassen haben, und ich will wissen, wer ihm dabei geholfen hat!«

Zwanzig Minuten später hatte der Direktor sich noch immer nicht beruhigt. Man hatte seine üblichen zehn Jahre Dienstzeit nur deswegen außer jeder Norm verlängert, weil er Ergebnisse brachte. Und nun tanzte ihm ein Junge auf der Nase herum!

Kurz darauf erstattete der Beamte aus den Archiven dem Direktor seinen Bericht, wobei er bei jedem zweiten Satz erwähnte, dass das Anforderungsformular die Unterschrift des Direktors trug, der selbst nach einem prüfenden Blick zugeben musste, dass er keinen Unterschied zu seiner eigenen feststellen konnte.

»Wir konnten erst nach dem Systemcrash wieder die Verzeichnislisten aufrufen und kontrollieren. Es fehlt laut Aufstellung ein Notizbuch aus dieser Archivbox«, gab der Mann geknickt zu, obwohl er seiner Meinung nach alles richtig gemacht hatte.

Der Direktor kochte vor Wut. Er wusste nur zu gut, um welches Notizbuch es sich dabei handelte.

Dann schickte die Sekretärin die Aufnahmen aller Videokameras, auf denen Nico zu sehen war. Von jenen im Eingangsbereich gab es die meisten. Doch dann entdeckte der Direktor einige Bilder von den Kameras an der Ausfahrt des Hoover Buildings, die gegenüber dem Hardrock Café angebracht waren. Die Uhrzeit auf den Fotos zeigte, dass sie nach dem Hackangriff gemacht worden waren: 12:35 Uhr.

Auf den Überwachungskameras war der Junge gemeinsam mit dem Mädchen zu sehen. Sie hatten drei männliche Begleiter, und der Junge übergab ihnen etwas, nachdem er direkt in die Kameras geblickt hatte. Der Direktor vergrößerte das Standbild, bis er den Gegenstand genau erkennen konnte. Es war das Notizbuch!

Nur wenige Augenblicke später hatte seine Meute sich auf die Jagd nach den Männern gemacht und der Direktor alle Satellitenaufnahmen aus diesem Zeitraum angefordert. Sein Spielzeug funktionierte wieder.

Gegenwart. Washington. D.C.

Paul war die E Street bis zur 15th Street entlanggefahren und dann nach rechts abgebogen. Über die New York Avenue ging es in hohem Tempo stadtauswärts. Der Wochenendverkehr hatte um diese Zeit noch nicht eingesetzt.

Nico saß auf der Ladefläche des Lieferwagens und hatte sich an die Ladebordwand angelehnt. Er ließ den Gedankenwirrwarr durch seinen Kopf brausen, den er ohnehin nicht stoppen konnte. Durch die beiden Heckscheiben in den hinteren Türen fiel nur wenig Licht in den Laderaum.

Tina saß ihm seitlich gegenüber und brachte kein Wort hervor. Ihr Blick fiel ins Leere. Sie wusste genau, was dieser Mann von ihr gewollt hatte, doch ihr Bewusstsein bäumte sich dagegen auf. Ihr Gehirn verweigerte beharrlich die Tatsachen und den Zusammenhang mit ihrer Vergangenheit. Denn sie hatte diese Vergangenheit für immer aus ihrem Gedächtnis gelöscht.

Paul fuhr bereits den John Hanson Highway entlang, als sein Smartphone klingelte.

»Ja?«, hob er ab und lauschte seinem Gegenüber.

»Verdammt!«, fluchte er und schlug auf das Lenkrad des Lieferwagens, nachdem er die aktuellsten Informationen bekommen hatte. An der nächsten Ausfahrt bog er vom Highway auf die Collington Road.

Drei Kilometer weiter ging es nach rechts den Bowie Town Boulevard hinunter und dann zum Bowie Town Center. Das riesige Einkaufscenter verfügte über einen ebensolchen Parkplatz, und dieser war an diesem anbrechenden Freitagnachmittag beinahe voll besetzt. Paul fuhr die kleinen Straßen im Center entlang, bis vor ihm ein McDonalds Restaurant auftauchte. Er steuerte direkt auf den McDrive zu.

»Vier Hamburger ohne Gurken«, bestellte er bei der freundlichen Dame, die sich via Lautsprecher an der Säule gemeldet hatte.

»Das macht drei Dollar vierzig, Sir!«

Paul wartete nicht auf die weiteren Anweisungen und fuhr gleich zu den kleinen Glaskästen, wo die kleine Straße entlang des Restaurants auf einer Länge von zwanzig Metern überdacht war. Blitzschnell sprang er aus dem Wagen, ging nach hinten und öffnete die Türen.

»Los! Raus hier! Ihr müsst sofort verschwinden!«, rief er zu Nico und Tina, die ihn verdutzt ansahen. »Das FBI hat den Lieferwagen über die Satellitenaufnahmen entdeckt. Sie sind bereits hinter dem Wagen her!«

Panisch hüpften die beiden aus dem Lieferwagen und wussten nicht, wie ihnen geschah. Erschrocken starrten sie Paul an.

»Ich werde sie auf eine falsche Fährte locken. Wir treffen uns beim Landhaus in Mayo, Carvel Lane«, erklärte er hastig.

Dann drückte er Nico noch dessen iPhone und ein paar Geldscheine in die Hand.

»Seid vorsichtig! Sie suchen überall nach euch!«
Fünf Sekunden später brauste er mit dem Lieferwagen davon.
Nico und Tina standen noch immer wie angewurzelt da.
»Das macht drei Dollar vierzig, Sir!«, kam die grelle Stimme aus dem Glaskasten.

Gegenwart. Washington.

Die Federal Triangle Station füllte sich immer mehr, als Leoš in die U-Bahn stieg. Er hatte sich von seinen Leuten getrennt, die mit dem Geländewagen weitergefahren waren. Nachdem er das Buch hatte, wollte er kein Risiko mehr eingehen.
Die Leute drängten sich an ihm in dem Waggon, und intuitiv hielt er seine Hand auf die linke vordere Seite seiner Anzugjacke. In der Innentasche hatte er das Buch. Zufrieden lächelte er in sich hinein. Auch Männer wie er hatten anscheinend manchmal Glück.
Zwei Stationen später stieg er aus und fuhr mit dem Lift nach oben. Die Sonne strahlte ihm entgegen, und ein leichter Wind umwehte ihn, als er auf den Gehsteig trat. Automatisch fiel sein Blick nach beiden Seiten. Dann wählte er die gespeicherte Nummer des Obersts. Er lächelte.
Drei Mal läutete es, ehe der Oberst den Anruf auf seinem Privathandy entgegennahm.
»Leoš! Gibt es Neuigkeiten?«, hechelte der Oberst am anderen Ende der Leitung in einem Prager Bordell und stieß den Kopf der Nutte zur Seite, die gerade in Höhe seiner Hüften zugange war.
»Ja, es gibt welche!«, antwortete Leoš kryptisch.
»Ich hoffe für uns beide, dass es gute Neuigkeiten sind!«, knurrte der Oberst zurück.
»Ich habe das Buch.«
Der Oberst stieg über die Nutte hinweg, die am Boden lag und ging in den Nebenraum. »Du hast es?«, vergewisserte der Oberst sich nochmals, nachdem er allein war.

»Ja. Hier bei mir.«

»Wo bist du?«

»Noch in Washington.«

Der Oberst überlegte keine Sekunde, um seinen Befehl zu erteilen.

»Du steigst jetzt sofort ins nächste Flugzeug und bringst mir dieses verdammte Buch! Hast du verstanden?«

Leoš bestätigte und legte auf, doch sogleich klingelte sein Smartphone. Einer seiner Männer, von denen er sich erst kurz zuvor getrennt hatte.

»Ahoj! Was ist los?«

Das Quietschen der Reifen und das Geräusch von aufeinanderprallenden Blechteilen kreischte durch den Lautsprecher.

»Leoš!«, schrie der Anrufer völlig außer sich. Sein Schreien wurde vom Lärm völlig übertönt, als plötzlich Schüsse fielen.

»Leoš! Das FBI verfolgt uns!«, konnte er zwischen den Schussgeräuschen heraushören. Dann brach die Verbindung plötzlich ab.

Gegenwart. Maryland.

»Wer bist du?«

Nicos Blick war immer noch starr auf die Windschutzscheibe gerichtet, als er die Frage stellte. Erst danach sah er zu Tina, die starr auf den Boden blickte.

Den Wagen hatten sie im Bowie Town Center gleich hinter dem Music & Arts-Shop gestohlen. Der gesamte Parkplatz des Shopping Centers war voll, und selbst in den hintersten Winkeln parkten die Konsumsüchtigen ihre Autos. Der alte Chevrolet war unversperrt gewesen, und das Kurzschließen von Autos hatte Nico sich schon vor Jahren aus reinem Jux einmal im Internet angesehen. Damals dachte er nicht, dass er diese Anleitung jemals brauchen würde. Die Route nach Mayo hatte er sich übers iPhone besorgt.

Nach einer halben Stunde Autofahrt, die wortlos vorüberging, war er auf der Davidson Road rechts rangefahren. Bäume säumten die einsame Landstraße, die sie Tage zuvor mit Paul bereits einmal entlanggefahren waren.

Tina presste ihre Lippen aneinander und schwieg. Eine Träne rollte ihr über eine Wange und fiel zu Boden. Nico sah der Träne dabei wie in Zeitlupe beim Fallen zu. Es hatte ihm den Boden unter den Füßen weggezogen, als er sich eingestehen musste, dass sie ihn die ganze Zeit belogen hatte.

»Wer ist Alenka? Bist du das?«, gab er nicht nach.

Ihre Tränen brannten in seinem Herzen, doch zugleich loderte dort auch die bittere Enttäuschung. Und die Wut.

»Alenka ist tot«, murmelte Tina plötzlich ganz leise. »Gestorben.«

»Was soll das heißen?«, wurde Nico aus dieser Antwort nicht schlau.

»Sie hat sich aufgelöst«, kam es monoton zurück. »Sie ist in der Finsternis des Kellers zurückgeblieben und hat all den Dreck und die Schmerzen, die Angst und die Verzweiflung mit sich ins Nichts genommen.«

Tina sprach ganz langsam und wirkte dabei wie narkotisiert, ehe sie nach einer kurzen Pause fortsetzte.

»Damals. Als ich den Bestien entkommen bin.«

Tausende Gedankengänge rasten durch die Schaltkreise seines Gehirns, doch er konnte in ihren Aussagen keinen Zusammenhang erkennen. Die Schaltkreise waren überlastet.

»Welche Bestien?«, kam angesichts dieses Zustands seine unbeholfene Frage.

Tina sah zu ihm und schrie verzweifelt: »KINDERFICKER UND KINDERMÖRDER! Die Bestien des Teufels!«

Laut schluchzend vergrub sie nach diesen Worten ihr Gesicht in ihren Händen.

Nico ahnte die Zusammenhänge, die ihm selbst das Nass in die Augen trieben. Er legte seine Arme um ihren zarten Körper und drückte Tina behutsam an sich, bei der nun alle Dämme brachen.

Es war das erste Mal nach all den Jahren, dass sie jemandem davon erzählte. Über eine Stunde weinte sie in seinen Armen, und obwohl Nico keine weiteren Details gebraucht hätte, spürte er ihre Erleichterung, nachdem es immer wieder aus ihr herausplatzte.

Und diese Details ließen das Blut in seinen Adern gefrieren.

Gegenwart. Washington. J. Edgar Hoover Building.

»Die Männer, die auf der Flucht getötet wurden, waren vom Útvar speciálních činností SKPV, einer Spezialabteilung des tschechischen Geheimdienstes.«

Bennett ließ den Inhalt seiner Worte erst einmal bei allen Anwesenden wirken, ehe er nach einem Blick in die Runde weitersprach.

Der Fleet Admiral der Navy, der General der US Army und der Mann im edlen Zwirn, der die Agenden von Westinghouse Nuclear vertrat, waren geschockt. Die Information, dass der tschechische Geheimdienst sich Teslas Notizbuch aus den Archiven des FBI geholt hatte, sorgte für massive Irritationen.

»Die drei Männer hatten das Buch jedoch nicht bei sich.«

»Der Verlust von Teslas Notizbuch selbst wäre nicht das Problem, wir haben alles digitalisiert. Doch wir können nicht riskieren, dass es in die falschen Hände gerät! Es sind noch immer genügend Informationen darin enthalten, die gefährlich sind!«, protestierte der ältere Herr im maßgeschneiderten Anzug.

»Obwohl die wichtigsten Teile in unseren Labors sind, ist es zu riskant.«

»Welche Rolle spielt dabei der tschechische Geheimdienst?«, stellte der Fleet Admiral mehr in Gedanken zu sich selbst die Frage in den Raum.

»Tesla hat immerhin in Prag studiert!«, warf Bennett ein. Seine Skepsis gegenüber seinen Partnern hatte er seit seiner Einweihung in dieses Projekt nie ablegen können. Auf dieser Ebene wurden die Spiele nach anderen Regeln gespielt, doch die Verbrüderung bei gleichzeitiger Umgehung aller staatlichen Kontrollinstitutionen hatte sie auf eine gewisse Weise vereint.

»Soll das heißen, die Tschechen forschen ebenfalls an Teslas Projekten?«, feixte der General empört dazwischen.

»Dafür hat es bisher keinerlei Anhaltspunkte gegeben! Warum also jetzt?«

Niemand an dem Tisch wusste eine Antwort auf die Frage.

Der Mann im Anzug tippte mit dem Zeigefinger auf den Tisch.

»Wir müssen sicherstellen, dass unser Projekt nicht durch das Ganze gefährdet wird. Es gibt immer wieder Anfeindungen, denen wir entgegenwirken müssen. Doch diese Informationen würde unseren Gegnern jede Menge Zündstoff liefern!«

»Es ist noch ein vierter Mann im Spiel, der das Buch bei sich haben muss. Unsere Spezialisten werten gerade alle vorhandenen Daten aus und versuchen, die Identität des Mannes zu eruieren. Auf den Aufnahmen war er leider nur seitlich im Bild. Und wir überprüfen natürlich alle Einreisenden aus Tschechien in den letzten Monaten.«

»Und der Junge?«

Bennett hatte die Frage erwartet.

»Noch keine Spur. Wir haben anhand der Satellitenaufnahmen alle Fahrzeuge überprüft, die sich zum fraglichen Zeitpunkt in der Nähe befunden haben. Er ist wie vom Erdboden verschwunden.«

Die weiteren Vorfälle in seinem Haus verschwieg er den Männern jedoch, wiewohl diese auch garantiert nicht nach draußen dringen würden. Dafür würde er Sorge tragen.

»Verstärken Sie inzwischen Ihre Sicherheitsmaßnahmen. Wir kümmern uns um das Buch und den Jungen!«, beendete er das Meeting schließlich. Er selbst hatte seine Sicherheitsmaßnahmen bereits getroffen.

Gegenwart. Mayo. Chesapeake Bay.

Der Nachmittag hatte sich schon dem Ende zugeneigt, und das rötliche Sonnenlicht betupfte die Baumspitzen des Waldes, der das Landhaus von drei Seiten umgab. Die längliche Wiese hinunter zur Bay war perfekt gepflegt und hätte jedem Golfspieler zur Freude gereicht.

Sie waren vor einer Stunde beim Landhaus angekommen.

Die ganze Fahrt über hatte er ein mulmiges Gefühl gehabt, doch beim Eintreffen am vereinbarten Standort war er noch nervöser. Aber das Landhaus war leer. Niemand war da, und Nico behalf sich ein wenig mit dem Braten von Schinken und Eiern, um Tinas Geschichte zu verdauen.

Zuvor hatte er sich aber gleich aus dem Anzug gezwängt und Jeans und Shirt übergestreift. Tina saß am Esstisch und sah ihm bei seinen Treiben in der Küche zu. Obwohl sie sich bis auf die Knochen vor Nico schämte, hatte jedes ihrer Worte sie ein kleines Stück weit befreit. Der Knoten in ihrem Hals, der sie im Wagen noch zu ersticken drohte, war geplatzt.

Die Erinnerungen, die während ihrer Erzählungen bei ihr hochkamen, bohrten sich wie Löcher in ihren Kopf, doch sie spürte diese Schmerzen nicht mehr. Es war, als ob sie von jemand anderem erzählte.

»Alenka?«, grübelte sie.

Jahrelang hatte sie sich auf den Straßen Wiens diesen Erinnerungen entzogen und war bis in die dreckigsten Gassen geflohen, um den Bildern und dem Verfolgungswahn zu entrinnen, die sie quälten. Zwei Jahre lang, bis sie sechzehn geworden war, betäubte sie ihren Geist mit allem, was sie kriegen konnte, lebte in den menschenunwürdigsten Drogenhöllen, und als nur noch wenige Stufen bis zum Tod zu gehen waren, wurde ihr klar, dass sie schon wieder eine Gefangene war. Und sie war erneut geflohen.

Doch diese Zeit hatte ihr geholfen zu vergessen. Die Bestien, die ihr in diesen Zuständen leibhaftig vor Augen erschienen, hatte sie ins Nichts verdrängt. Sie hatte überlebt. Alles überlebt. Nur das zählte. Denn wie kurz solch ein Leben dauern kann, hatte sie nicht nur auf dem Anwesen, in dem sie mit den anderen Kindern wie ein Tier gehalten worden war, miterlebt.

Sie stand kurz vor ihrem siebzehnten Geburtstag, als sie das scheue junge Mädchen auf der Mariahilfer Straße kennenlernte. Sie hieß Tina und war eineinhalb Jahre jünger. Sie stammte aus der Ukraine. Nicht nur ihre äußerliche Ähnlichkeit ließ sie wie Schwestern anmuten, sie waren auch Schwestern im Geist. Denn alle beide waren von ihren Eltern verkauft worden.

Ein Jahr lang zogen sie unzertrennlich durch die Straßen Wiens und behüteten sich gegenseitig vor all dem Abschaum auf der Straße. Gemeinsam waren sie stark. Doch nicht einmal ihrer neu gewonnenen Schwester hatte sie ihre Vergangenheit in den Kellerverliesen anvertraut. Ja, nicht einmal ihren richtigen Namen.

Und dann war Tina weg. Von einem Moment auf den nächsten.

Alles, was von ihr blieb, waren ihre Tasche und ihr Pass. Das Mädchen war einfach verschwunden. Wochenlang hatte Alenka an allen möglichen Plätzen bei Tag und Nacht nach ihr gesucht, doch niemand hatte sie gesehen. Sie hatte ihre Schwester verloren.

Was sie jedoch nie und nimmer verlieren würde, war das Buch.

Das kleine schwarze Notizbuch, das sie bei ihrer Flucht von dem Anwesen aus der Bibliothek trotz aller Panik gestohlen hatte. Denn sie wusste ganz genau, was diese Eintragungen zu bedeuten hatten. Die Namen der Kunden, Datum und Uhrzeit, das Alter der Kinder, Praktiken und die Beträge, die dafür gezahlt wurden. Vier Jahre lang hatte dieser Teufel jedes kleinste Detail über sein höllisches Geschäft in diesem Buch notiert.

Und nur sie wusste, wo es zu finden war.

Nico stellte die Pfanne auf den Tisch und das getoastete Weißbrot daneben. Tina drückte er eine Gabel in die Hand.

»Komm, iss etwas. Das wird uns guttun«, ermutigte er sie, als er ihren widerwilligen Blick auf sein Gericht bemerkte.

Ein kurzes Lächeln huschte über ihr Gesicht, als sie sich doch überreden ließ.

Und Nico hatte recht behalten, es tat ihr gut. Das flaue Gefühl im Magen, das sich wie ein Brechreiz anfühlte, war verschwunden. Dann gingen sie hinunter zur Bay und setzten sich im Licht der Abendsonne an den Strand.

Ruhig plätscherten die Wellen dahin. Nico hatte seinen Arm um sie gelegt, und sie genoss die Geborgenheit, die sie in seiner Nähe spürte. Ganz tief atmete sie durch, als sie, an ihn gelehnt, dem Tanz der Wellen zusah, die, vom Wind getrieben, übers Wasser hüpften.

Nach Minuten des Genießens begann Tina leise zu sprechen, ohne ihre Position zu verändern. »Der Mann wollte nicht Teslas Notizbuch.«

Nicos Reaktion blieb aus. Er saß nur still da und hielt den Arm um sie gelegt.

»Das habe ich mir schon gedacht«, antwortete er völlig ruhig und drückte sie ganz sanft fester an sich.

»Welches Buch wollte er?«

»Ein Notizbuch. So klein und so schwarz wie das von deinem Großvater.«

Der Begriff Großvater war für Nico noch immer unheimlich.

»Was steht da drinnen?«

»Alles, was ich brauche, um diese Bestien ans Messer zu liefern.«

Sie machte eine kleine Pause, ehe sie sich mit ihrer Frage vorsichtig herantastete.

»Wirst du mir helfen?«

Nico wurde hellhörig. »Ist das der Gefallen, um den du mich bitten wolltest?«, bohrte er bewusst nach.

»Das ist er«, kam es von ihr zurück, und Nico wusste in diesem Moment, dass sie ihm die Wahrheit auch ohne den Zwischenfall im Hardrock Café gesagt hätte.

»Natürlich helfe ich dir.«

Eine Frage brannte ihm allerdings auf der Zunge, die er nach kurzer Überlegung gleich selbst für sich beantwortete. Die Frage nach ihrem Namen. Er hatte sich entschlossen, Alenka im Nichts zu lassen. Für ihn war sie nur Tina. Er küsste sie ganz behutsam auf die Stirn, und sie versank in seiner Umarmung und dem leisen Rauschen der kleinen Wellen.

Nico blickte über das Wasser und atmete tief durch, ehe er sagte: »Aber vorher haben wir noch etwas zu erledigen!«

Der Wind blies seinen Hauch über ihre Köpfe hinweg und trieb die Wellen hinaus in die einbrechende Dunkelheit.

Gegenwart. Washington.

Die Bar, an deren Theke Leoš saß, war an diesem angebrochenen Abend nur von wenigen Gästen besucht, die sich an den Tischen verteilt hatten, jeder Tisch wie ein eigenes Universum, und nur die leise Musik, die aus den im Mobiliar untergebrachten Lautsprechern erklang, verband ihre Welten. Leoš' Welt war voller Bedenken.

Dass man seine Männer erwischt hatte, war ein unvorhergesehener Zwischenfall. Sie waren aufgeflogen, und er hatte keine Erklärung, warum.

Das FBI war sicher auch hinter ihm her, und wenn dem so wäre, würde sein Diplomatenpass ihm hier in den Staaten nicht weiterhelfen. Er kannte die Gepflogenheiten der amerikanischen Geheimdienste, und daher hatte er es am Nachmittag nicht mehr gewagt, zum International Airport zu fahren, obwohl er sich damit seinem Befehl widersetzt hatte. Es war zu gefährlich.

Seine Leute beschäftigten sich bereits mit allen möglichen Varianten, ihn sicher nach Prag zu bringen. Doch das FBI war nun wachsam und hatte sie im Visier. Allein schon die Tatsache, dass es sich nicht wie üblich um einen offiziellen Auftrag seiner Regierung handelte, schürte Leoš' Bedenken zusätzlich. Niemand durfte von seinem Treiben erfahren, wenn sich die Sache für ihn lohnen sollte. Und niemand durfte von diesem Buch erfahren, das er an der Theke langsam durchblätterte.

Es stand kein Name darin. Die Seiten waren nur voll mit technischen Formeln, Zeichnungen und Entwürfen, und Leoš verstand nicht im Ansatz, was diese zu bedeuten hatten. Das Buch war schon sehr alt, und das vergilbte Papier verströmte den Geruch vieler vergangener Jahre. Einige der Seiten hatte man fein säuberlich aus dem Buch getrennt. Man musste kein Profi sein, um das zu erkennen. Doch worum es sich dabei gehandelt haben könnte, war für ihn nicht nachvollziehbar. Das Ganze war ein einziges Kauderwelsch.

Der fehlende Schlaf der letzten Tage wurde unter seinen Augen sichtbar, und die handgeschriebenen Zeilen in diesem Buch begannen zu verschwimmen. Er bestellte beim Barmann noch einen Kaffee und überlegte seine Optionen für den Fall des Erfolges, um sich aufzuheitern. Das Vibrieren seines Smartphones, das er auf lautlos gestellt hatte, riss ihn aus seinen Träumen.

»Ahoj!«

»Wir haben eine Möglichkeit, wie wir dich nach Prag bringen. Hör mir gut zu.«

Leoš lauschte den Details des Plans, während sein Blick weiterhin auf das Buch gerichtet war.

»Dein Verbindungsmann erwartet dich morgen Nachmittag, 15 Uhr, im Hafen von New York. Saubere Papiere und das Ticket für die Transatlantikpassage bekommst du von ihm. Wir sehen uns dann in zwölf Tagen in Hamburg. Du kannst es dir also so lange auf der Queen Mary II gemütlich machen.«

Leoš legte auf und trank den Kaffee. Dann googelte er die Route von Washington zum New Yorker Hafen. Drei Stunden und vierzig Minuten zeigte der Google Routenplaner. Danach hatte er zwölf Tage lang Zeit, die schlaflosen Nächte nachzuholen, ehe er sich seine Lorbeeren beim Oberst abholen würde. Und nicht nur die Lorbeeren.

Gegenwart. Mayo. Maryland.

Die Dunkelheit hatte sich bereits über das Landhaus gelegt, und Tina war nach all der Aufregung aufs Zimmer im Obergeschoss gegangen. Wie betäubt war sie sogleich eingeschlafen, und Nico hatte das Licht abgedreht. Er saß auf der Terrasse vor dem Zimmer, die nicht überdacht war und einen herrlichen Ausblick auf den Sternenhimmel freigab. Entgegen seiner Gewohnheit hatte er sich aus dem Kühlschrank ein Bier geholt und genoss den Gerstensaft in der Stille dieses friedlichen Ortes. All die Probleme und Sorgen waren hier vergessen. Er fühlte sich wie auf einer kleinen Insel, die fernab jeglicher Zivilisation im Meer trieb. Ganz still und allein.

Aber auch hier würde man ihn finden, solange die Angelegenheit kein Ende hatte. Er machte sich nichts vor. Das FBI wusste von seinem

Aufenthalt in den Archiven und seinem Diebstahl des Notizbuches. Wenngleich auch die Chance bestand, dass man ihn bei der Übergabe des Buchs an den Mann gefilmt hatte. Die Gesichtserkennung müsste schon wieder funktioniert haben, als er kurz zuvor in die Kameras geblickt hatte. Vielleicht konnte er sie damit auf eine falsche Fährte locken. Und es war doch nicht alles umsonst gewesen.

Denn das Notizbuch von Tesla, sofern es das richtige war, war ein Reinfall. Er kannte die Zeichnungen für den Apparat aus den Patentaufzeichnungen, doch es waren keine Angaben dazu zu finden. Er hatte alle Seiten von dem Buch, das er mithilfe des iPhones im FBI-Archiv fotografiert hatte, bereits durchgesehen. Es gab einfach nichts. Aber er wusste auch, dass Teile darin fehlten. Mit Sicherheit hatte das FBI das Buch bereits digitalisiert, und vielleicht hatte man dabei die Seiten aus dem Buch entfernt.

»Aber wer hat die fehlenden Seiten …«

Ein Geräusch an der Rückseite des Hauses ließ ihn zusammenfahren.

»Was war das?«, schoss es ihm durch den Kopf. Automatisch duckte er sich nach unten. Den gestohlenen Wagen hatte er in die Garage gestellt, und da auch das Licht im Haus abgedreht war, zeugte nichts von ihrer Anwesenheit. Nico lauschte in die Stille der Nacht. Nur das Rauschen des Wassers war leise zu hören. Vorsichtig schlich er sich von der Terrasse ins Zimmer, wo Tina noch immer friedlich schlief. Im Zeitlupentempo drückte er die Klinke der Zimmertür nach unten und zog diese ein wenig zu sich. Dann lauschte er wieder.

Nichts rührte sich im oberen Stockwerk. Behutsam öffnete er die Türe und tappte barfuß den Gang entlang. Die Türen, die zu den Zimmern führten, waren verschlossen. Nico hielt den Atem an, bis er an der Treppe, die nach unten führte, angekommen war. Er stieg die ersten beiden Stufen hinab und hielt abrupt inne.

Das kalte Metall spürte er, noch ehe das Geräusch des Abzugs erklang.

»Sie wären ein schlechter FBI-Agent, Mr. Rims!«, flüsterte jemand die Worte hinter seinem Rücken, und Nico blieb wie angewurzelt stehen.

»Aber heute haben Sie Ihre Sache gut gemacht!«, erklärte der Fremde in normalem Tonfall, und Nico erkannte nun Pauls Stimme.

»Auch wenn alles umsonst war!«

Mit geübtem Handgriff packte dieser seine Waffe weg und drehte das Licht an. Nico drehte sich um und atmete tief durch.

»Sind Sie wahnsinnig?«

Sie gingen nach unten und setzten sich auf die Veranda, nachdem Paul zwei Bier aus dem Kühlschrank geholt hatte.

»Diese Männer waren vom tschechischen Geheimdienst«, kam Paul ohne Umschweife zum Thema. »Was hat das zu bedeuten?« Auch an Paul waren die Vorfälle des Tages nicht spurlos vorübergegangen. Er wirkte ungewöhnlich nervös.

Nico nahm einen Schluck aus der kleinen Flasche und stellte sie wieder auf den Tisch, bevor er antwortete:

»Anscheinend gibt es mehrere Interessenten für Patent 685.957!«

»Das FBI hat drei der Männer gefasst. Sie wurden auf der Flucht erschossen«, erklärte Paul, nachdem er die Flasche in einem Zug bis zur Hälfte geleert hatte. »Der vierte Mann, dem Sie das Buch gegeben haben, ist noch immer auf der Flucht. Das FBI hat ihn bisher nicht aufgespürt. Ebenso wie das Buch.«

Nico überlegte im Stillen, ob er Paul in sein kleines Geheimnis einweihen sollte. Doch er behielt die Tatsache, dass Teslas Notizbuch sich in digitaler Form auf seinem iPhone befand, für sich.

»Vergessen Sie das Buch!«, beruhigte er Paul, der ihn daraufhin verdutzt ansah.

»Ich habe es in den FBI-Archiven durchgeblättert. Es fehlen einige Teile. Man hat die Seiten penibel herausgetrennt«, klärte er Paul auf.

»Über den Apparat zur Nutzung von freier Energie stand kein Sterbenswörtchen in Teslas Notizbuch!«

Paul konnte diese Neuigkeit nicht fassen. Noch wenige Stunden zuvor glaubte er, sich und seine Organisation ihren Zielen einen bedeutenden Schritt näherbringen zu können, und nun löste dieser Gedanke sich in Schall und Rauch auf. Er wusste, dass das Notizbuch noch weitere Informationen enthielt, die die Lügengebäude der Regierungen zum Einstürzen bringen würden.

Es war der Beweis, dass man Technologien bewusst unter Verschluss hielt, um die Normalität der Menschheit nicht zu gefährden, wie sie so schön beteuerten. Und nun war dieser Beweis wieder in der Hand von Verbrechern.

Doch nicht nur das FBI, auch Leute aus seiner Organisation waren bereits auf der Suche nach dem Flüchtigen. Das hielt er vor Nico geheim.

»Wer könnte die fehlenden Teile haben?«, grübelte Paul laut vor sich hin und sah zu Nico, der nur mit einem Achselzucken antwortete. Die Stille der Umgebung übertrug sich auf die Veranda.

»Wir hatten die Information, dass wir alles in den Archiven finden. Haben Sie vielleicht etwas übersehen?«, ging Paul schließlich alle Varianten durch.

»Es gab nur einen Haufen Berichte und noch eine kleine Box, in der das Notizbuch in einer Plastiktüte aufbewahrt war. Dort gab es keine weiteren Seiten«, wehrte Nico sich gegen den Verdacht, er wäre unaufmerksam gewesen.

Paul resignierte angesichts der Fakten. Seine Hoffnung lag darin, dass man den Mann finden würde.

Vor dem FBI.

Sie leerten ihre Flaschen, und Paul stand auf, um noch zwei weitere zu holen. Als er an den Tisch zurückkam, fuhr Nico sich gerade mit den Händen über die Glatze. Das regte seine Gedankengänge an.

»Dieses Formular …«, begann er, zu Paul gewandt, der die Bierflaschen auf den Tisch stellte. »Jeder, der Einsicht in die Archive haben will, braucht so ein Formular, oder?«

»Und jeder, der aus den Archiven etwas mitnehmen will«, ergänzte Paul seine Überlegungen, während er Nico das Bier öffnete und entgegenhielt. »Wieso fragen Sie? Gab es Probleme damit?«

»Nein, nein!«, wiegelte Nico ab, dessen Konzentration auf einen ganz anderen Punkt gerichtet war.

Sie stießen gemeinsam mit ihren Bierflaschen an und genehmigten sich einen ordentlichen Schluck. Der Alkohol lähmte Nicos Gehirn ein wenig, das seit Tagen unter Strom stand. Doch der Gedanke war plötzlich zwischen den Gehirnwindungen hindurchgeblitzt.

»Was wissen Sie über HAARP?«

Paul sah ihn unaufgeregt, doch interessiert an.

»HAARP?«, wiederholte er, ohne Nicos Absicht hinter der Frage vermuten zu können.

»Ein Projekt der Navy und der Air Force … also, dem US-Militär«, erklärte er, während er selbst die Informationen im Kopf zu sammeln schien.

»Es geht um die Erforschung der Ionosphäre in Verbindung mit Funkwellen, soweit ich weiß. Das Projekt entstand in den 80ern, und heute verfügt man über eine riesige Sendeanlage.«

»Ein Geheimprojekt?« Nico wurde hellhörig.

»Kaum vorstellbar!«, antwortete Paul. »Auf der Anlage arbeiten neben dem Militär auch zivile Mitarbeiter von den unterschiedlichsten Universitäten und von privaten Firmen. Man kann sogar die Messergebnisse online ansehen, und es gibt Tage der offenen Tür.«

»Klingt nicht sehr nach Geheimhaltung«, dachte Nico. Er konnte sich keinen Reim darauf machen, wie sich sein gerade eben konstruiertes Gedankennetz zu Ende spinnen ließ.

»Es gab immer wieder Gerüchte und Anschuldigungen«, setzte Paul nach einem weiteren Zug aus der Flasche fort, »aber wir haben in all den Jahren keine stichhaltigen Beweise dafür gefunden.«

»Welche Gerüchte?«, fuhr Nico hoch.

»Der Unterausschuss für Sicherheit und Abrüstung des Europäischen Parlaments führte 1998 eine Anhörung durch, in der man HAARP beschuldigte, die Anlage zur geophysikalischen Kriegsführung einzusetzen.«

»Geophysikalische Kriegsführung?«

Nico war der Begriff noch nie untergekommen.

»Man machte HAARP für Naturkatastrophen, wie Erdbeben, Überschwemmungen und Vulkanausbrüche, verantwortlich. Sogar das Wetter sollen sie beeinflussen«, erklärte Paul und verdrehte dabei leicht den Kopf.

»Wie soll so etwas funktionieren können?« Nico musste sich konzentrieren, um Pauls Erklärungen zu folgen.

»Mittels Strahlung, behaupten Kritiker!«

Paul sah ihn an und zeigte mit dem Finger nach oben.

»In zirka achtzig Kilometern Höhe beginnt die Ionosphäre, und diese enthält große Mengen von Ionen und freien Elektronen, an denen die Strahlung abprallt. Schießt man also seine Strahlen von der Erde in die Ionosphäre, prallen sie ab und treffen wieder auf die Erde. So könnte man punktgenau auf jeden Ort der Erde zielen. Wie beim Billard! Und die Ionosphäre ist die Bande.«

»Klingt eigentlich ganz plausibel«, überdachte Nico Pauls Ausführungen.

»Warum sollte das nicht funktionieren?«

»Mit Strahlen einen beliebigen Punkt auf der Erde zu treffen, ja – aber, um dort eine Naturkatastrophe oder Wetterphänomene auslösen zu können, bräuchte man unvorstellbare Energiemengen«, zweifelte Paul offensichtlich an dem Vorhaben.

Er stand gemächlich auf und machte sich daran, ins Bett zu gehen. Nach zwei Schritten stoppte er plötzlich und drehte sich noch einmal zu Nico um, der mit dem Rücken zu ihm saß.

»Aber es dürfte Sie interessieren, dass das HAARP-Projekt ebenfalls auf Patenten Ihres Großvaters basiert.«

Nicos erschreckten Blick sah Paul nicht.

Gegenwart. Prag.

Der Oberst hatte sein Treiben noch zu Ende gebracht, ehe er sich auf den Weg ins Büro machte. Er hatte allen Grund zum Feiern. Obwohl er wusste, dass er den Fängen seines Auftraggebers nie mehr entrinnen konnte. Es war der erste Gefallen, um den er gebeten worden war, doch zugleich war es auch der Auftakt für weitere. Denn die Schranke war nun durchbrochen worden, und beide Seiten hatten ihre Positionen unmissverständlich klargemacht. Vor allem die andere Seite. Denn der Oberst war erpressbar.

Sein Chauffeur lud ihn vor dem Kriminalisticky ústav Praha ab. An diesem frühen Samstagmorgen waren die Büros nur spärlich besetzt.

Selbstverständlich war seine Sekretärin um diese Zeit nicht anwesend. Er öffnete die Türen zu seinem Büro und ging zu seinem Schreibtisch. An der rechten Seite in der zweiten Schublade hatte er immer eine Flasche Slivovice, deren Verschluss er aufschraubte und einen kräftigen Schluck daraus nahm. Für ihn war dieses Getränk wie Wasser.

Mit einem lauten Stöhnen ließ er sich in seinen Ledersessel fallen, ohne dabei die Flasche aus der Hand zu lassen. Er lockerte die Krawatte und knöpfte sein Hemd mit der Linken auf. Erneut saugte er den Slivovice in seine Speiseröhre und stellte die Flasche auf den Tisch. Aus der obersten Lade fischte er eine Zigarre und ein Streichholz hervor, das er nach dem obligaten Schnitt am Ende der Zigarre entflammte. Wie ein Baby an der Flasche saugte er an dem Tabakblatt, bis Rauchwolken aufstiegen. Erst dann griff er zu seinem Mobiltelefon.

Tief saugte er den Rauch in seine Mundhöhle und war jenseits vom Genuss dieser Zigarre. Denn der Mann, dessen Auftrag nun erledigt war, hatte Beweise für seine korrupten Machenschaften und seine speziellen Vorlieben. Und er verfügte über Kontakte, die es dem Oberst unmöglich machten, anderweitig vorzugehen. Das war sein Dilemma. Trotz der frohen Botschaft wählte er nur widerwillig die Nummer des Mannes.

»Ja«, war man auf der anderen Seite nur kurz angebunden.

Der Oberst war nicht überrascht.

»Es gibt gute Nachrichten«, erklärte er emotionslos und blies den Rauch aus.

»Sie haben den Auftrag erledigt?«, kam es sofort zurück.

Der Oberst wusste, dass er nun die volle Aufmerksamkeit des Mannes hatte.

»Ja, wir haben es!«

»Wo ist es?«, wollte sein Gegenüber hastig wissen, und der Oberst lächelte angesichts der Wichtigkeit des Buches.

Sein Auftraggeber und Erpresser vermisste es anscheinend sehr. Er wusste nicht, was das Buch enthielt und weshalb es so wichtig für ihn war.

»Es ist in einigen Tagen bei mir«, blieb der Oberst vage.

»Beeilen Sie sich!«, forderte sein Gesprächspartner. »Sie werden es nicht bereuen!« Dann brach der Mann die Verbindung zum Oberst ab.

Nur wenige hundert Kilometer von der Hauptstadt entfernt, legte er das Mobiltelefon mit seinen wulstigen Fingern auf den Schreibtisch des herrschaftlichen Anwesens, in dem er nun sein Geschäft betrieb.

Jahrelang hatte dieses Buch wie ein Damoklesschwert über ihm geschwebt. Es war der einzige Beweis. Für alles, was er und seine Kunden getan hatten.

Und nicht nur vor Gott erwartete ihn dafür die Hölle.

Gegenwart. Mayo. Maryland.

Nico konnte nicht schlafen und saß wieder auf der Terrasse im Obergeschoss. Es war bereits zwei Uhr früh, und er hatte sich ganz leise ins Zimmer zurückgeschlichen, sein MacBook geschnappt und sich nach draußen gesetzt. Tina schlief noch immer friedlich vor sich hin und zog nur die Decke über ihre Schultern, als ein leichter Wind durch die geöffnete Terrassentür hereinströmte.

Das Thema HAARP ließ ihn nicht zur Ruhe kommen. Das Internet war voll mit Seiten über das Projekt, obwohl er selbst zuvor noch nie davon gehört hatte. HAARP selbst hatte sogar eine eigene – lieblos gestaltete – Webseite, auf der man über das Projekt informierte.

»Open House!« prangte groß auf der Startseite und kündigte dies für den kommenden Montag an.

»1 to 5 p.m.«

Via Webcam konnte man sogar einen Blick auf das Areal werfen. Das Herzstück von HAARP waren über einhundertachtzig Sendeantennen, mit denen elektromagnetische Wellen gesendet wurden. Auf sechzehn Hektar waren diese verteilt und dienten zur Grundlagenforschung der Ionosphäre, wie man auf den Webseiten Auskunft gab.

Die riesige Anlage stand allerdings mitten in der Wildnis Alaskas im Nirgendwo, was den Kritikern Nahrung für ihre Gerüchteküche gab. Die wildesten Theorien spukten durchs Web, und einige Wissenschaftler aus Österreich und Deutschland machten HAARP gar für die Erdbebenkatastrophe in Haiti verantwortlich.

Eine These, die angesichts des Energiebedarfs bei allen anderen Wissenschaftlern nur für Heiterkeit sorgte.

Doch selbst das Europäische Parlament hatte als Conclusio seiner Anhörung anno 1998 festgestellt:

Das Europäische Parlament hält HAARP (High Frequency Active Auroral Research Project) wegen der weitreichenden Umweltauswirkungen für eine globale Angelegenheit und fordert, die rechtlichen, ökologischen und ethischen Auswirkungen von einem unabhängigen internationalen Organ untersuchen zu lassen, bevor weitere Forschungsarbeiten und Versuche stattfinden.

Nico las die weiteren Zeilen aufmerksam durch: *Das Parlament bedauert die wiederholte Weigerung der Regierung der Vereinigten Staaten, einen Vertreter zu der öffentlichen Anhörung oder den folgenden Sitzungen seines zuständigen Ausschusses über die Auswirkungen des Forschungsprogramms über hochfrequente Strahlen (High Frequency Active Auroral Research Project – HAARP), das gegenwärtig in Alaska durchgeführt wird, zu entsenden.*

»Interessant!«, dachte Nico, nachdem er die Aussagen des Parlamentsberichts gelesen hatte. Er wusste noch immer nicht, welche Rolle dieser John Gesker spielte, dessen Name auf dem Anforderungsformular stand, das er bei Teslas Archivmaterial gefunden hatte. Doch es ließ ihn nicht los. Der Mann hatte etwas aus den FBI-Archiven mitgenommen … und er arbeitete für HAARP.

Irgendwo gab es da eine Verbindung.

Nico saugte alle Informationen auf, die er kriegen konnte, und die Nacht schlich sich langsam fort. Bis zur Dämmerung kramte er in allen digitalen Taschen, die das weltweite Netz zu bieten hatte. Und in den Darknet-Foren gab es einige davon. Auch das machte ihn misstrauisch. Denn die Ruler waren keine Eso-Freaks, die von Luft, Licht und Liebe lebten. Für sie zählten nur knallharte Fakten.

Wie etwa, dass man von außen keinen Zugriff auf die Datenserver hatte, die Infrastruktur von HAARP also völlig autonom war. Oder dass das Militär beteiligt war. Oder dass man weit entfernt in der Wildnis von Alaska, mit einer eigenen Energieversorgung durch die dortigen Gasfelder, sicher nicht nur die Polarlichter und Meteore erforschte. Oder dass Teslas Patente dafür verwendet wurden. Als die Sonne schon wieder über die Baumwipfel ragte, war er sich sicher: Es gab eine Verbindung!

Er holte sich die IP-Adresse der offiziellen HAARP-Webseite und startete Velimirs Programm. Hinter jeder Webadresse im Netz verbarg sich diese Zahlenkombination, die der eigentliche Ansprechpartner im Web war. Nico definierte die Zielrechner, und nach wenigen Sekunden hatte er Zugriff auf den Server, auf dem die Daten der Webseite gespeichert waren. Nach einer kurzen Überprüfung der Datensätze sah er, dass es sich um einen gewöhnlichen Provider handelte. Er probierte alle Varianten durch, doch wie es die Ruler im Darknet schon erwähnt hatten – es gab von außen keinen Zugriff auf die HAARP-Datenserver.

Doch die Server gab es. Ein solches Projekt funktionierte nicht ohne die digitale Welt. Ohne Datenbanken, Rechner, Prozessoren – und Festplatten! Nico überlegte. Wenn es von außen keinen Zugriff gab, blieb nur eine Lösung.

»Ich muss da rein!«

Das Vorhaben gestaltete sich bei näherer Betrachtung jedoch schwierig. Das FBI suchte schließlich überall nach ihnen. Er blickte auf den Monitor, auf dem das geöffnete Programm Velimirs zu sehen war. Unzählige Zeilen, die nur ein Ruler lesen konnte. Er lächelte kurz, als ihm der Gedanke kam.

»Wenn das Programm schon geöffnet ist ...«, grinste er und loggte sich wieder in die Datenserver des FBI ein. Er hatte sich bei der ersten Attacke ein Hintertürchen eingerichtet, über das er jederzeit Zugriff auf die Server hatte. Egal, ob sie online waren. Nur die Stromleitung musste aktiv sein.

»Nico Rims« und »Tina Smutná« tippte er ein und löschte alle vorhandenen Datensätze, die es zu diesen Begriffen gab. Alle Ordner, alle Dokumente, alle Fotos, alle Videos, alle Fingerabdrücke, alle DNA-Profile, alle Lebensdaten, einfach alles. Auch auf den Back-up-Servern. Er löschte sogar die Videoaufzeichnungen vom Hoover Building der letzten Tage. Danach definierte er die Zielrechner der Wiener Kriminalpolizei sowie der Sozialversicherungsanstalt.

Überall, wo sie erscheinen könnten, ließ er nach den Namen suchen und gegebenenfalls löschen.

Sollte es noch jemanden mit den Namen Nico Rims und Tina Smutná geben, hatten sie Pech gehabt. Denn sie gab es nun nicht mehr. Er hatte sie mithilfe der digitalen aus der realen Welt gelöscht.

Die Sonne stand bereits hoch am Himmel, und die Uhr am rechten oberen Rand seines Monitors zeigte zehn Minuten nach neun. Tina war aufgewacht und blickte etwas überrascht durchs Zimmer, als Nico nicht bei ihr war. Dann hörte sie das Klappern der Tastatur, und ihre Mundwinkel verzogen sich nach oben.

Die Erinnerungen, die sie am Vortag wieder eingeholt hatten, bohrten sich nun nicht mehr durch ihr Gehirn, und der Schmerz, der in ihrem Inneren loderte, wurde erträglich. Dieser Schmerz würde sie ihr Leben lang begleiten, doch sie spürte, dass ihr Kämpferherz sie nicht im Stich ließ.

Sie stand auf und ging nach draußen auf die Terrasse und lächelte der Sonne entgegen. Ihre langen schwarzen Haare fielen nach hinten. Nico sah sie an und grinste nun übers ganze Gesicht.

»Einen wunderschönen guten Morgen!« Tina ging zu ihm und schlang ihre Arme von hinten um ihn. Ihr Gesicht legte sie zärtlich an das seine.

»Schon wieder am Hacken?«, erkundigte sie sich, als sie das Zeilen-Wirrwarr auf dem Monitor sah.

»Ein wenig«, antwortete Nico. »Ich hab uns gerade ausradiert.«

»Ausradiert?«

»Gelöscht. Nico Rims und Tina Smutná gibt es nicht mehr. Zumindest überall, wo man uns digital archiviert hat. Ich habe alle Daten formatiert.«

»Was heißt das?« Tina waren die Folgen seiner Aktion nicht ganz bewusst.

»Wir ärgern das FBI bei der Suche nach uns!«

Er zuckte nur kurz mit den Augenbrauen, und Tina hatte verstanden.

Gegenwart. Washington. J. Edgar Hoover Building.

»Alle Daten sind weg!«, schrie der Leiter des SIOC ins Telefon.

Bennett war gerade auf dem Weg ins Büro, nachdem er bis drei Uhr früh die immer wieder aktualisierten Berichte seiner Abteilungen über das Schadensausmaß durchgelesen hatte. Sie waren mit einem blauen Auge davongekommen, wie es aussah. Oder ausgesehen hatte.

»Wir haben keine Informationen mehr über den Jungen und das Mädchen. Ihre Daten wurden aus unseren Datenbanken gelöscht. Aus allen Datenbanken – sogar auf den Back-up-Servern!«, keuchte der Mann verzweifelt ins Telefon. »Es gibt nichts mehr. Keine Informationen, keine Fotos – selbst die Videoaufzeichnungen des Hoover Buildings wurden gelöscht.«

»Was heißt das?« Der Direktor war beinahe sprachlos.

»Wir wissen nicht, nach wem wir suchen sollen. Die Personen gibt es nicht mehr.«

»Aber wir werden doch wohl ein Blatt Papier oder ein ausgedrucktes Foto von den beiden haben?«, schrie der Direktor nun entgeistert in sein Mobiltelefon. Doch das Schweigen des SIOC-Leiters ließ ihn Böses ahnen.

»Wir haben in der Hektik der letzten Tage noch keinen Papierakt über den Jungen angelegt«, gab er schließlich zerknirscht zu. »Es war alles auf unseren Servern …«

»Machen Sie einen Datenabgleich mit der österreichischen Polizei. Dort hat man ihn gefasst«, befahl der Direktor, während er in Gedanken nach einem Ausweg suchte.

»Ich bin in wenigen Minuten bei Ihnen.« Mit einer Handbewegung deutete er seinem Fahrer, schneller zu fahren.

Der Leiter des SIOC erwartete ihn bereits beim Aufzug, um die nächste schlechte Botschaft zu überbringen.

»Der Datenabgleich hat keine Ergebnisse gebracht«, informierte er den Direktor unverzüglich, als dieser ausstieg.

Seine Verzweiflung ließ der Direktor sich nicht ansehen. Er war hier, um Probleme zu lösen, nicht, um zu verzweifeln. Dennoch konnte er es nicht fassen. Seine Organisation wurde von dem Jungen schon wieder bloßgestellt.

»Was ist mit dem Tschechen? Haben wir ihn?«, brüllte er zum Leiter des SIOC, der nahe am Rand eines Nervenzusammenbruchs schien.

»Nein, Sir!«, kam es nur kleinlaut aus seiner Richtung zurück. »Anhand der Einreisedaten haben wir sieben Personen, die infrage kommen. Wir überprüfen das gerade.«

Ohne weitere Worte stürmte der Direktor zu seinem Büro und wies seine Sekretärin an, jegliches Material das es über Nico Rims gab, einzusammeln. Aus allen Abteilungen, aus allen Büros, aus aller Welt. Die Dame schnappte sich den Hörer und verteilte ihre Anweisungen im Namen des Direktors. Einer aus der Heerschar an Mitarbeitern hatte sich die Informationen über Rims mit Sicherheit ausgedruckt. Und damit war man nicht vergessen.

Doch es war Samstag, und trotz der Alarmbereitschaft, die aufgrund der Hackattacke in allen Büros rund um den Globus herrschte, würde es dauern. Und die Gesichtserkennungssoftware hatte mit Scans von Ausdrucken ihre liebe Not.

Gegenwart. New York.

Leoš hatte die Stunden bis zur frühen Morgendämmerung in der Bar verbracht, die rund um die Uhr geöffnet war. Dann hatte er sich beim Barmann ein Taxi bestellt, mit dem er nun nach New York unterwegs war. Den Fuhrlohn hatte er im Voraus bezahlt, und er hatte noch ein ordentliches Trinkgeld draufgepackt, um während der Fahrt rauchen zu können.

Der Taxifahrer nahm die Hundert-Dollar-Noten und steckte sie mit einem »OK!« in seine Brusttasche.

Gegen elf Uhr ließ er sich in New York ins Hudson Plaza Motel bringen, das er während der Fahrt mit Google Earth ausfindig gemacht hatte. Von dort war es nur eine Viertelstunde bis zum Hafen.

An der Rezeption des Motels zeigte er jedoch nicht seinen Diplomatenpass, mit dem er eingereist war. Er hatte noch zwei weitere dabei und buchte für zwei Nächte. Er bezahlte bar.

»Zimmer 68«, informierte die junge Dame ihn freundlich, während sie Leoš die Magnetkarte gab. Die Zimmer reihten sich in dem ebenerdigen Gebäude von der Rezeption aus nach beiden Seiten nebeneinander.

»Links und dann auf der rechten Seite!«, wies sie ihm freundlich den Weg.

Nach einer ausgiebigen Dusche fühlte er sich wie neu geboren. Sein Körper zollte den letzten Tagen Tribut, doch wenn er erst auf dem Schiff war, hätte er genügend Zeit, sich zu erholen. Er öffnete die Terrassentür und sah auf die Newark Bay, über die links von ihm die vierspurige Bay Bridge führte. Das Wasser weckte seine Sehnsüchte. Wenn dieser Auftrag erledigt war, würde er sich seinen Traum erfüllen. Aussteigen!

Seit Jahren trieb ihn diese Sehnsucht an, doch mit dem Gehalt, das er trotz des Rangs eines Abteilungsleiters kassierte, würde dies auf ewig ein Traum bleiben. Deshalb hatte er sofort zugesagt, als der Oberst ihm den inoffiziellen Auftrag erteilt hatte. Seine große Chance!

Er war in Zeiten des Ostblocks groß geworden, und es war damals einfach nicht in den Köpfen der Menschen, dass es noch viele andere Orte auf dieser Erde gab. Der Kommunismus hatte sie in ihrem Land eingesperrt. Doch mit dem Umbruch und der Öffnung seines Landes kam auch sein Wechsel in die Spezialabteilung.

Durch diesen Job lernte er erstmals fremde Länder und Kulturen kennen, und schon nach wenigen Reisen war ihm klar, dass er irgendwann alles hinschmeißen würde. Aussteigen und durch die Welt reisen! In wenigen Monaten feierte er seinen fünfzigsten Geburtstag, und in ihm keimte die Hoffnung, diesen an einem Strand zu feiern. Weit weg von all dem Dreck, den sein Job mit sich brachte. Die kleine Schiffsreise, die ihm nun bevorstand, war nur der Beginn einer neuen Zukunft.

Er ging zurück ins Zimmer, um sich eine Zigarette zu holen, als sein Smartphone klingelte. Es waren seine Leute aus Prag.

»Leoš! Wir haben ein kleines Problem. Das FBI überwacht den Hafen und überprüft alle Passagierlisten ganz genau. Unser Verbindungsmann ist völlig außer sich, welchen Aufwand sie betreiben.«

»Und das bedeutet?«, war Leoš sichtlich gereizt.

»Wir haben dich umgebucht! Statt der Außenkabine wird es nun der Maschinenraum ...«

Leoš wusste nicht, dass man dies auch als Metapher für seine Zukunft sehen konnte.

Gegenwart. Alaska. Nordöstlich Gakona. HAARP-Project.

»Die Satellitenverbindung steht!« Paul, der auf dem Fahrersitz des Vans saß, drehte sich nach hinten zu Nico und Tina, während er das Windows Notebook auf dem Beifahrersitz bediente.

Er hatte die letzten beiden Tage alle Register gezogen, nachdem Nico stur geblieben war und nicht lockergelassen hatte. Er kannte John Gesker. Er war der Leiter von HAARP. Doch Paul hielt es nicht für ungewöhnlich, dass dieser Unterlagen von Tesla aus den FBI-Archiven angefordert hatte. Immerhin fußte das Projekt auf vielen Patenten des Genies. Denn HAARP erforschte neben der Ionosphäre auch die Möglichkeiten mit Radiowellen. Und für viele galt Tesla als der wahre Erfinder des Radios – nicht der Italiener Marconi oder der Russe Popow.

Am Sonntagnachmittag waren sie mit einer Privatmaschine von einem kleinen Flughafen, dem Lee Airport in Mayo, gestartet und nach Anchorage geflogen. Mit einer Zwischenlandung in Jamestown, North Dakota. Die Nacht war also kurz gewesen.

Vier Autostunden waren es dann von Anchorage nach Gakona, und sie waren nicht die Einzigen am Glenn Highway gewesen, die in Richtung HAARP gefahren waren.

Der Open House Day lockte Interessierte aus aller Welt. Techniker, Wissenschaftler, Spinner, Freaks, sogar Schulen machten mit ihren Kindern einen Ausflug zu der hochtechnisierten Anlage. Das Mysterium des Unbekannten und die Gerüchte, die sich um HAARP rankten, zogen sie alle magisch an.

Nico verband sein MacBook über Pauls Satellitenverbindung mit dem Internet und richtete ein kleines Netzwerk ein. Dann stellte er über WLAN eine Verbindung zwischen dem iPhone und dem MacBook her und erinnerte Tina daran, was sie besprochen hatten.

»Bei meinem Anruf startest du das Programm! Wenn alle Sicherheitslevel der Server gehackt sind, werden automatisch alle Daten kopiert.«

Nico erwähnte nicht, dass seine Programmierung vorsah, anschließend alles zu löschen. Und Paul hatte noch immer keine Ahnung, welche Waffe auf Nicos MacBook installiert war.

Nico war ruhig, obwohl sein Herz wie wild pochte. Sie hatten den Van wie alle anderen Open-House-Besucher ihre Autos rechts von der HAARP Access Road nahe dem Hauptgebäude geparkt – nur etwa dreißig Meter entfernt. Die Einfahrt zu dieser Straße, an der man ansonsten streng kontrollierte, war an diesem Tag für alle geöffnet. Die Open-House-Aktion sollte Normalität vorführen.

Hunderte Besucher tummelten sich vor dem Hauptgebäude, während im Inneren des L-förmigen Gebäudes bereits die ersten Vorträge im Erdgeschoss liefen. Die zivilen Mitarbeiter und militärischen Angestellten führten die unterhaltsamsten Physik-Experimente durch, die nicht nur bei den Kindern für Staunen sorgten.

Jede halbe Stunde fuhren Busse die Besucher zu den Senderanlagen, die rund ein Kilometer entfernt auf einem gigantischen Betonfeld mit 160.000 Quadratmetern installiert waren.

Die einhundertachtzig Antennen ragten in den Himmel und sahen aus wie ein abgezäunter Wald, an dem die Besucher entlangmarschierten und informiert wurden.

»Dann los!«, gab Nico den Startschuss, und gemeinsam mit Paul stieg er aus. Es hatte etwa fünfzehn Grad plus, und die Sonne strahlte vom blauen Himmel. Es fiel nur wenig Regen in der Gegend. Aufgrund Pauls Sonnenhut und Nicos Baseballmütze glichen sie den anderen Besuchern, ohne aufzufallen. Entspannt schlenderten sie in Richtung Hauptgebäude, in dessen Eingangshalle verschiedene Tische aufgereiht waren, an denen man Snacks und Getränke anbot. Zu beiden Seiten waren Vortragsräume eingerichtet, die von den Besuchern regelrecht gestürmt wurden.

Es staute sich in der Eingangshalle, und überall waren Überwachungskameras installiert. Die Zugänge zu den weiteren Räumlichkeiten sowie zum Treppenhaus wurden vom Sicherheitspersonal abgeriegelt. Ebenso der Aufzug in der Mitte.

Unauffällig drängten sie sich zwischen den Besuchern zu den einzelnen Informationsständen, während sie sich einen Überblick verschafften. Sie hatten keine Pläne von HAARP auftreiben können, und selbst Paul war bei diesem Vorhaben gescheitert. Es blieb nur der Blick von oben, via Satellit. HAARP stand, teils auf freier Fläche und teils von Wald umgeben, nordöstlich von Gakona. Völlig unspektakulär.

Erst kamen die Access Road, das Hauptgebäude, links davon ging es zum Optical Shelter with Dom in Form dreier rechteckiger Container und geradeaus zur Senderanlage. Mitten im Wald blitzte ein etwas hellerer Fleck, den man nicht genau hatte erkennen können. Nico blickte auf sein iPhone. Die Mobilfunkverbindung zeigte nur noch einen Strich an, doch die kabellose Verbindung zum MacBook funktionierte einwandfrei.

»Wie sollen wir an den Sicherheitsleuten vorbeikommen?«

»Das erledige ich. Gehen Sie unauffällig in Richtung Treppenhaus«, erklärte Paul cool, und Nico zweifelte, ob er ihn richtig verstanden hatte.

»Los! Gehen Sie«, forderte Paul ihn nochmals auf.

Gemächlich entfernte Nico sich vom Informationsstand und bahnte sich unaufgeregt seinen Weg zur gläsernen Tür ins Treppenhaus, an der ein Sicherheitsbeamter stand.

Paul mischte sich in die Menge, und die Menschen, an denen er vorbeikam, spürten nur einen leichten Stich. Sonst nichts.

Es waren nur noch wenige Meter bis zum Sicherheitsbeamten, als die ersten Schreie durch die Eingangshalle gellten. Nacheinander kippten Männer und Frauen einfach um, und deren Begleiter schrien erschreckt auf.

Dreizehn Menschen fielen beinahe zeitgleich auf den Boden der Eingangshalle, und das Sicherheitspersonal war von der Situation heillos überfordert. Sie stürmten zu den Ohnmächtigen, denen der Schaum aus dem Mund trat, wodurch das Geschrei der Freunde und Angehörigen noch lauter wurde.

Nico blickte hektisch nach allen Seiten, doch der Sicherheitsmann hatte seine Anweisungen ignoriert und den Zugang verlassen. Ohne dass man Nico beachtete, schlich er sich zum Treppenaufgang. Niemand war zu sehen, und er startete die App, mit der man die Funkfrequenzen von Überwachungskameras stören konnte. Intuitiv ging er nach oben. Alle fünf Stufen blickte er zurück, um sich zu vergewissern, dass niemand ihm folgte.

Die trampelnden Schritte im Obergeschoss, die im Gang immer lauter wurden, ließen ihn zusammenfahren. Mit drei, vier großen Schritten war er die Treppe wieder nach unten gesprungen, wobei er sich am Geländer festhielt. Ihm blieb keine Wahl, er musste nach unten. Nach der halben Treppe zum Keller wartete er. Zwei Wachleute stürmten die Stiegen hinunter und durch die Glastür in die Eingangshalle. Langsam fiel die Glastür wieder ins Schloss.

Nico horchte noch einen Moment, dann wagte er sich wieder nach oben und sprintete im Erdgeschoss schnell weiter. Hastig las er die kleinen Schilder, die im ersten Stock im Gang angebracht waren. Links waren die Verwaltung und die Konferenzräume. Nach rechts ging es zu den Büros der Forschungsabteilung. Im zweiten Obergeschoss, das wie ein kleiner, durchgeschnittener Würfel oben drauf gesetzt war, hatte der Leiter von HAARP seine Büroräumlichkeiten.

Nico ging nach rechts, und bei jedem Schritt durch den Gang erwartete er innerlich, dass eine der Türen sich öffnen würde.

Doch nichts rührte sich. Alle Mitarbeiter waren offensichtlich mit ihren Open-House-Aktionen beschäftigt. Durch das riesige Glasfenster am Ende des Ganges, der anschließend nach links bog, fiel Licht.

Kurz orientierte er sich, wo ihr Van stehen müsste, dann wählte er die linke Seite der Büros. »Research Administrative Secretary« stand auf einem kleinen Schild. Nico lauschte an der Tür. Er blickte nach beiden Seiten des Ganges und drehte dann am Türgriff. Nichts. Die Tür war verschlossen.

»Shit!«, fluchte er leise und trat einen Schritt zurück.

»Alles oder nichts!«, dachte er, nachdem er nochmals den Gang überblickt hatte, und holte mit einer schnellen Bewegung aus.

Sein Fuß schnellte nach vorn, und einen Sekundenbruchteil, bevor er auf die Tür eintrat, öffnete sich diese. Mit voller Wucht schleuderte die Tür dem Mann, der sie geöffnet hatte, an den Kopf. Ohnmächtig fiel er nach hinten.

Nico war von der Situation völlig überrascht. Die Tür hatte er beinahe lautlos geöffnet, nachdem der Kopf des Mannes den Aufprall abgedämpft hatte. Jeder Agent hätte es nicht besser gemacht. Nico schlich sich ins Büro und sah sich um.

Drei Büroplätze waren in den Räumlichkeiten untergebracht, wobei nur einer besetzt war. Der Rechner, der lief, war offensichtlich jener des Mannes, der auf dem Boden lag. Er gab keinen Laut von sich. Nico schnappte den Mann an den Füßen und zog ihn vom Schreibtisch weg. Drei Meter entfernt befand sich ein kleiner Raum, in dem Akten archiviert waren. Die Tür stand offen, und Nico schleifte den Mann über den Steinboden in das Archiv, wo er ihn einsperrte. Seine Schläfen hämmerten unaufhörlich, und das Adrenalin pumpte durch seinen Körper. Nico hatte nicht erwartet, jemandem zu begegnen.

Er schnappte sein iPhone aus der Tasche seiner Jeans und ging zurück zum Schreibtisch. Die Mobilfunkverbindung war tot, und das WLAN zeigte nur zwei Striche. Er suchte im iPhone nach Tinas Nummer und notierte sie auf seinem Unterarm. Dann fischte er das einen halben Meter lange Kabel aus der Hosentasche und verband den Computer des Mannes, der unter dem Schreibtisch stand, mit seinem iPhone.

Die WLAN-Verbindung zu seinem MacBook im Van hüpfte unter dem Schreibtisch zwischen einem und zwei Strichen hin und her. Nico startete eine seiner Apps, und schon war das iPhone ein Router. Die Verbindung zwischen dem MacBook im Van und den Datenservern von HAARP war hergestellt. Wenn auch nur schwach.

Er legte das iPhone oben auf den Rechner und kroch unter dem Schreibtisch hervor. Neben der Tastatur lag das Smartphone des eingesperrten Mitarbeiters, doch auch er hatte keinen Empfang. Nico schnappte den Hörer des Festnetztelefons und wählte Tinas Nummer.

Vier Mal läutete es, doch sie hob nicht ab.

Nicos Verzweiflung stieg, denn er war sich sicher, dass sie angesichts der fremden Nummer nicht abheben würde.

»Verdammt!«

Er musste das iPhone hier lassen und zum Wagen zurück.

Langsam öffnete er die Tür und zuckte zusammen, als er in den Lauf einer Walther PPK blickte. Ein Mann um die vierzig im Anzug, mit kurzem blond gefärbten Haar, dessen kantigen Wangenknochen hinter der Waffe hervorstachen, sah ihn eiskalt an.

»Ich habe Sie erwartet!«

Nico zuckte zurück. »Erwartet?«

Der Mann grinste abfällig. »Kommen Sie da raus!«

»Entschuldigen Sie! Ich habe mich verlaufen«, spielte Nico das Unschuldslamm.

»Mr. Rims!«, blockte der Mann kühl ab. »Nach ihren bisherigen Auftritten war es nur eine Frage der Zeit, bis Sie hier auftauchen würden.«

Nico durchfuhr es bitterkalt. Das FBI hatte ihn erwischt.

Gegenwart. Washington.

Seit Freitag war man im Hoover Building mit den Aufräumarbeiten des Hackerangriffs beschäftigt. Doch nachdem es am Samstag offensichtlich neue Attacken gegeben hatte, erfolgte der freiwillige Shutdown des FBI. Man hatte die gesamte digitale Infrastruktur einfach auf Aus gestellt. Die Sicherheitsbedenken der verantwortlichen Abteilungen hatten diesen Schritt notwendig gemacht. Keiner konnte mehr eine Garantie für die Datensicherheit geben. Deswegen wurde der Stecker gezogen.

Ohne den Namen Nico Rims zu erwähnen, hatte er die Spezialisten in der Krisensitzung befragt, ob ein Einzelner die Hackattacke gestartet haben könnte, doch dies schien ebenso unvorstellbar wie der Hackangriff selbst. Die Theorie von chinesischen Hackervereinigungen war angesichts der Vorfälle in den letzten Jahren naheliegend. Hunderttausende Attacken aus China wurden von den amerikanischen Behörden jährlich registriert. Doch bisher alle erfolglos. Denn, um solch eine Attacke durchzuführen, müssten Hunderte, wenn nicht Tausende Hacker zeitgleich kooperiert haben.

Bennett wusste, dass er die nationale Sicherheit aufs Spiel setzte, wenn er die Vorfälle nicht an den Justizminister meldete, mit dem er sich laufend traf. Doch der Supergau hätte alles infrage gestellt.

Nicht nur seine Person.

Gegenwart. Alaska. Nordöstlich Gakona. HAARP-Project.

Der Mann, dessen blonde Mähne aus der aufgebrachten Menge hervorstach, schob Nico durch die Eingangshalle. Die Menschen, die plötzlich zusammengebrochen waren, hatten sich wieder ein wenig erholt und wurden von Sanitätern betreut. Der Blonde drückte seine Waffe unauffällig in Nicos Rücken. Nur mit den Augen spähte er nach rechts und links, ob Paul in der Nähe war, doch angesichts der vielen Leute konnte er ihn nicht entdecken. Hinter dem Ausgang blieb er stehen. Er hatte freie Sicht zum Van, doch er wusste nicht, ob Tina ihn sah.

»Links!«, befahl der Blonde, und nach fünfzehn Metern waren sie bei den E-Golfcars, die neben dem Ausgang parkten. »Steigen Sie ein!«

Nico zögerte und sah den Mann von der Seite an.

»Dass ich es ernst meine, Mr. Rims, haben Sie an Ihrem Freund in Belgrad gesehen.«

Nico taumelte leicht, als er die Worte realisiert hatte.

»Sie … Sie haben Velimir … umgebracht?«, stammelte er fassungslos.

»Steigen Sie ein!«, bekräftigte der Blonde und schob ihn mit der Waffe auf den Sitz.

Lautlos fuhren sie durch die Menschenmenge zur Straße. Dann bog er nach links und fuhr die Access Road entlang, die weiter aufs Gelände führte. Rechts der Wald, links die auf freier Fläche stehende Senderanlage.

Die Besucher reihten sich entlang der abgezäunten Antennen und lauschten den Ausführungen der HAARP-Mitarbeiter, die Erklärungen und Antworten auf Fragen gaben.

Zweihundert Meter hinter der Senderanlage bog der Blonde nach rechts in eine kleine Seitenstraße, die an beiden Seiten von dichtem Wald gesäumt war. Hier war kein Besucher zu sehen. Im Schatten der Bäume wehte ihnen ein kühler Fahrtwind entgegen. Doch allein die Nähe zu dem Mann ließ Nico frösteln.

Nach etwa hundertfünfzig Metern und einer Doppelkurve stand eine riesige dunkelgrüne Kuppel, die nur wenige Meter über die Baumwipfel ragte und deren oberes Drittel geöffnet war. Wie eine Blume, die ihre Blüte öffnet. An deren Vorderseite gab es einen rechteckigen, ebenerdigen Anbau mit abgerundeten Kanten, der den Eingang bildete und an dem eine Wache stand.

Der Blonde fuhr bis zum Eingang, wo sich der Soldat mit der Waffe im Anschlag in Stellung brachte.

»Sir! Besucher sind hier nicht gestattet!«

Der Blonde fischte beim Aussteigen einen Ausweis aus seiner Tasche und zeigte ihn dem Diensthabenden, dem ein kurzer Blick genügte, um zu antworten: »OK, Sir!«

Der Soldat trat zur Seite und machte den Weg frei. Fünf Steinstufen führten nach oben, wo eine neun Meter breite Glasfront den Eingang bildete. Der Blonde hielt Nico die Tür auf.

Hinter dem Eingangsbereich gingen sie an den leeren Büros vorbei, direkt auf eine gläserne Zwischentür zu. Sie betraten den Kontrollraum, der nur künstlich beleuchtet war. Ganz hinten wölbte sich die Oberfläche der Kuppel, die unmittelbar angrenzte.

Es war nur ein Mann in den Raum, der sich überrascht umsah, als die Tür sich öffnete.

Gegenwart. Alaska. Nordöstlich Gakona. HAARP-Project.

Tina sah auf das MacBook. Sie hatte Velimirs Programm noch nicht gestartet. Sie versuchte, ruhig zu bleiben, doch sie wusste nicht, was sie tun sollte. Zuerst der Anruf einer unbekannten Nummer und kurz darauf sah sie nur noch im Augenwinkel, wie Nico in einem Golfcar an ihr vorbeifuhr. Keine zehn Meter entfernt war er links abgebogen und die Straße entlanggefahren. Er hatte sie nicht registriert und wirkte vollkommen apathisch. Den Mann an seiner Seite hatte sie nicht erkennen können, doch sie vermutete, dass es Paul gewesen war.

»Was auch immer passiert«, hatte Nico ihr aufgetragen, als sie allein waren, »du bleibst im Wagen und hast das MacBook im Auge!«

Die Open-House-Besucher wurden nun immer zahlreicher und drängten sich vor dem Hauptgebäude. Bis fünf Uhr nachmittags waren die Tore geöffnet, und die Autos parkten schon bis zur Einfahrt hinunter. Einige auch davor. Tina rieb nervös an ihren Knöcheln, als sie sich umsah. Der Cursor war bereits über dem Programmsymbol, und sie musste nur noch einen Doppelklick durchführen. Doch sie zweifelte, ob es nicht noch zu früh war. Ohne Nicos Startzeichen könnte sie es eventuell vermasseln.

Immer wieder kamen Menschen direkt auf den Van zu, und Tina fürchtete, dass man sie entdeckt hatte, doch sie bogen dann meist auf der Straße nach rechts oder links ab. Sie blickte zum Hauptgebäude, dessen Eingang von den Menschenmassen verdeckt war. Kinder marschierten lächelnd an den Händen ihrer Eltern, und ganze Gruppen von Jugendlichen drängten ins Innere. Tina sah wieder zum MacBook.

Sie entschloss sich zu warten. Sie schnappte die Wasserflasche, die neben ihr auf dem Sitz lag, doch bevor sie einen Schluck daraus trinken konnte, stockte ihr der Atem. Durch die Windschutzscheibe sah sie das Golfcar, das gerade zur Straße rollte und wie das andere zuvor nach links abbog. Diesmal erkannte sie den Mann genau, der am Steuer saß. Es war Paul.

Aufgeschreckt begann die Gedankenkugel blitzschnell durch ihren Kopf zu rollen. Sie warf dem Golfcar noch einen kurzen Blick hinter-

her, dann bewegte sich ihre Hand langsam zum Touchpad.
Kurz nach dem Doppelklick war Velimirs Programm wieder in Aktion.

Gegenwart. Alaska. Nordöstlich Gakona. HAARP-Project.

Der Spätfünfziger, der an dem Kontrollpult stand, sah ihn überrascht an und wirkte regelrecht erfreut, nachdem er realisiert hatte, wer vor ihm stand.
»Mr. Rims!«, begrüßte er ihn überschwänglich.
»Es ist mir eine Ehre, Sie kennenzulernen. Ein direkter Nachkomme des großen Genies …«
Nico sah zu dem Blonden, der links hinter ihm stand und ihm mit einem Kopfnicken zu verstehen gab, dass er die Begrüßung zu erwidern hatte. Nico blieb stehen und drehte sich wortlos zu dem Mann. Dieser kam ihm nun entgegen und entschuldigte sich.
»Verzeihen Sie. Darf ich mich vorstellen. John Gesker. Ich bin der Leiter von HAARP.«
»Was wollen Sie von mir?«, schnauzte Nico den Mann an, der ihm mit einem Grinsen die Hand entgegenstreckte.
»Nun ja«, antwortete er leicht beschämt und zog seine Hand zurück.
»Die Investoren dieses Projekts sind der Ansicht, dass Sie uns bei unserer Arbeit behilflich sein könnten«, lächelte er amüsiert. Als fundierter Wissenschaftler fand er den Gedanken geradezu absurd. Trotz der Abstammung dieses Jungen.
Nico schüttelte den Kopf.
»Ich werde Ihnen nicht helfen!«, wehrte er das Ansinnen des Mannes bestimmt ab.
»Wir werden sehen, Mr. Rims!«, konterte der HAARP-Chef ungerührt, während er zu dem Blonden sah.
»Diese Leute wissen, wie man jemanden zur Kooperation … sagen wir … animiert?«

Nico blickte zum Mörder Velimirs und entgegnete völlig kühl und ohne Angst.

»Er hat schon einmal versagt!« Dann drehte er sich wieder zu John Gesker und unterstrich verächtlich seine Weigerung. »Wahnsinnigen wie Ihnen darf solch ein Apparat nicht in die Hände fallen!«

»Welcher Apparat?«, war Mr. Gesker erstaunt. »Wovon sprechen Sie?«

In Nicos Augen war nur Verachtung für den Mann.

»685.957« Mehr sagte er nicht.

»Oohh!«, überkam Gesker nun die Erleuchtung, und sein Lächeln ging nun noch mehr in die Breite. »Verstehe. Aber Sie irren sich, Mr. Rims! Dabei benötigen wir Ihre Hilfe nicht.«

Nico konnte dem Mann nicht ganz folgen.

»Was … was wollen Sie dann?«

Der Mann ging einige Schritte in Richtung der Kuppel, ehe er stehen blieb.

»Ihr Großvater hat vor über hundert Jahren unglaubliche Entdeckungen gemacht, die wir bis heute noch nicht ganz verstanden und enträtselt haben. Er war seiner Zeit Lichtjahre voraus!« Ehrfurcht schwang in seinen Worten mit. Dann drehte er sich um und lächelte mit der Erkenntnis des Wissenden.

»685.957 ist nur eine dieser Entdeckungen.« Er hob dabei den Zeigefinger, ehe er fortsetzte.

»Aber bisher die mit Abstand erstaunlichste! Kommen Sie mit. Ich zeige sie Ihnen.«

Nico stand starr in dem Kontrollraum und blickte dem Mann ungläubig hinterher, der in Richtung Kuppel ging, von der aus ein zwei Meter langer Gang ins Innere führte. An der Eisentür blieb er stehen.

»Kommen Sie!«, forderte er ihn begeistert auf. Der Blonde trat hinter Nico, der sich seiner Schritte nicht bewusst war und dessen Gedanken durcheinander wirbelten. Dann folgte er ihm in den Gang.

An der Spitze der Kuppel waren Teile nach außen geklappt, und der Himmel strahlte ihnen entgegen. Die Halbkugel hatte einen Durchmesser von etwa fünfzig Metern und maß in der Höhe die Hälfte davon. Rundherum waren Monitore und Terminals aneinandergereiht, die leer waren. Auf den ultraflachen Bildschirmen liefen Zahlenkolumnen, und Pegelstände oszillierten auf und ab. Es gab kein Geräusch.

Nicos Sehschärfe stellte sich nur langsam auf die Helligkeit ein. Denn in der Mitte des Bodens zuckte und blitzte es lautlos unter einer kreisrunden, etwa zwanzig Zentimeter dicken Glasplatte hervor, deren Durchmesser etwa zehn Meter hatte.

Aus der Mitte der Glasplatte ragte eine Konstruktion, die er nicht gleich erkennen konnte. Nico brauchte ein wenig, bis er mehr als nur Konturen sah. Doch dann blieb sein Mund offen. Er hatte diese Konstruktion schon einmal gesehen. Als Zeichnung. Auf den Abbildungen zu Teslas Patentanträgen. Zu Patent Nr. 685.957.

»Das vollendete Werk Ihres Großvaters!«, präsentierte der Mann sichtlich stolz das Gebilde. Nico konnte es nicht glauben.

Sie hatten diesen Apparat zur Nutzung von Raumenergie bereits entwickelt! Sie hatten Teslas Geheimnis schon enträtselt!

»Tesla hatte recht!«, erklärte der Mann aufgeregt.

»Energie kann drahtlos über jede Entfernung gesendet werden, und sie ist überall auf der Erde vorhanden. Allein bei einem Gewitter werden 0,2 Terawatt abgegeben, und wir haben es geschafft, diese Quellen mittels Resonanzwellen anzuzapfen. In der Ionosphäre stecken unerschöpfliche Energiereserven. Der Apparat ist lediglich ein Empfänger«, sprudelte es voller Euphorie aus ihm hervor.

»Ihr Großvater verfügte nur nicht über die notwendigen Materialien.«

Die Konstruktion sah eigentlich völlig unspektakulär aus. Nur das ständige, grelle Aufleuchten der Blitze aus dem Boden verlieh ihr etwas Unheimliches. Die Materialien des Gestänges, das aussah wie eine Antenne, glänzten und schimmerten wie Platin. Wenige Meter über dem Boden unterbrach ein rechteckiger Bauteil das Gestänge, das etwa zwanzig Meter in die Höhe ragte und an dessen Ende eine riesige Platte angebracht war, die in der Sonne glänzte. Das Metallgebilde arbeitete völlig geräuschlos. Niemand hätte dahinter die größte Revolution in der Geschichte der Menschheit vermutet. Es stand einfach nur da und wurde von den lautlosen Blitzen aus dem Boden erhellt.

»Tesla wollte, dass diese Technologie allen Menschen zur Verfügung steht!«, wehrte Nico, unbeeindruckt von den Schwärmereien, ab.

»Allen Menschen?«, wiederholte John Gesker fassungslos und kam auf ihn zu. »Können Sie sich vorstellen, was das bedeuten würde?« Er schüttelte heftig den Kopf.

»Mit dieser Technologie hätte die Menschheit den Planeten längst ausradiert!«, war er außer sich.

»Sie sind nicht Gott! Die Menschheit sollte ihre Entscheidung selber treffen können.«

»Gott ist nur eine Erfindung der Menschen. Die einzig wahre Schöpfung liegt in den physikalischen Gesetzen des Universums«, fuhr Gesker Nico forsch an. »Ihr Großvater wusste das!«

»Mein Großvater war Wissenschaftler und kein fanatischer Verrückter!«

»Sie haben doch keine Ahnung, Mr. Rims! Die Verrückten sind da draußen. Die Fanatiker und Egoisten, die den Fortschritt der Menschheit verhindern. Was würde passieren, wenn jeder Einzelne über grenzenlose Energie verfügen würde? Denken Sie einmal nach! Nicht die zusammenbrechende Wirtschaft wäre das Problem. Das Problem ist der Mensch.«

»Sie sind auch nur ein Mensch!« Die Arroganz und die Überheblichkeit dieses Mannes, der sich offensichtlich für berufen hielt, ekelten Nico an. »Der Erste, der diese Technologie als Waffe benutzt.«

»Wir betreiben hier Forschung, Mr. Rims. Wie die Erkenntnisse dieser Arbeit genutzt werden, liegt nicht in unserer Entscheidungsgewalt.«

»Sie verschließen nur die Augen vor der Wahrheit und verstecken sich im Wald.«

»Wir verstecken uns nicht. Die kleine Arbeitsgruppe, die hier tätig ist, forscht nur unabhängig von den restlichen Abteilungen der Anlage.« Gesker klang, als ob er sich rechtfertigen wolle.

Der Blonde beobachtete den Disput der beiden, während er zu einer der Arbeitsstationen ging und eine Nummer wählte, die er von seinem Handy ablas. »Ich habe den Jungen«, sprach er betont gelassen in den Hörer.

»Wo ist er?«

Hastig kam die Frage Bennetts und klang ein wenig abwehrend. Der Blonde war allerdings schon zu lange im Geschäft, um nicht hinter die Fassade blicken zu können. Der Mann war in seiner Schuld.

»Er ist hier bei mir und Mr. Gesker.«

»In HAARP?« Jetzt hörte man die Besorgnis des FBI-Direktors. »Lassen Sie ihn ja nicht an die Com…«

Das letzte Wort Bennetts wurde nicht mehr vollständig übertragen, nachdem es plötzlich auf allen Monitoren keine Anzeigen mehr gab. Gesker blickte überrascht und entsetzt auf die ultraflachen Bildschirme, die aus Glas waren. Nichts regte sich mehr. Nur die Blitze zuckten unaufhörlich aus dem Boden.

»Was ist los?«, rief der Blonde zu Gesker, der von einem Touchscreen-Terminal zum nächsten hastete. Alle waren tot. Durchsichtig.

Panisch schnappte Gesker ein Telefon, das er gleich darauf wieder auflegte. Es gab keine Verbindung.

»Gesker«, rief der Blonde neuerlich. »Was ist los?«

Nico wusste, was los war. Tina hatte Velimirs Programm gestartet, und nachdem alle Verschlüsselungen geknackt und die Daten der Server kopiert waren, wurden durch die Formatierung der Datenserver auch die Versorgungssysteme gekappt, die allesamt digital gesteuert wurden. Zentral vom Hauptgebäude aus.

Das Zucken der Blitze wurde nun immer heftiger und erhellte das Innere der Kuppel noch stärker. Ein beginnendes Vibrieren des rechteckigen Bauteils an dem Gestänge war zu hören.

Der Blonde schien angesichts von Geskers hektischen Eskapaden nervös zu werden.

»Zum letzten Mal, Gesker! Was ist los?«, schrie der Blonde aufgeregt.

»Die Systeme … sie können gar nicht ausfallen«, stotterte dieser irritiert, während er überlegte.

Ohne zu zögern, zog der Blonde seine Walther PPK und zielte auf Nico.

»Sie waren das!«, schrie er. »Sie sind dafür verantwortlich!«

Das Vibrieren des Bauteils übertrug sich nun auf das Gestänge, und Gesker blickte fassungslos auf den Apparat.

»Die Transformatoren werden überhitzen, wenn sie nicht gekühlt werden ...«

»Schalten Sie es ab!«, schrie der Blonde zu Gesker, der noch immer gebannt auf den Apparat starrte, dessen Vibrieren nun massiv an dem Gestänge rüttelte. Die Blitze im Untergrund schlugen immer stärker und schneller.

»Schalten Sie es ab!«

»Das kann ich nicht!«, verzweifelte Gesker. »Die Systeme sind tot. Ein Zustand, der nur zwei Minuten dauern dürfte, bis alle Notsysteme in Betrieb gehen!«

Das Kreischen des Gestänges wurde immer lauter, und leichte Vibrationen übertrugen sich bereits auf den massiven Betonboden der Kuppel. Gesker verfiel in Panik.

»Die Kühlsysteme der Transformatoren werden vom Hauptgebäude aus gesteuert. Wenn sie in drei Minuten nicht wieder aktiviert werden, gibt es eine Katastrophe!«, schrie er zu dem Blonden, der unverändert auf Nico zielte. Er kam nun ganz nah zu ihm und hielt ihm die Waffe an die Schläfe.

»Aktivieren Sie sofort die Systeme!«, schrie er Nico an.

Nico war nicht nur wegen seiner Situation verzweifelt. Er dachte an die Menschen auf der Anlage und an Tina. Doch er hatte keine Chance mehr. Nicht in dieser Zeit.

»Ich kann es nicht ...«, gab er resigniert zu.

»Ich werde Sie töten!«, schrie der Blonde ihn an und drückte die Waffe ganz fest an seinen Kopf.

»Es geht nicht!«, schrie Nico verzweifelt zurück.

»Ich zähle bis drei, Mr. Rims, und, verdammt nochmal, glauben Sie mir: Ich drücke ab!«

Nicos Gedanken rotierten, um einen Ausweg zu finden.

»Eins!«

»Es gibt hier keine Verbindung!«, versuchte er, die Zeitspanne zwischen der Zählung zu verlängern.

»Zwei!«

Seine Hände waren feucht, und unbewusst machte er einen kleinen Schritt nach hinten, doch der Blonde blieb dicht bei ihm und schlug ihm mit dem Knauf der Waffe an die Stirn, und Nico ging zu Boden.

»Dr…«

Plötzlich riss ein dunkelbraunes Ding, das durch die Luft flog, seine Aufmerksamkeit an sich, und er blickte in dessen Richtung. Der kurze Blick genügte. Den dumpfen Knall des Schalldämpfers hörte er nicht mehr.

Noch im selben Moment färbte sich seine Schläfe rot, und er kippte neben Nico zur Seite. Seine Walther PPK fiel zu Boden. Ebenso wie das dunkelbraune Ding.

Ein Sonnenhut.

Paul stand in der Tür zur Kuppel und sah zu Gesker, der das Ganze wie gelähmt beobachtet hatte. Dann machte er zwei Schritte ins Innere der Kuppel, und sein Blick wanderte das vibrierende Gestänge ganz langsam hoch bis zur Öffnung der Kuppel und wieder zurück. Paul stockte der Atem, als er auf den grell blitzenden Boden starrte. Die Vibrationen des Bodens wurden nun immer heftiger.

»Sie haben Teslas Apparat vollendet«, staunte er mit offener Bewunderung, die sogleich in Entsetzen umschlug.

»Dann ist es also wahr«, rief er. »Geophysikalische Kriegsführung.«

Paul ging einige Schritte zu Gesker und schrie ins Gekreische der Konstruktion, die sich nun sichtlich hin- und herbewegte.

»Die Naturkatastrophen … die Erdbeben … wieder eine dieser Lügen! Sie sind dafür verantwortlich, Gesker!«

Mit lautem Getöse sprang der Betonboden auf, und breite Risse öffneten sich entlang der runden Glasplatte. Nico raffte sich stöhnend auf die Knie.

»Wir müssen hier weg!«, schrie er zu Paul, der immer noch zu Gesker gewandt war und seine Waffe in Hüfthöhe auf ihn gerichtet hielt.

Wie aus den Gedanken gerissen, sah er zu Nico, und nach kurzem Zögern kam er auf ihn zu. Er schnappte Nico unter der Achsel und zog ihn hoch.

»Können Sie den Apparat abschalten?« Paul sah Nico tief in die Augen.

»Keine Chance ... von hier aus gibt es keinen Zugriff, und die Transformatoren werden vom Hauptgebäude aus gekühlt«, erklärte Nico. »Es fliegt uns gleich alles um die Ohren!«

Nicos Worte wurden vom berstenden Springen der Glasplatte im Boden bestätigt. Die Risse klafften immer weiter auseinander, und an der riesigen Platte an der Spitze des Gestänges zuckten jetzt kleine Blitze.

Paul überlegte. Dann legte er seinen Arm auf Nicos Schulter.

»Kommen Sie!«

An der Tür zum Kontrollraum erklang plötzlich Geskers Stimme.

»Bleiben Sie stehen!«

Paul drehte sich blitzschnell nach rechts um und feuerte drei Mal mit der Rechten, ohne genau zu zielen. Ein Schuss traf.

Nico fiel auf die Knie, und alles verschwamm vor seinen Augen. Er versuchte, sich zu konzentrieren, und presste mehrmals die Augenlider zusammen. Sein Schädel dröhnte.

»Los! Kommen Sie!«, schrie Paul und sah zum Gestänge des Apparates, wo die Energieentladung immer stärker sichtbar wurde. Gleißende Lichtstränge zuckten vom Boden der Kuppel über das Gestänge zur Spitze weg gen Himmel und wurden immer stärker. Die gesamte Kuppel schien abzuheben.

Paul zog Nico mit einem Ächzen hoch und schleppte ihn durch den Kontrollraum in Richtung Ausgang, wo die Wache seitlich des Eingangs mit Schaum vor dem Mund am Boden zuckte. Paul verfrachtete Nico in einem der beiden E-Golfcars und setzte sich ans Steuer. Selbst der Anbau der Kuppel bebte nun, und die Steinstufen zum Eingang krachten unter dem Druck der Bewegung. Paul wendete geschickt das Golfcar und drückte das Gaspedal voll durch. Mit voller Leistung des ungedrosselten E-Motors rasten sie den Waldweg entlang.

Hinter ihnen bohrten sich die Lichtstränge von der Spitze der Kuppel geradewegs nach oben und wurden immer breiter. Als sie in die Access Road einbogen und die Sendeanlage zu ihrer Rechten auftauchte, entlud sich hinter ihnen im Wald ein gewaltiger Blitz zwischen Kuppel und Himmel, dessen Licht sich in geballter Form nach unten bewegte.

Dann dauerte es den Bruchteil einer Sekunde, ehe es unter einem gleißenden Leuchten im Wald zu einer unvorstellbaren Implosion kam.

Die fantastische Energiemenge entlud sich mit einem ohrenbetäubenden dumpfen Knall, der die Erde beben ließ. Die Kuppel zerbarst in Millionen Teile, und die Druckwellen rissen die Bäume rundherum nieder und wölbten den Erdboden bis hin zur Senderanlage und zum Hauptgebäude, das nach dem Systemausfall bereits geräumt war. Über die angeschlossenen Kabel in der einstigen Kuppel entlud sich zugleich ein Energieblitz, der alle angeschlossenen elektronischen Geräte in HAARP explodieren ließ.

Die einhundertachtzig Sender auf der Betonplatte hinter ihnen knickten wie Streichhölzer, als sich die Straße vor ihnen wellenförmig aufzublähen begann. Sie sprangen über die Wellen, und Nico hielt sich mit beiden Händen an der Dachkonstruktion fest, als sie auf einer Gegenwelle aufkamen und die Achse des Golfcars unter ihnen wegkippte. Paul hielt sich angestrengt am Lenkrad fest, während das Golfcar einige Meter wie im Wasser zu treiben schien, ehe es stoppte.

Sie sprangen aus dem schaukelnden Vehikel und wurden von den Wellen umgerissen. Paul sah nach hinten. Die Menschen schrien und versuchten davonzulaufen, doch sie wurden immer wieder von den Wellen des Erdbodens zurückgeworfen.

Es waren noch Hunderte Meter bis zum Hauptgebäude, wo die Besucher voller Panik in Richtung Einfahrt zu rennen versuchten.

Die geparkten Autos schob es mit der Wellenbewegung nach hinten, oder sie kratzten seitlich auf der Access Road, deren Asphaltmassen sich in den Wellen auflösten. Das Geschrei der Menschen ging in dem Getöse der schaukelnden Erdmassen unter. Es war, als hätte man einen Stein ins Wasser fallen lassen. Und der Erdboden war das Wasser.

Heftig peitschten die Wellen unter ihnen, und Nico glaubte, zum ersten Mal die Stimme von Mutter Erde zu hören, die mit einem ohrenzerfetzenden Brummen aufschrie.

Dann wurde es plötzlich ruhig. So als hätte der Wind auf See plötzlich nachgelassen.

»Sind Sie OK?«, rief Paul zu ihm, als er sich mühevoll aufrappelte.

Nico spürte keinen Schmerz. Er konnte es nicht sagen.

Mit wenigen Schritten war Paul bei ihm und hievte ihn hoch.

»Wir müssen hier verschwinden!«

Der Boden vibrierte noch leicht unter ihnen, als sie sich über die aufgebrochenen Erdhaufen hinwegschleppten. Die Druckwellen hatten bis zur Einfahrt von HAARP alles aus den Fugen gerissen, und die Menschen saßen wie versteinert auf dem Boden und starrten weinend zum Himmel.

Fünfhundert Meter weit schleppten sie sich, bis sie auf der Höhe des Hauptgebäudes waren, das in sich zusammengeknickt war und aus dessen Fenstern Flammen stiegen. Der Van lag seitlich auf einem Erdhaufen, etwa zwanzig Meter von der Stelle entfernt, wo sie ihn geparkt hatten. Nico stürmte nach hinten zum Wagen und riss an der verbeulten Hecktür. Sie klemmte.

Er hastete nach vorn, doch durch die geborstene Windschutzscheibe konnte er nichts erkennen. Er griff zu einem umherliegenden Betonbrocken und schlug damit ein Loch in das bereits gesprungene Glas. Mit dem Fuß vergrößerte er es und kroch ins Wageninnere. Tina war bewusstlos. Ganz vorsichtig zog er sie an den Armen aus dem Wagen. Paul half ihm dabei. Sie blutete an der Stirn, doch sie atmete.

Paul hob Tina hoch und legte sie über seine Schulter.

»Schnell! Wir müssen abhauen!«, rief er zu Nico und trampelte über die kleinen Hügel in Richtung des Glenn Highways an der Einfahrt. Nico drehte sich um und kroch nochmals in den Van. Im Inneren herrschte das reinste Chaos, und er brauchte einige Sekunden, bis er das MacBook fand.

Am Glenn Highway, dessen Fahrbahn größtenteils unversehrt geblieben war, schnappte sich Paul das erstbeste geparkte Auto und raste nordöstlich mit ihnen davon. Nach zwanzig Meilen wartete am Duffys Tavern Airport, der aus einer Kneipe und einer Startbahn bestand, eine Maschine auf sie.

Gegenwart. New York. UN-Hauptquartier.

»Die Vorfälle, die sich vor sieben Tagen in Alaska ereignet haben, insbesondere die Forschungsarbeit, die in HAARP betrieben wurde, müssen genauestens untersucht werden! Es besteht der dringende Verdacht, dass diese Forschungen globale Auswirkungen nach sich ziehen«, mahnte der Vertreter der chinesischen Regierung mit erhobenem Zeigefinger im Sicherheitsrat der Vereinten Nationen. »Die amerikanische Regierung muss endlich ihr Einverständnis dazu geben.«

Sein Beitrag wurde vom Großteil der internationalen Abgesandten mit tosendem Applaus goutiert, die rund um den länglichen Tisch saßen, an dem die Vertreter der ständigen Mitglieder im UN-Sicherheitsrat Platz genommen hatten.

Der Fall hatte nicht nur rund um die Kuppel Wellen geschlagen – weltweit wurde über die Katastrophe berichtet und diskutiert. Die Medien überschlugen sich mit Berichten über die Vorfälle und mutmaßten rund um den Globus über die Hintergründe. Im Internet wurden unentwegt neue Seiten aus dem Boden gestampft, die sich ausführlichst mit den verschiedensten Verschwörungstheorien beschäftigten.

HAARP oder das, was davon übrig geblieben war, war in aller Munde.

»Wir haben unseren Bericht bereits vorgelegt!«, protestierte der amerikanische Außenminister.

»Nach unseren Untersuchungen handelte es sich um einen Blitzschlag, der die Erdgasvorräte der Anlage getroffen hat. Dadurch kam es zu dieser gewaltigen Explosion!«

»Dann lassen Sie das doch eine unabhängige Expertenkommission untersuchen!«, schlug der britische Außenminister vor.

»Was wollen Sie untersuchen? Den Krater?«, keifte der Amerikaner lässig zurück. »Durch die Explosion wurde alles vernichtet. Die gesamte Anlage wurde zerstört und gleicht einem Trümmerhaufen. Dass es nur vier tote Mitarbeiter gegeben hat, ist ein echtes Wunder.«

Mit verschränkten Armen lehnte er sich gelangweilt in dem Stuhl am länglichen Tisch zurück.

Gegen Mittag erfolgte an diesem Montag die Abstimmung per Handzeichen. Die USA hatten den Kopf aus der Schlinge gezogen. Denn gemäß Artikel 27 III der UN-Charta hätte es der Zustimmung von neun Mitgliedern einschließlich aller fünf ständigen Mitglieder im Sicherheitsrat gebraucht.

Amerika war eines der fünf ständigen Mitglieder.

Gegenwart. Washington.

Bennett hetzte wie schon so oft in den letzten Tagen aus dem Ministerium für Innere Sicherheit, wo er wieder zum Rapport angetreten war. Das United States Department of Homeland Security war nach dem 11. September 2001 gegründet worden und war nach dem Pentagon eine der größten Bundesbehörden in den Staaten. Aufgabe des Ministeriums war der Schutz der amerikanischen Bevölkerung und der Staatsgebiete vor terroristischen und anderen Bedrohungen.

Im Kongress stand die Abstimmung über eine Untersuchung der Vorfälle in HAARP unmittelbar bevor. 535 Abgeordnete stimmten im Kapitol darüber ab, und die Gerüchte, die um das bisher als harmlos dargestellte Projekt kreisten, waren auch bis zu ihnen vorgedrungen. Der positive Ausgang der Abstimmung galt als sicher.

Bennett lockerte seine Krawatte, nachdem er auf dem Rücksitz seines Dienstwagens Platz genommen hatte.

»Diese Scheißer!«, fluchte er, nachdem man ihn drei Stunden lang in die Mangel genommen hatte. Er klopfte sich auf die Schenkel und schüttelte den Kopf. »Die haben doch keine Ahnung, was wir da verloren haben ...«, brummte er in sich hinein.

Doch er konnte der gewaltigen Explosion, die vier Menschenleben, das gesamte Projekt, Milliarden von Dollar und bahnbrechende Zukunftstechnologien ausradiert hatte, auch positive Seiten abgewinnen.

Es gab keine Beweise mehr. Die Kuppel, der Apparat, die Daten und John Gesker waren dabei mit ausgelöscht worden. Ebenso sein spezieller Mitarbeiter und der Junge.

Die Rückverfolgung der Nummer ergab, dass der Blonde Minuten vor der Explosion von einem Anschluss aus der Kuppel angerufen hatte. Und niemand, der sich dort aufgehalten hatte, konnte überlebt haben.

Seine Partner waren angesichts der weltweiten Empörungen über die vermuteten Machenschaften bereits auf Tauchstation gegangen, nachdem er ihnen versichert hatte, dass es keine Beweise mehr dafür gab.

Ein weiterer Punkt spielte ihm in die Karten, als er den Justizminister davon überzeugen konnte, die staatlichen Rechenzentren und alle heiklen Datenbanken eine Woche lang vom Netz zu nehmen, nachdem das FBI massive chinesische Hackerattacken aufgedeckt hatte. Er spielte auf einen eventuellen Zusammenhang mit HAARP an. Das genügte.

Der Direktor selbst war davon überzeugt, dass der Junge für die Hacks verantwortlich gewesen war. Es gab zu viele Zufälle. Doch das Problem hatte sich mit der Explosion ebenfalls in Rauch aufgelöst.

Gegenwart. In der Nähe von Sedlčánky.

Seine wulstigen Finger drehten die Zigarre in seinem Mund, der sich zu einem breiten Lächeln verzogen hatte. Die Jahre der Angst und der Ungewissheit waren vorbei. Dreizehn Tage waren seit dem Anruf verstrichen, die ihm wie eine Ewigkeit vorgekommen waren. Nun war der Oberst auf dem Weg zu ihm. Mit dem Buch. Er musste jeden Moment eintreffen.

Der großzügige Sold für den Oberst würde nicht nur finanzieller Natur sein. Er durfte sich heute in den Kellern seines neuen Anwesens bedienen. Wie es ihm beliebte.

Er blies ganz langsam den Rauch aus und sah auf den Fluss, der hinter dem Anwesen vorbeiführte. Das Wasser bahnte sich unaufhörlich seinen Weg. So wie er.

Es klopfte an der Tür zur Bibliothek, die er wie die alte zuvor eingerichtet hatte. Er war ein Gewohnheitsmensch. Einer seiner Schergen betrat die Bibliothek und meldete das Eintreffen des erwarteten Besuches. Der Oberst ließ sich die Gläschen, die er sich auf der Fahrt von Prag hierher genehmigt hatte, nicht anmerken. Er hatte allen Grund zum Feiern, und sein Chauffeur musste zwischendurch an einer Tankstelle anhalten, um für Nachschub zu sorgen.

Mit einem strahlenden Grinsen trat er durch die Tür zur Bibliothek, und der Mann, der ihn angemeldet hatte, schloss die Tür hinter sich.

»Sie haben es?«, hielt der beleibte Mann im maßgefertigten Anzug sich nicht mit langen Begrüßungsformeln auf.

Der Oberst klopfte sich mehrmals auf die Brust und strahlte noch immer wie ein kleiner Junge in freudiger Erwartung seiner Geschenke.

»Hier, bei mir!«

»Geben Sie her!«, forderte er den Oberst forsch auf, der daraufhin in seine Innentasche griff und ein kleines schwarzes Büchlein hervorzog. Die Augen des Mannes blitzten auf, und er spürte die Schmerzen in den Beinen bei seinen schnellen Schritten diesmal nicht.

Mit einem Schnaufen schnappte er das Buch, das der Oberst in Händen hielt. Sofort weiteten sich seine Augen. Hastig blätterte er es auf, und ein Schrecken überfiel sein Gesicht.

»Das … das ist es nicht!«, schrie er den Oberst fassungslos an.

»Aber … das ist das Buch, das das Mädchen bei sich hatte …«, versuchte der Oberst, sich zu rechtfertigen.

Der Mann blätterte nochmals hastig in dem Buch, das nur wirre Notizen und Zeichnungen enthielt, und schrie völlig außer sich: »Man hat Sie reingelegt. Sie sind ihr auf den Leim gegangen!«

Voller Wut griff er in die Taschen seiner Anzughose und fischte einen silbernen Gegenstand heraus. Zwei Mal drückte er das Rädchen seines Zippo-Feuerzeugs – dann stand das Buch in Flammen. Der Oberst starrte auf den Mann, der wie von Sinnen war und das brennende Buch in Kopfhöhe hielt. Die Flammen stiegen immer höher.

Er bemerkte die Rauchbombe nicht, die hinter ihm durchs Fenster geflogen kam. Ein erster Vorbote der Spezialeinheit von Interpol, die das Anwesen stürmte.

Ein anonymer Informant hatte ihnen drei Tage zuvor den Tipp gegeben. Den Namen des Mannes, dessen wulstige Finger noch immer das brennende Buch hielten, seine Machenschaften und die Aufzeichnungen darüber, die in einem Wiener Pfarrhaus hinterlegt waren.

Im ganzen Land wurden die Einsätze zeitgleich durchgeführt.

Gegenwart. Bombay. Indien.

»Hier sind Ihre Papiere! Ich habe meine alten Verbindungen genutzt. Sie sind sauber.«

Paul lächelte, während er Nico die Papiere überreichte. Er hatte die beiden mit der kleinen Maschine von Alaska nach Kanada geflogen, von wo aus er sie mit einem Privatjet eines bekannten Unternehmens nach Bombay gebracht hatte.

»Ihr Bus nach Kerala geht in einer Stunde. Gönnen Sie sich eine Auszeit. Das FBI hält Sie für tot.«

»Ich werde Sie vermissen, Paul!« Tina konnte ihre Worte selbst nicht ganz glauben, doch der Mann hatte trotz all seiner Taten ihren Respekt erobert. Sie kam zu ihm und umarmte Paul.

»Passen Sie auf sich auf!«, flüsterte sie ihm ins Ohr, bevor sie sich von ihm löste.

»Was ist mit Ihrer Organisation? Was haben Sie denen gesagt?«, brannte Nico die Frage unter den Fingernägeln.

»Die Wahrheit!«, grinste er überschwänglich, während er die Hände hob.

»Die Wahrheit?«, wiederholte Nico, ohne es zu glauben.

»Ich habe alles berichtet. Von Teslas Apparat, von HAARP und von Ihrem traurigen Ende.«

Nico schüttelte beschämt den Kopf, nachdem ihm bewusst geworden war, dass er Paul schon zum x-ten Mal sein Leben verdankte.

Paul reichte ihm die Hand zum Abschied.

»Die Menschheit ist anscheinend noch nicht reif für die Entdeckungen Ihres Großvaters!«

Er drückte Nicos Hand, drehte sich um und ging einige Schritte davon, bis er haltmachte und nochmals zu ihm sah:

»Also, überlegen Sie gut, Mr. Rims, was Sie damit machen werden!«